ハヤカワ文庫 SF
〈SF2294〉

宇宙（そら）へ
〔上〕

メアリ・ロビネット・コワル
酒井昭伸訳

早川書房
8548

THE CALCULATING STARS

by

Mary Robinette Kowal

Translated by
Akinobu Sakai

First published 2020 in Japan by
HAYAKAWA PUBLISHING, INC.
This book is published in Japan by
arrangement with
DONALD MAASS LITERARY AGENCY
through THE ENGLISH AGENCY (JAPAN) LTD.

姪のエミリー・ハリスンに
彼女はちょうど火星世代のお齢ごろ

「もしや王が亡くなられたのではありますまいか。であれば、これ以上はもう
この地にはとどまりますまい。わが国の月桂樹は枯れはてました。天の星々は
あまたの流れ星(ミーティア)に脅かされています。地平線から昇る月にしても、白皙(はくせき)の顔が
血に染まって見えるありさま、頬のこけた予言者たちがつぶやくは禍言(まがごと)ばかり。
富める者は戦々兢々(せんせんきょうきょう)とし、ごろつきどもは小躍りしています。富者は持てる
ものを無くすことを恐れ、ごろつきは略奪と戦争を歓迎するものだからです。
かくのごとき諸々(もろもろ)の凶兆は、王の死か、没落の前触れにほかなりません」

――ウィリアム・シェイクスピア

『リチャード二世』第二幕第四場より

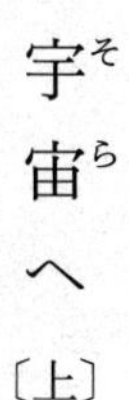
宇宙へ
〔上〕

登場人物

エルマ・ヨーク……………………計算者。元陸軍航空軍婦人操縦士隊（WASP）パイロット
ナサニエル・ヨーク………………エルマの夫。ロケット科学者
ハーシェル・ウェクスラー………エルマの兄。気象学者
ノーマン・クレマンス……………国際航空宇宙機構（IAC）本部長
ステットスン・パーカー…………空軍大佐。パイロット
ユージーン・リンドホルム………空軍少佐。パイロット
マートル・リンドホルム…………リンドホルム少佐の妻
ホイラン・〝ヘレン〟・リウ………計算者
ニコール・ウォーギン……………元WASPパイロット。上院議員夫人
ベティ・ロールズ…………………元WASPパイロット。ジャーナリスト

第一部

1

NACA、衛星ロケット打ち上げに成功、デューイ大統領が祝意

［一九五二年三月三日（AP）］アメリカ航空諮問委員会（NACA）は、三基めの人工衛星を軌道に投入することに成功した。同衛星は地球に電波信号を送る機能と、宇宙線量を計測する機能を併せ持つ。大統領は同衛星の軍事利用を全面的に否定し、その役割は科学的探究にのみ限定されると言明している。

〈巨大隕石〉が落ちたときどこにいたのか、あなたは憶えているだろうか。人々は疑問形

でそう問いかける。だが、なぜ疑問形なのか、わたしにはまったく理解できない。どんな人間であろうと、憶えていないはずがないからだ。

わたしはといえば、そのときナサニエルと山荘にいた。彼が相続したおとうさんの山荘を、わたしたちはよく〝天体観測〟に使っていたのである。天体観測——いいかえるなら、セックスのことだ。ああ、ショックを受けたような顔をしないで。ナサニエルとわたしは若くて健康な夫婦だったのだから。ただ、わたしが山荘で見た星々は、じっさいに星空に見たものではなく、まぶたの裏に焼きついていたものが大半だった。

異変のあと、星々がどれほど長いあいだ視界から隠されることになるかを知っていたら、わたしはきっと、もっと長く屋外に出て、頻繁に天体望遠鏡を覗(のぞ)いていただろう。

そのときわたしたちは、くしゃくしゃになった夜具に埋もれてベッドに横たわっていた。降りつづける白銀の雪——それを通して射す早暁の薄明かりは、冷えきった部屋の温度を上げる役にはたっていなかった。夜が明けそめるまで、わたしたちは何時間も起きていた。そして、その間(かん)、いちどもベッドを出ることはなかった。理由はいうまでもないだろう。ナサニエルはあおむけのわたしにぴったりと寄りそって、片脚をわたしの両脚の上にのせ、乾電池式の小型トランジスタ・ラジオから流れる『六〇分の男(シックスティ・ミニット・マン)』のリズムに合わせて、指先でわたしの鎖骨をなぞっていた。歌詞の内容は、一五分刻みで手管を駆使して、都合六〇分で女を満足させる、というようなものだ。

ナサニエルの手管を味わいながら、わたしはのびをし、夫の肩をぽんぽんとたたいた。

「そろそろ、ね……うちの〝六〇分の男〟のセンセイ」

ナサニエルがそっと鼻息を吹きかけてきた。温かい鼻息が首筋をくすぐる。

「それ、もう一五分、キスをしててもいいってこと？」

「暖炉に火をつけてくれないかしらってこと」

「火ならもう、つけたはずなんだけどな、きみに」

ナサニエルはそういいつつ、ひじをついて上体を起こし、横に転がってベッドを降りた。アメリカ航空諮問委員会（ナショナル・アドバイザリー・コミッティー・フォー・エアロノーティックス）——略称NACAのロケット打ち上げ準備のため、長期にわたって忙殺されてきたわたしたちは、このときようやく、待望の休暇を満喫していた。工学計算に従事するため、わたし自身もNACAに在籍していたからまだしも、そうでなければ、この二カ月というもの、起きているナサニエルと顔を合わせる機会はなかっただろう。

上掛けをからだに巻きつけ、横向きになってナサニエルを見つめる。ナサニエルは痩（や）せぎすだ。第二次世界大戦で召集され、陸軍兵として鍛えられなかったなら、きっとヒョロヒョロになっていただろう。ナサニエルはおもむろに、暖炉にくべるため、大きなピクチャー・ウィンドウの下に積みあげられた薪の山から一本を引き抜いた。その皮膚の下で動く筋肉を見るのはわたしの楽しみのひとつだ。窓外の雪景色がナサニエルの肢体を美しく縁どっている。雪の銀光を反射して、金髪のふさがきらめいた。

そのときだった――外界がまばゆい光に包まれたのは。

一九五二年三月三日、午前九時五十三分。このとき、ワシントンD.C.の八〇〇キロ以内におり、たまたま窓の外を見ていた人間なら、この光の強烈なまばゆさを憶えているにちがいない。つかのま、外が真っ赤に染まったかと思うと、とてつもなく強烈な白光が世界をおおいつくし、影さえもが消えうせた。ナサニエルは両手で薪を持ったまま身をこわばらせ、叫んだ。

「エルマ！　目をおおえ！」

即座に、いうとおりにした。この光――この源は核爆発にちがいない。デューイ大統領が就任してからというもの、ソ連はずっと煮え湯を飲まされてきた。ああ、神よ――。爆心地はD.C.にちがいない。爆風がここにまでおよぶのはいつだろう。ナサニエルはトリニティ核実験に参加していたし、わたしもそれなりの知識はあるが、爆風の速度その他の数値はすっかり忘れてしまっている。D.C.はかなり遠いから、熱波がここまで届くことはないはずだ。しかし、だれもがずっと恐れていた核戦争は、これで確実にはじまる。

目をぎゅっとつむったままますわっているうちに——光が薄れてきた。

なにごとも起こらなかった。ラジオからは音楽が流れつづけている。電波が届いている——ということは、電磁インパルスが発生していないということだ。わたしは目をあけた。

「そうよ」親指でラジオを指し示し、「核じゃないことはたしかだわ」

ナサニエルは外がよく見えるようにと、正面から窓に向きなおっていた。手にはいまも薪を持ったままだ。その薪を両手でひっくり返しながら、外を眺めやる。

「まだなんの音も聞こえないな。さっきの光からどのくらいたった？」

ラジオからは依然として『六〇分の男』が流れている。あの光はなんだったのだろう。

「数は数えてなかったわ。一分ちょっとくらい？」音速と経過時間から距離を計算した。思わず、からだが震えた。「一分とすると、音速が三四〇メートル毎秒として、いま音が届けば、すくなくとも二〇キロほど先ということになるわね」

セーターをとろうとしたまま、ナサニエルが動きをとめた。一秒、また一秒と時間が過ぎてゆき、それにともなって、光源までの想定距離も離れていく。三〇キロ。四〇キロ。五〇キロ。

「あれは……あれは、よほど大きな爆発だったということになるぞ。あんなにまばゆかったのに、音はまだ届かない」

ゆっくりと息を吸いながら、わたしはかぶりをふった。

「核爆発ではなかったようね」

確信があったわけではなかった。むしろ願望をこめてのことばだった。

「ほかにも仮説はいろいろあるが……」

ナサニエルがセーターをかぶった。ウールの静電気で髪が逆立った。

ラジオの音楽が『魅惑の宵(サム・エンチャンテッド・イヴニング)』に切り替わった。わたしはベッドを降り、まずブラを、それからゆうべ脱いだズボンを手にとった。窓の外を地吹雪がよぎっていく。

「いずれにしても……放送が中断されていないからには、それほど深刻なできごとじゃないのか、局所的なできごとか、そのどちらかね。どこかの軍需工場が爆発したのかもしれないし」

「流星体(ミーティア)かもしれないぞ」

「あ、なるほど!」それなら筋が通るし、放送がつづいていることにも納得がいく。流星体なら局所的なできごとでしかない。わたしは安堵の吐息をついた。「そうだとしたら、ちょうど真上を通過していったのかしら。燃えつきる最中だったとしたら、落下の衝撃が発生しなかったのもうなずけるわ。強烈な光と恐怖だけで、たいした事態にはならなかったのね」

ナサニエルの指がわたしの指に触れ、ブラをとった。うしろにまわり、ストラップをわたしの両腕に通してから、背中のホックをとめる。ついで、肩胛骨(けんこうこつ)をなであげるようにして手をすべらせ、肩を経由して両の二の腕に添えた。肌にあたる手が熱い。わたしはナサニエルにもたれかかった。それほどにまばゆかったのだ。だが、あの強烈な光を意識から締めだすことはできなかった。ナサニエルは背後からぎゅっとわたしを抱きしめたのち、からだを放した。

「やっぱり……決まりだな」

「やっぱりって、流星体(ミーティア)だってこと？」

「やっぱり引きあげるべきだってことだよ」

あの光はたまたま流星体が上空を通過したからだ——そう思いたかった。だが、まぶたを閉じれば、あの強烈な光が見える。ふたりで服を着ているあいだ、ラジオはつぎつぎに陽気なチューンを流していた。ローファーではなく、ハイキング・ブーツを履いたのは、むしろその陽気さのせいだ。頭の中のどこかで、事態が悪化しそうだという不吉な予感をぬぐいされずにいたことも手伝った。ふたりとも、音楽についてはなにもいわなかったが、一曲おわるたびに、わたしはラジオに目を向けた。こんどこそ、臨時ニュースで事態が告げられるのではないか……。

山荘の床がぐ、ら、り、と揺れたのはそのときだった。

一瞬、大型トラックがすぐそばを通ったのかと思った。だが、ここは雪山のまっただなかだ。そんなものが走れる道路は近くにない。ベッドサイド・テーブルに載せておいた陶器のコマドリがカタカタ揺れながら表面をすべっていき、縁から落ちた。物理学者たる者、こんな場合には、真っ先に地震を疑うはずだと思うかもしれない。だが、わたしたちがいるのはポコノ山脈の山中——地質学的にごく安定した場所だ。

ナサニエルはコマドリには目もくれず、わたしの手をとり、戸口に引っぱっていった。床がぐらぐらと前後に揺れている。酔ってフォックストロットを踊っているようなありさまで歩きながら、わたしたちはたがいを支えあった。

そのとき——周囲の壁がぐにゃりと歪み……山荘全体が倒壊した。このときわたしは、大声で悲鳴をあげたと思う。

ようやく地揺れが収まったときも、ポータブル・ラジオはまだ音楽を流していた。スピーカーが損傷したのか、ひどく音が割れている。それでも音楽はとまっていない。ナサニエルとわたしはドアフレームの残骸の下敷きになり、たがいのからだを押しつけられた格好で床に倒れていた。周囲には冷たい風が渦巻いている。わたしはナサニエルの顔にかかったほこりをはらった。

自分の手がわなわなと震えているのがわかった。

「……だいじょうぶ？」

「肝をつぶした」ナサニエルのブルーの目は大きく見開かれている。だが、左右の瞳孔は同じ大きさで、収縮しているふしもない。これなら心配はいらないだろう。「きみは？」

答える前に、ちょっと間があいた。

「だいじょうぶよ」ためいきをつき、自分のからだをあらためる。全身にアドレナリンがあふれていたが、失禁はしていない。もっとも、いまにも失禁しそうな気分ではあったが。「あすには疼きだしそうだけど。ダメージはないと思う。ああ、これ、わたしのからだの話ね」

ナサニエルはうなずき、首を伸ばして周囲を見まわした。崩れた山荘の中には、樹の洞のような空間ができており、わたしたちはその中に埋もれている状態だった。天井に張ってあったベニヤ板の一枚がドアフレームの残骸上に落下して、その裂け目から陽光が見えている。すこし苦労したものの、わたしたちは懸命に瓦礫を押しのけ、押しあげて、どうにかこうにか洞から這いだし、おっかなびっくり山荘の瓦礫を乗り越え、地面に降りた。

もしもわたしひとりだったら……そう、もしもわたしひとりだったら、戸口に歩みよるタイミングが遅くなり、手遅れになっていただろう。わたしは慄然として、両の二の腕を抱きしめた。セーターを着ているというのに、からだが震えはじめている。

わたしが震えているのに気づき、ナサニエルが目をすがめ、瓦礫をふりかえった。

「毛布の一枚くらい、探しだせるかもしれない」

「それより、車に入りましょう」

そういって、わたしは瓦礫に背を向けた。車がなにかの下敷きになっていなければいいが。そう願ったのは、〝飛行場〟にたどりつく唯一の足が車だけだということもあったが——あそこにはわたしたちの自家用機が置いてある——車自体が自分たちのものではなく、レンタカーだったからである。さいわい、小さな駐車場の車は無傷だった。

「山荘があのありさまだから、キーの入ったハンドバッグは掘りだしようがないけれど。ワイヤーを直結すればエンジンは動かせるわ」

「四分、だったかな？」雪の上に足を踏みだしながら、ナサニエルがきいた。「あの閃光から地震まで」

「だいたい、そのくらいかしら」時間をもとに距離を暗算した。ナサニエルも同じようにしたと思う。心臓は動悸を打ち、関節という関節が疼いているため、わたしはたぶん、計算という安心確実なものにすがりたかったのだと思う。「落下地点は、半径四八〇キロ以内のどこかかね」

「とすると、衝撃波が届くのは……落下から三〇分後か？　誤差はあるにしても」ことばこそ冷静だったが、わたしのために助手席のドアをあけ、押さえてくれているナサニエルの両手は、小さく震えていた。「ということはだよ、瓦礫から脱け出す時間も差っ引くと、ここに届くのは……いまから一五分後というところかな」

冷たい空気が肺を苛んだ。あと一五分。ロケットを打ち上げる試験の計算に捧げてきた長い年月が、こんな残酷な形で役にたつなんて。V2ロケットの爆発半径なら算出できる。ロケット推進剤の推力も割りだせる。しかし、これは……今回のこれは、紙の上の数値ではない。ナサニエルにもわたしにも、正確な計算をするだけの情報がなかった。確実にわかっているのは、ラジオの音楽がつづいている以上、核爆弾ではないということだけだ。しかし、爆発は——あるいは、落下したなにかは——巨大なものだったにちがいない。

「衝撃波が届く前に、できるだけ下まで山を降りなくちゃね」

あの光は南東からやってきた。ありがたいことに、わたしたちがいるのは山体の西側だ。とはいえ、南東にはD.C.、フィラデルフィア、ボルティモアがあり、そこには何十万人もが住む。

そのなかには、わたしの家族も含まれている。

助手席の冷えきったビニール・シートにすべりこみ、ハンドル軸の下からワイヤーを引っぱりだした。車の点火装置を直結させるという、確固たる現実に集中するほうが、なにが起こっているのだろうと不透明な先行きを思いわずらうよりも簡単だった。

そのとき――車の外で、突風が吹き荒れるような音、つづいて落雷のような音がした。

運転席のナサニエルが開いた窓から身を乗りだし、罵声(ばせい)を発した。

「くそっ！」

「どうしたの？」

わたしもダッシュボードの下から頭を抜きだし、窓外に目を向けた。樹々と雪を越えて、その向こうの空を見あげる。

大空に火柱と噴煙が立ち昇っていた。

流星体(ミーティア)もそれなりのダメージはもたらしうる。地表に達するまでに燃えつきず、空中で爆発した場合はそうだ。では、隕石(ミーティアライト)の場合は？ それは地表に激突して巨大な穴をうがち、大量の土砂を空中に噴きあげる。つまり噴出物(イジェクタ)を。わたしたちがいま見ているのは、地表の一部が空に噴きあげられ、それが炎をまとって地表へ降り注いでいる光景だった。

声の震えは隠せなかったが、わたしは必死に気のきいたことばをいおうとした。

「すくなくとも……流星体だという判断はまちがっていたわね」

エンジンがかかると、ナサニエルはすぐに車を発進させ、わたしを乗せて麓(ふもと)をめざした。

衝撃波が襲ってくる前に、自家用機までたどりつける見こみはない。だが、機は格納庫に入れてある。納屋みたいな木造格納庫だが、それでなんとか衝撃波を凌いでくれることを祈るほかなかった。わたしたち自身については……山の麓側に降りるほど、衝撃波の盾になる範囲は大きくなる。四八〇キロ離れていても、あれだけ強烈な光が見えたのだ。やがて到達する衝撃波は、なまやさしいものであるはずがない。

カーラジオをつけた。なんの音もしないだろうとの予想に反して、即座に音楽が流れだした。チューナーのダイヤルをまわし、つぎつぎに局を切り替える。ニュースをやっていないか、どこかこの事態を説明しているところはないか……。だが、いくらまわしても、ただただ音楽が流れてくるだけだった。走らせているうちに車内は暖かくなってきたが、わたしはからだの震えを抑えることができなかった。

運転席のナサニエルににじりより、そっともたれかかる。

「わたし……ショック状態にあるみたい」

「セスナを飛ばせられそうか？」

「それは滑走路に着いたとき、どれほど噴出物が降ってきているかによるわね」これでも大戦中は、ひどく深刻な状況でも機を飛ばしていた身だ。公式には、機を駆って戦闘に従事した事実はないことになっている。しかし、それはじつのところ、〝女性兵士が危険な状況に置かれることはない〟とアメリカの民衆を安心させるための方便にすぎない。噴出物を対空砲火と考えれば、いざセスナを飛ばす段になったとき、すくなくとも比較の対象にはできるだろう。「とにかく、これ以上、体温が下がらないように気をつけないと」

ナサニエルは片腕をわたしの背中にまわし、そばに抱きよせ、車を山道の右側に寄せて岩のオーバーハングの下に入りこみ、そこで停車した。上のオーバーハングと下の山体にはさまれていれば、衝撃波の最悪の部分からは護(まも)ってもらえると思われる。

「たぶんこれが、衝撃波に対する最良のシェルターだろうな」

「いい考えね」

衝撃波を待つあいだ、緊張せずにいるのは、とても無理な相談だった。わたしはナサニエルの上着のちくちくするウールに頭をもたせかけた。緊張はする。だが、パニックを起こすことは、どちらにとっても、なんのプラスにもならない。そもそも、いま起きている事態について、わたしたちの想定がはずれている可能性もあるのだから。

ラジオの歌声が唐突に途絶えた。それがなんの歌だったかは憶えていない。憶えているのは、いきなり歌声がとまったことと、一拍おいて、ついにアナウンサーの声がニュースを伝えたことだった。異変の状況を告げるのに、どうして三〇分近くもかかったのだろう。これほど動揺したエドワード・R・マローの声を聞くのははじめてだった。

「この放送をお聴きのみなさん……この放送をお聴きのみなさん、ここで番組を中断し、深刻なニュースをお知らせしなければなりません。午前一〇時すこし前、流れ星（ミーティア）と見られる物体が大気圏に突入しました。流れ星はメリーランド州沿海海上に落下し、巨大な火の玉を発生させ、地震を誘発した結果、大きな被害が出ています。イーストコースト全域の沿岸部にお住まいのみなさんは、ただちに内陸部へ避難してください。数次にわたる津波の発生が予想されます。その他の地域にお住まいのみなさんは家を出ず、緊急時対応の警察や消防のじゃまをしないように心がけてください」アナウンサーはいったん、ことばを切った。そのあとにつづいたヒスノイズは、聴き入る市民たちがいっせいに息を呑む音を反映しているかのようだった。「これより、提携局のフィラデルフィアWCBO、フィリップ・ウィリアムズ記者が、同市から現場の実況中継を行ないます」

なぜわざわざ、フィラデルフィアの？　なぜD.C.やボルティモアから現場中継をしないの？

中継がはじまった当初は、ノイズがひどくなったのかと思った。だが、そこですぐに、これは大規模火災の音だと気がついた。さらに一拍遅れて、ようやくニュースが遅れたわけがわかった。これだけ時間がかかったのは、生きている記者がなかなか見つからなかったからにちがいない。そして、ようやく見つけたなかでもっとも被災地の近くにいたのが、このフィラデルフィアの記者だったのだ。

「わたしはいま、US‐1の機内に立っています。現在地は、流れ星(ミーティア)が落下した地点から北へ一一〇キロの地点。すさまじい熱により、航空機でもこれ以上は落下地点に近づけません。眼下に広がるのは慄然とする光景です。まるで巨大な手が根こそぎ首都を抉(えぐ)りとったかのようです――ここに住んでいたすべての男女もろともに。いまのところ、大統領の消息は判明していません。しかし――」ウィリアムズ記者が絶句したことで、わたしの心臓は縮みあがった。二次大戦のさなか、わたしはウィリアムズが戦地から実況する放送を聞いたことがある。激戦の状況を伝えているというのに、ウィリアムズはすこしもことばを乱れさせず、冷静に実況報告を行なっていたものだった。そのウィリアムズが絶句するなんて……。のちにわたしは、彼が実況していた光景を見るにおよび、そもそもことばを発せられたこと自体に驚愕(きょうがく)することになる。「――しかし、もはやワシントンそのものが……影も形もありません」

2

アナウンサー「こちらはBBCワールドニュースです。本日一九五二年三月三日のニュースをお送りします。アナウンサーはロバート・ロビンソンです。本日、現地時間で午前一〇時前、アメリカ合衆国の首都付近に隕石（ミーティアライト）が落下しました。地表との激突にともなうエネルギーは、ヒロシマ型とナガサキ型、いずれの原子爆弾の威力をも上まわるものでした。激突によって発生した火事嵐により、消滅した範囲は、ワシントンD.C.を中心に、半径数百キロにもおよびます」

ついに、ついにラジオがニュースを流したあとも、わたしは数を数えつづけていた。事態を正面から見つめるより、そのほうが楽だったからだ。わたしたちの住まいはD.C.にある。そこにはわたしたちの知っている人々が住んでいた。そして、わたしの両親も——。

ついた。D.C.からなら、衝撃波は二四分強で届く。わたしはダッシュボードの時計をそっとつついた。

「もうじきね……」

「ああ」夫は両手で顔をおおい、ハンドルにもたれかかった。「ご両親は……?」

「家よ。ええ」

からだの震えがとまらなかった。なんとかできている呼吸にしても、速すぎるし、浅すぎる。歯を食いしばり、しばし息をとめ、しっかりと目を閉じた。

ふいに、シートが揺れた。ナサニエルが両腕をわたしのからだにまわし、そばに抱きよせたのだ。胸にわたしの頭をいだき、保護するように頭をのせてきたので、わたしはツイードとウールの小さな繭(まゆ)にくるまれた格好になった。ナサニエルの両親はわたしの両親よりも年上で、何年か前に亡くなっている。だが、わたしの両親は健在だ。だから、両親を案じて気もそぞろなわたしを気づかい、無言で抱きしめてくれたのである。

「ふとね、思ったの……おばあちゃんは一〇三歳なんだなって。とうさんも永遠に生きるものだと思ってた」

そのときナサニエルが、まるで刺されでもしたかのように、鋭く息を吸いこんだ。

「どうしたの?」

ナサニエルは大きく嘆息し、わたしをいっそうそばに抱きよせた。

「津波警報が出てたろう?」

「あっ。……なんてこと……」祖母は港湾都市のチャールストンに住んでいる。たしかに、海辺の家に住んでいるわけではない。しかし、チャールストンは全体が低地で、しかも大西洋に面している。そしてあそこには、何人もの伯父、伯母、従兄姉(いとこ)たちもいる。従姉(いとこ)のマーガレットは、先ごろ赤ん坊を産んだばかりだ。わたしはがばと身を起こしかけたが、ナサニエルにしっかりと抱きしめられ、動くに動けなかった。「津波がくるのはいつ? 隕石が落下したのは一〇時すこし前。でも、規模はどのくらい? 水深は……? 地図がいるわ。それに――」

「エルマ」ナサニエルがぎゅうっとわたしを抱きしめた。「エルマ。それは……解こうとして解ける問題じゃない」

「だって、おばあちゃんが……」

「わかってる、愛しいエルマ、ようくわかってる。飛行機(セスナ)にたどりついたら、すぐに無線で――」

衝撃波が襲ってきたのはその瞬間だった。

窓という窓が一瞬で割れた。轟音(ごうおん)はいつ果てるともなくつづき、発射台を飛びたつロケットのようにわたしの胸を震撼させた。激烈な振動が肌を圧迫し、衝撃波の轟音が意識の隅々までも蹂躙しつづける。つづいて、第二波、第三波が襲ってきた。わたしはナサニエルにしがみつき、ナサニエルはハンドルにしがみついている。その間、車は何度も激しく突きあげられ、路上を横にすべっていった。

世界はうめきと轟きにあふれ、ガラスの消えた窓を烈風が猛々しく吹きぬけていった。

やっとのことで轟音が収まったとき、車は道の反対側へ半分ほど移動していた。周囲を見まわせば、多数の樹が一様に同じ方向へ薙ぎ倒されている。まるで巨人が整然と並べていったかのようだ。すべての樹が倒れたわけではない。だが、立ち残っている樹々はみな、雪はもとより、残っていたであろうわずかな葉も吹きとばされ、丸坊主になっていた。

フロントガラスは跡形もない。運転席側のドアのガラスはわたしたちの上に倒れて載っている。保護シートを張った安全ガラスなので、クモの巣状にびっしりとヒビが入っていたが、一枚なりの形をたもってはいた。わたしはガラスを持ちあげた。ナサニエルも手を貸してガラスを押しあげ、ドアの外に放りだした。ナサニエルの顔にも手にも、あちこち小さな切り傷ができて、そこから血が流れている。

ナサニエルがわたしの顔に手をあてた。

「血が出てる」

夫の声は、まるで水の中にいるように聞こえた。自分でも変に聞こえるのだろう、そういってすぐに眉をひそめた。

「あなたもよ」自分の声もくぐもって聞こえる。「耳をやられたのかしら」

ナサニエルはうなずき、顔をこすった。血が赤い薄膜となって顔全体に塗り広げられた。

「すくなくとも、ニュースは聞こえないな」

わたしは笑った。ちっとも可笑しくなどない状況だったが、それでも笑わないと、どうにかなってしまいそうだったのだ。ラジオのスイッチを切ろうとして手を伸ばし、ダイヤルに手をかけたところで、ぴたりと動きをとめた。

ラジオから音が出ていない。ニュースが聞こえなくなったのは、衝撃波で耳をやられたためではなかった。ラジオ放送自体がとまっていたのだ。

「電波塔が吹きとんだのかしら」

「ほかの局も試してみてくれ」いいながら、ナサニエルはギアを入れた。一メートルほど、車がそろそろと前へ進んだ。「いや。待った。悪い。ここからは歩いていかないと」

たとえ車に異常がなかったとしても、山道は無数の倒木で塞がれていた。これではとても前に進めない。もっとも、滑走路まではわずか三キロの道のりだ。夏場にはよく、滑走路と山荘をハイクで行き来したものだった。もしかすると——もしかすると、津波が襲ってくる前に、チャールストンにたどりつけるかもしれない——もしも飛行機がぶじであったなら。そして、もしも空が飛行可能なら。もしもそれだけの時間があるのなら。どれもかすかな希望ではある。だが、希望をいだくこと以外、わたしになにができただろう。

　わたしたちは車を降り、歩きはじめた。


　ナサニエルに手を貸してもらい、倒木の一本を乗り越えた。地面に降りたとき、半解けの雪で足をすべらせてしまった。とっさにナサニエルが腕をつかんでくれなかったら、尻もちをついていただろう。急いでいるとはいえ、気をつけないと。首はもちろん、片腕を折っただけでも、たいへんなことになる。

　解けかけの雪を見て、ナサニエルが眉をひそめた。

「気温があがってきてる」

「水着を持ってくるべきだったかしらね」

　わたしはジョークをいい、夫の腕をぽんぽんとたたいて、ともに歩を進めた。軽口をたたき、気丈にふるまってみせるのは、ナサニエルに気をつかわせないためだ。理屈のうえでは、これで気をつかわないでくれるはずだった。

　こういう気丈なそぶりができることは、すくなくとも震えが収まったことを示している。

鳥の声はまったく聞こえない。だが、それが衝撃波で耳をやられたせいか、鳥が鳴いていないからなのかはわからなかった。道路は障害物だらけだったが、それでも道ぞいに進むほうが、クロスカントリーで山をつっきっていくよりは簡単だし、迷う心配もない。遅々とした進みではあった。衝撃波の到来とともに、気温があがってきてもいた。とはいえ、長く屋外をさまよえるほど暖かい服装はしていない。

「セスナがまだぶじだと、本気で思ってるわけじゃないだろう？」

ナサニエルの顔は、傷の出血こそ止まっていたが、顔をおおう血と泥とで、山賊めいた容貌（ようぼう）になっていた。もっとも、この世にツイードを着た山賊などというものがいればだが。

倒木の樹冠をまわりこみながら、わたしは答えた。

「ほかの条件がすべて同じだとしても、滑走路は町より近いし、それに——」

ことばの途中で絶句した。道ばたに腕が落ちていたからである。本体はない。むきだしの腕が一本だけ落ちている。肩の付け根から引きちぎられたのだろう、切断面から血まみれの肉塊が覗いていた。見たところ、白人男性の腕らしい。年齢は三〇代あたりだろうか。指はゆるく曲げられており、指先が空を向いていた。

「なんてことだ……」ナサニエルがつぶやき、わたしのとなりで立ちどまった。

どちらも吐き気をおぼえはしなかった。たび重なるショックで、心が麻痺（まひ）したようになっていたためだ。わたしは路上の腕に歩みより、山の斜面を見あげた。山肌にはわずかな樹木しか立ち残っていないし、葉はすっかり落ちてしまっている。それでも、枝々が作る樹冠にさえぎられ、その向こうのようすはわからない。わたしは斜面の上に呼びかけた。

「だれかいるー？」

ナサニエルが口に両手をあて、大声で呼びかけた。

「おーい！　だれかいるかー！」

聞こえるのは、枝々が風でこすれる音ばかり。斜面はひっそりと静かなままだ。

戦時中の前線では、もげた腕よりも凄惨（せいさん）なものを見たことがある。あれは飛行機を運ぶため、敵地を飛んだときのことだった。たしかに、これは戦争ではない。だが、相当数の死者が出ているはずだ。腕の一本を埋めたところで、もう意味はない。それでも、放置していくのは……まちがっている気がした。

わたしはナサニエルの手を探りあて、祈りを捧げた。

「真実の裁き（バルク・ダヤン・ハ・エメト）に祝福あれ」

疲労とショックでかすれたバリトンで、夫も祈りに唱和した。この腕の主がユダヤ教徒であるとは思えない。だから、わたしたちが祈りを捧げたのは、この腕がついていた見知らぬ男のためというよりも、彼が体現するおおぜいの死者を弔うためだったのだと思う。

そう、この日のうちに命を奪われた、わたしの両親をはじめとする、何千人もの人々——何十万人もの人々を弔うためだったのだと思う。

　ここにいたってついに、堰を切ったように、目からぽろぽろと涙があふれだした。

　わたしたちが滑走路にたどりつくまで、さらに四時間もかかった。夏によくハイクしたときには一時間程度ですんだルートに、こんなにも長くかかってしまったのだ。そのことひとつとっても、道路の状況が察せられるだろう。ペンシルヴェニア州のなだらかな山々は、本来、丘に毛が生えた程度のものでしかないのだから。

　それにしても……つらい行程だった。

　あの腕は、じつは道の途中で見たなかで最悪のものではなかった。そして滑走路に降りてくるまでのあいだ、生きている人間とはついに会わずじまいだった。滑走路の付近までくると、立っている樹の数も多くなったが、根張りの浅い樹はすべて倒れていた。それでもなお、光の炸裂以来、はじめて希望が持てたのは、車の音が聞こえてきたからだ。

　樹々のあいだをぬって、わたしたちを出迎えるかのように、自動車のアイドリング音が聞こえてくる。ナサニエルと目が合った。ついで、音のするほうをめざし、ふたりで道路を走りだした。倒木や地に落ちている枝をまたぎ越え、大きな破片や動物の死骸を迂回し、半解けの雪と灰に足をすべらせながら、一心に駆けていく。エンジン音はしだいに大きくなってきている。

最後の障害物を回避したとたん、視界が開けた。目の前に現われたのは、ひとすじの滑走路だった。滑走路といっても、たんなる平らな野原でしかない。だが、滑走路を所有するミスター・ゴールドマンは、ナサニエルが子供のころからの知りあいで、わたしたちだけのために滑走路の草刈りをつづけてくれている。納屋のような格納庫は、おかしな角度で歪んでいたが、それでも倒れてはいなかった。わたしたちは信じられないほど運がいいらしい。

滑走路はゆるやかに盛りあがった台地の上にあり、両脇を樹々にはさまれた草地の草を刈っただけのしろもので、おおむね東から西にかけて走っていた。衝撃波は東から襲ってきたから、両脇の樹々はみな滑走路と平行する形で倒れている。おかげで離陸の障害になるものはない。

道路は滑走路の東端の横を通過し、そこからカーブを描いて北側を走っている。立ち残る樹々にさえぎられて部分的に見えないが、その道路上に、ずっと聞こえていたエンジン音の源があった。

あのフォードの赤いピックアップ・トラック——あれはミスター・ゴールドマンの車だ。

ナサニエルとわたしは道路を急ぎ、屈曲部をまわりこんだ。ここでも道路は倒木で塞がれていて——トラックはその倒木につっこんでいた。あたかも、ミスター・ゴールドマンが車で倒木を押しのけようとしたかのように。

「ゴールドマンさん！」ナサニエルが大声で呼びかけ、両手をふった。

トラックの窓ガラスはすべてなくなっており、ミスター・ゴールドマンは運転席のドアにぐったりともたれかかっていた。気を失っているだけであればいいがと思いながら、トラックに駆けよった。ナサニエルとわたしには、すくなくとも衝撃波の到来を予想するだけの予備知識があり、そのおかげで比較的安全な場所に隠れ、衝撃波が襲ってきたときにも踏んばることができた。

しかし、ミスター・ゴールドマンは……。

トラックのそばまで近づいたとき、自然と足がのろくなった。ナサニエルからはよく、ミスター・ゴールドマンの話を聞かされていた。子供時代、山荘にくるたびに、ペパーミント・スティック・キャンディーをくれたそうだ。

そのミスター・ゴールドマンは……こときれていた。手首に触れて脈を見るまでもない。倒木の枝に首を貫かれていたのである。

3

アナウンサー「こちらはBBCワールドニュースです。本日一九五二年三月三日のニュースをお送りします。アナウンサーはレイモンド・バクスターです。合衆国の東海岸で火災が荒れ狂うなか、諸外国にもけさの隕石落下がもたらす被害が出はじめました。現在、モロッコ、ポルトガル、アイルランドで津波が報告されています」

第二次世界大戦における陸軍航空軍婦人操縦士隊（WASP）の一員として、わたしはしばしば、耐空性ぎりぎりの機体で輸送任務を行なっていた。WASP時代に駆った一部の航空機にくらべれば、いま使っている自家用の小型セスナはずっと飛ばしやすい。たしかに汚れてはいるし、くたびれてもいる。だが、航空史上もっとも細心と思われる飛行前チェックを行なった結果、このセスナが確実に飛べる状態であることは確信できた。

離陸後すぐ、南のチャールストンへ向かうため、左にバンクして向きを変えようとした。ナサニエルにもわたしにも、それがたぶん徒労におわることはわかっている。それでも、いってみずにはいられなかった。しかし、機が旋回をおえ、機首が南を向くと、わずかに残っていた不合理な希望はついえた。東の空の彼方に、黒々とした塵と煙の長大な壁がそそりたっていたからである。地表付近の地獄では業火が燃え盛り、その火光が黒煙の壁に照り映えている。森林火災を見たことがある人なら、このときわたしたちが見ていた光景をいくぶんなりとも想像できるだろう。燃え盛る業火は地球の曲面ぞいに、見わたすかぎりの彼方まで地平線をおおいつくしていた。まるで何者かがマントルの皮をはぎ、地獄そのもののふたをあけたかのようだ。いったん空の高みに噴きあがった噴出物は、いまなお地球に降りそそぎ、無数の炎の条となって空を染めあげている。あの中へ機をつっこませることは、狂気以外のなにものでもない。

山脈の東にあるものは、すべてが平らに均されていた。衝撃波によって、樹々は異様なほど整然とした列をなし、同じ方向に倒れている。となりの副操縦席でナサニエルがうめき声を発するのが、セスナのエンジン音の中でかろうじて聞こえた。

わたしはごくりとつばを呑みこみ、機を西へ旋回させた。

「燃料は二時間ぶん。どうする？」

わたしと同じくナサニエルも、なにか集中する対象があったほうが的確な判断を下せるたちだ。おかあさんが亡くなったとき、ナサニエルは裏庭で露台を作りだした。大工仕事がけっして得意ではないというのにである。

やおらナサニエルは顔をこすり、背筋を伸ばした。

「だれか応答しないか、無線で呼びかけてみよう」

無線機に手を伸ばす。周波数はいまもラングリー管制塔に合わせたままだ。

「――ラングリー管制塔、こちらセスナ４１６（フォー・ワン・シックス）ベイカー、有視界飛行規則に基づく航空交通情報を求む、オーバー」

聞こえるのはノイズだけだった。

「どこか聞こえている管制塔はないか。こちらセスナ４１６ベイカー、有視界飛行規則に基づく航空交通情報を求む、オーバー」

わたしが機を飛ばしているあいだ、ナサニエルは順次、周波数を切り替えながら、同じ呼びかけをくりかえした。

「極超短波（UHF）を試してみて」

わたしは民間パイロットなので、本来なら超短波（VHF）無線しか使えない。だが、ナサニエルがＮＡＣＡで働いている関係上、テスト飛行のパイロットからじかに報告を聞けるよう、

UHFも組みこんである。軍用周波数を荒らすことになるので、こちらから送信したことはない。とはいえ、きょうばかりは……。きょうばかりは、だれでもいいから応答してほしかった。西へ向かうにつれて、荒廃の度合いは小さくなっていったが、それはあくまで後方の惨状とくらべればの話だ。樹々も建物も、あらかた衝撃波で薙ぎ倒されている。なかには炎上している建物もあったが、火を消そうとしている者はいなかった。きたるべき破壊を予期できなかった一般人にとって、これはどれほど恐ろしい経験だっただろう。

ふいに、無線から男の声がいった。

「未確認セスナに告ぐ、こちらセイバー2 1(トゥー・ワン)。不要不急の航空交通はすべて停止されている」

生きている人間の声を聞いて、またもや泣けてきた。だが、いま涙で視界がぼやけるのはまずい。まばたきをして涙を絞りだし、西の地平に意識をこらした。

「了解、セイバー21。こちらセスナ416ベイカー、着陸可能な飛行場の助言を求む。現在当機は方位2-7-0へ飛行中」

「16ベイカー、了解。当機はそちらの直上にあり。いったいどこから湧いて出た？」

このヒスノイズと音の割れようからすると、相手が酸素マスクをつけていることはまちがいない。声の背景には、ごくごくかすかにジェット・エンジンのうなりも聞こえている。

このエンジン音はF‐86のものだ。連絡してきた機の僚機も、後方からぐんぐん追いついてきつつあった。二機ともに、わたしの小型セスナよりずっと失速速度が大きいので、こちらの付近にいるためには、上空を旋回しつづけなければならない。

「この場合、地獄から……というのが適切だろうな」ナサニエルがマイクを持っていないほうの手で額をこすった。「隕石が落ちたとき、ポコノ山脈にいたんだ」

「あそこからか、16ベイカー。ついさっき、ポコノ山脈の上空を通ってきたんだが……どうやって生き延びた？」

「こちらがききたいくらいさ。ところで……どこへ着陸すればいい？」

「すこし待ってくれ。ライト＝パターソン空軍基地までエスコートしてもいいかどうかを確認する」

「了解。こちらは元陸軍大尉で、いまは連邦政府に籍がある。これは有利に働くか？」

「連邦政府の？　上院議員閣下とでもいうのかい？」

ナサニエルは笑った。

「ちがう、ちがう。NACAのロケット科学者だよ。ナサニエル・ヨークというんだ」

「あの人工衛星の！　どおりで聞き覚えのある声だと思った！　ラジオでしゃべっているのを聞いたことがありますよ。こちらはユージーン・リンドホルム少佐、これよりエスコートにつきます」二分ほど、沈黙がつづいた。そこでノイズが響き、通信相手の男が報告した。「残燃料は？　ライト＝パターソン空軍基地までたどりつけそうですか？」

あの基地にになら、何度も飛んだことがある。戦時中、航空機を操縦して移動させたのだ。距離は現在地から二四〇キロ。わたしはナサニエルにうなずき、コースを基地の方向へ向けた。

ナサニエルはわたしに〝わかった〟とうなずき返し、マイクを口に持っていった。

「ある」

「よかった。ディナーには間にあうな。豪勢な食事とはいきませんが」

食事の話が出たとたん、わたしのおなかがぐーっと鳴った。そういえば、ふたりとも、ゆうべの夕食以来、なにも食べていない。そう気づいたとたん、急にひどく空腹になってきた。水を飲ませてもらえるだけでもありがたいくらいだ。

ナサニエルは交信を終了し、吐息をついて、副操縦席のシートにもたれかかった。

「あなたのファンみたいね」

ナサニエルは鼻を鳴らして、

「見つけてしかるべきだったんだ」と無念そうにつぶやいた。

「なにを？」

「隕石をだよ。降ってくるのを探知してしかるべきだったんだ」

「それはあなたの仕事じゃないでしょう」

「しかし、人工衛星に干渉するものに目を光らせるのもぼくらの役目だ。かなりのサイズの小惑星が、地球にあれほど接近していたんだぞ。見つけられないほうがどうかしてる」

「悪条件が重なったのよ。反射能が低かった――太陽を背にする軌道をとっていた――小さすぎて、とても――」

「見つけてしかるべきだったんだ！」

「見つけていたなら、どうにかできた？」

エンジンの響きが操縦席を振動させ、機体の風切り音を覆い隠している。ナサニエルは自責の念に駆られ、しきりに片脚をゆすっていたが、そこで前のめりになり、航空地図をつかんだ。

「南西に向かわないといけないみたいだが」

すでに南西へは向かっているし、エスコートもついている。しかし、わたしに指示することですこしでも気が楽になるのなら、目的地に着くまで、喜んで指示にしたがうつもりだった。噴出物が炎の条（すじ）を引いて空をよぎり、故郷へ落下するのを見るたびに、わたしたちは自分の無力さを思い知らされた。落下する噴出物は見える。だが、なにもできない。

なにをしても間にあわない。だからわたしは操縦桿(そうじゅうかん)を握り、ひたすらセスナを飛ばしつづけた。

胃をさいなむ空腹にもメリットはある。セスナの単調で心なごませるエンジン音を聞きつづけていても、ちっとも眠くならないことだ。空腹と、それにもうひとつ、耳をさいなむナサニエルのバリトンも、眠けを払ううえで効果絶大だった。夫は多才な人間だが、歌はその才能のひとつに入っていない。たしかに、歌といえば歌ではある——だが、音程のはずしっぷりがすさまじい。

さいわい、本人もそれを自覚してはいた。滑稽(こっけい)な歌のレパートリーを披露しているのは、わたしが眠くならないようにするためにちがいない。好色なヤギのようにビブラートを効かせ、足で床を踏んでリズムを刻みながら、ナサニエルは下手な歌をがなりつづけた。

「おー、憶えているかい、ばあさまの作る、灰汁(あく)の石鹸(せっけん)
どんな汚れでも、かならず落ちるよ、家じゅうのなんでも
鍋もケトルも、お手々もお顔も——」

ジョニー・スタンドリーのコミカルな歌だった。ところどころ、歌詞を抜いている。

前方にようやく、ライト＝パターソン空軍基地の堂々たる飛行場が見えてきた。識別灯がグリーンに光った。ついで、空軍の飛行場特有の白い二重識別灯も。

「渓谷(ヴァリー)に住んでる、オマリーの奥さん
胸焼けでヒイヒイ、そりゃあそうさ、ばあさまの石鹸を――」

「はい、そこまで！」わたしは高度を調整した。「無線で進入すると報告して」

ナサニエルはにっと笑い、マイクを手にとった。

「セイバー21、こちら16ベイカー。基地の食事はどうだい？」

無線からザッとノイズが入り、リンドホルム少佐が笑い声まじりに応えた。

「ご期待どおりのしろものですよ。たぶん、もっとすごい」

「そんなにひどいのかい？」

「ひどいなんて、ひとこともいってやしませんよ？　ただ、食いものにうるさい向きには女房の差しいれを分けてもいいですが」

ナサニエルといっしょになって、わたしは笑った。たいしたジョークではなかったが、

それでも心から笑った。

ナサニエルは無線を管制塔の周波数に切り替えた。しかし、マイクを口に持っていくよりも早くノイズが響き、セイバーのパイロットとは別の声がいった。

「高度八五〇〇フィートで方位２‐６‐０へ飛行中の航空機に告ぐ。こちらはライト＝パターソン管制塔。所属と身元を明らかにせよ」

「ライト＝パターソン管制塔、こちらはセスナ４１６ベイカー、高度八五〇〇フィートで貴飛行場へ進行中」ナサニエルはよくわたしの機に同乗しているので、管制塔との交信は手慣れたものだ。つかのま、マイクを離し、わたしに向かってほほえんでから、またマイクを口に持っていった。「それから、管制塔、当機は現在、セイバー２１を率いている」

「管制塔、こちらセイバー２１。僚機とともに、１６ベイカーをエスコート中、飛行場へ同機の着陸を求む」

これにには思わず笑ってしまった。わたしのセスナみたいにガタのきたちっぽけな機体がジェット戦闘機を率いていくなど、パイロットにとってはお笑いぐさもいいところだ。

「１６ベイカー、およびセイバー２１、管制塔は了解した。飛行場への着陸を許可する。セイバー２１は１６ベイカーとの距離をとれ。助言するが、現在受けている報告によれば――」

その瞬間、ひとすじの光条がセスナの前をよぎった。間近で高射砲弾が炸裂したような衝撃が走り、機体が激しく揺れた。機の水平をたもとうと格闘する。

突如として、プロペラが見えた。飛行中はぼやけてほとんど見えないプロペラが、いまはぎくしゃくと回転する、左右不均等のバーとなって見えている。一部分が失われたのだ。一拍おいて、事態がわかった。目の前をよぎった光条は噴出物で、セスナの機首をかすめ、プロペラにぶつかり、一部をへし折っていったにちがいない。

エンジンの振動が激しくなった。それを受けて、片手で握った操縦桿が荒々しく震え、操縦席の座面が尾骶骨を殴りつけてきた。放っておけば、この状態は悪化するいっぽうだ。へたをすると、エンジンが機体から飛びだしかねない。即座にアイドリングに切り替え、エンジンを確保する手順に着手した。つまり、エンジンを切るということだ。

しかし、まずい。これでは基地にたどりつけない。

「着陸できる場所を見つけて！　いますぐに！」

さいわい、この一帯は農業地帯だが、雪が積もっているため、正確な地形がわからない。スロットル・レバーをいっぱいに引き、アイドリングからエンジン停止に持っていった。エンジンが止まると、機体の風切り音しか聞こえなくなった。プロペラの健在な部分は、向かい風を受けて空まわりしている。

「どうするんだ？」ナサニエルがきいた。

「滑空よ」

　噴出物がぶつかったのが翼なら、もっと悲惨な状況に陥っていただろう。だが、このセスナは滑空が得意な機体だ。なんとか着陸に持っていける。やりなおしはきかないけれど。

　農地のあいだを貫く道路が見えた。あれならなんとかいけそうだが――だめだ、農地を仕切る柵がじゃまになる。こうなったら、もはや畑に降りるしかない。機をバンクさせ、着陸コースに入る。

　目の隅にナサニエルのようすが見えた。まだマイクを握りしめている。WASP時代にはエンジン停止状態で着陸することもめずらしくなかったが、ナサニエルにはこれがはじめての経験だ。それなのに、マイクに語りかける声はすこしも震えていない。夫に対する誇らしさがこみあげてきた。

「ライト管制塔、こちらセスナ416ベイカー、緊急事態を宣言する。エンジン停止せざるをえない事態が発生した。農地への着陸を余儀なくされている。現在地は……」

　ナサニエルが地図をにらんだ。無線が応答した。

「セスナ416ベイカー、こちらライト管制塔。そちらの位置は捕捉している。着陸することに専念されたい。セイバー21、こちらライト管制塔。上空を旋回し、着陸好適地を指示して着陸を補助したのち、着陸地点を報告してくれ」

「ライト管制塔、セイバー21了解。すでに旋回に入っている」

セスナの上空をジェット機の轟音が通りすぎていった。リンドホルム少佐の機とその僚機が、大きな弧を描いて旋回しはじめている。

ジェット・エンジンの音に代わって耳を打ちすえだしたのは、心悸が急搏しだした音だった。エンジン停止状態で着陸するのはこれがはじめてではないが、夫を乗せてこうするのははじめてだ。きょうになってこれだけの大異変が起こり、生き延びてきたというのに、自分が原因で夫を死なせるなんて、冗談じゃない。けっして死なせはしない。

「安全ベルト、締めてる？」

「ああ。だいじょうぶ」じっさいには、いま締めているところだった。きいてよかった。

「なにかぼくに……できることは？」

「踏んばってて」あごを引き、高度計をにらむ。

「それ以外に——」

「口を閉じてる」

わたしの力になりたいという気持ちはわかる。しかし、その気持ちに応えているひまがない。着陸時までに可能なかぎり速度を落としておかねばならないが、あまり落としすぎ、畑に達する前に着陸するはめになってはおおごとだ。地表がどんどんせりあがってくる。それとともに、一面の平らな白い広野だったものが、鉄道模型の雪原情景となり、そこで急に――中間過程を一気にすっとばし――実物大の本物の雪原と化した。機首を起こしているのは、尾輪(びりん)から先に着地するためだ。

尾輪が雪面に触れ、速度がさらに落ちた。可能なかぎり機首を起こしつづける。ついに翼下の主脚が接地した。そのとたん、片方の車輪が雪の下の不均等ななにかに引っかかり、機体が大きく跳ねあがった。必死に操縦桿を握りしめ、左右の翼を水平にたもち、左右のラダーペダルを踏みつけ、方向舵(ラダー)を動かして機体の向きを調整し、機首が風上を向くように努める。

やっとのことで回転が収まったとき、機首はやってきた方向を向いていた。ここにいたってついに、機は完全に停止した。世界が静止し、静寂に包まれた。

肺の空気を残らず吐きだしそうな勢いで、わたしは大きく吐息をつき、シートに背中をあずけた。

おりしも、ジェット・エンジンの轟音が真上を通りすぎ、無線がザッと鳴って、リンドホルム少佐の声がキャビンを満たした。

「16ベイカー、おみごと！ ふたりとも、ぶじですか？」

ナサニエルが背もたれから身を起こし、マイクを取った。手が震えている。
「死んじゃいない。まあ、なんとかね」

冷めきったインゲン豆と、得体の知れないミートローフは、いままで食べた料理の中で格別においしく感じられた。豆は異臭がしていたし、塩分が強すぎて思わず顔をしかめたが、それでもこのうえなく美味だった。空軍基地の食堂の固いベンチにすわり、目をつむってゆったりとくつろぐ。食堂は閑散としていた。基地の人員の大半が救助活動のために出はらっているのだ。おりしも、陶器をテーブルに置く音がして、それといっしょにチョコレート・ドリンクのかぐわしい香りがただよってきた。

目をあけると、リンドホルム少佐が目の前にいた。テーブルを隔てて向かいのベンチに腰をおろしたところだ。思い描いていた少佐とはまったくイメージのちがう人物だった。想像していたのは、もっと年配で北欧風の顔だちの、ブロンドでがっしりした人物だったのだが……。

現実のリンドホルム少佐は黒人だった。声から想像していたよりも若い。体格がよく、齢格好は三〇代後半、ヘルメットを脱いだばかりで、黒髪はまだ頭にへばりついたようになっている。鼻とあごのまわりを囲って、フェイスマスクの跡が赤く三角形に残っていた。

ナサニエルがフォークを置き、テーブルの上で湯気を立てる三つのマグに目をやった。

口の中のものを嚥みこんで、少佐にたずねる。

「それ、ホット・ココア？」

「そのとおりです。ああ、いや、お礼はけっこう、下心つきですから。ロケットのことをいろいろ教えてもらおうという魂胆で」リンドホルムはそういって、マグを二杯、テーブルごしに押してよこした。「女房が持たせてくれた秘蔵のココアがありましてね。空軍の奢りじゃありません」

「もし結婚していなかったら、身内を紹介したいくらいの……」

片手で熱いマグを囲い、そこではっと、自分が失礼なことをいったことに気がついた。怒らないでくれればいいのだが……。

ありがたいことに、リンドホルムは笑ってくれた。

「だいじょうぶ、まだ兄弟がいます」

そのとたん、心臓をわしづかみにされたような気がした。いままでは、とにかく進みつづけるために、家族のことは心から締めだしていたのだが、〝兄弟〟ということばを聞いたとたん、兄のことを思いだしたのだ。兄は西海岸――カリフォルニアに住んでいる。たぶん、わたしが死んだと思いこんでいるだろう。わたしは息を吸いこんだ。どうしてもわななきがちになったが、なんとか微笑を浮かべることができたので、リンドホルムに顔をあげた。

「ここには使わせてもらえる電話がありますか？　それも、長距離で？」

ナサニエルがわたしの背中に手をあて、リンドホルムにいった。

「彼女、家族がD.C.にいたんだ」

「えっ。それは……お気の毒に」

「でも、兄は――兄はカリフォルニアにいるんです」

「でしたら、電話があるところへいきましょう」少佐はナサニエルに目を向けて、「電話しないといけない人はほかにいますか？」

ナサニエルはかぶりをふった。

「急ぎの相手はいないな」

わたしはリンドホルム少佐についていった。すぐあとからナサニエルもついてくる。通路のようすはまったく目に入ってこなかった。われながら、自分本位だと思う。ハーシェルと家族がカリフォルニアに住んでいてくれたのはさいわいだったが、向こうにしてみれば、わたしは死んだも同然だ。隕石が落下したとき、わたしがD.C.にいないと考える理由はないのだから。そこに思いがおよばなかったとは……。

リンドホルム少佐が連れていってくれたのは小さな執務室で、軍特有の飾り気のない部屋だった。ただし、二点だけ、飾り気のなさに反するものがあった。双子の男の子の写真を入れた写真立てと、クレヨンで描かれた合衆国の地図だ。地図は壁に画鋲（がびょう）で貼ってある。ナサニエルはドアを閉め、リンドホルムとともに外の廊下で待った。

デスクに載っているのは実用第一の黒電話だった。だが、ダイヤルがついていたので、交換手は通さずにすんだ。受話器を取る。重くてあたたかい。なにはともあれ、ハーシェルの自宅の番号をダイヤルしはじめた。ダイヤルにはアルファベットと数字が割りふられている。ひとつひとつ、文字か数字の穴を選んでは、指止めまでまわす。そのたびに、ダイヤルがコロコロと所定の位置へもどっていく。各々の文字と数字がパルス信号となり、電話回線に送りだされていった。番号をすべてまわしおえるまでにはそれなりの時間がかかり、そのあいだに、まがりなりにも冷静さを取りもどすことができた。

だが、電話がつながることはついになく、聞こえるのは話し中のツーツーという音だけだった。なんといっても、この状況だ。すべての回線がふさがっていても驚くにはあたらない。それでも、いったん受話器を置いてから、すぐにまたかけなおした。話し中の音を聞いて、かえって焦りが出た。

もうすこしで受話器を置こうとしたとき、ナサニエルがドアをあけ、室内を覗きこんだ。

「部屋の主が帰ってきた。電話はどうだい？」

「ずっとお話し中」顔をなでる。おそらく、かえって汚れを塗り広げただけだったろうが、みだしなみを気にせずにはいられなかった。あとで電報を打たせてくれるように頼んでみよう。もっとも、軍の電報はフル稼動中で、割りこみはむりかもしれない。「あとでまた、かけなおしてみる」

こうして息災でいられることについて、いうべきことは山ほどあった。油と煤（すす）と血だらけだが、それでもわたしは生きている。夫も生きている。兄と家族も生きている。この日、どれだけおおぜいが亡くなったかを考えれば、自分がどれだけ恵まれているかがわかるというものだ。

それでも、執務室の主である空軍大佐が入ってきたときには、立ったまま、乱れた髪を反射的になでつけた。まるで、そうすることで多少は見た目が変わるかのように。だが、そこでやっと、大佐の階級章をつけた人物の顔に目がいった。

ステットスン・パーカー！

さいわい、顔が汚れているので、わたしの表情はわからなかったはずだ。でなければ、驚愕（きょうがく）の表情を隠そうとして四苦八苦していただろう。

このろくでなしが――大佐に昇進していたなんて。昇進したこと自体は、そう驚くにはあたらない。上官や取り入るべきだと判断した相手には、えらく愛想のいい男なのだから。ちょうどいまも、ナサニエルに手を差しだし、へりくだって握手しようとしている。

「ヨーク博士。ごぶじとわかって、心から安堵しました」

さっきリンドホルムが、あんなにも熱心にロケットのことをききたがったばかりだというのに、つい忘れてしまいがちだが……ナサニエルは人工衛星の打ち上げと軌道投入ですっかり有名人になっている。なにしろわたしたちは、衛星を軌道に乗せる競争で、ソ連に先んじたのだ。それも、一度どころか、三度も差をつけて。夫ははなはだ魅力的で、人あたりもいい人間なので——これは妻の欲目ではなく、純然たる事実だ——NACAにおける宇宙計画の顔になっていた。ナサニエルはいった。

「リンドホルム少佐にはとてもお世話になりました。歓迎していただいて感謝しています。失礼ですが……」

大佐は名札をつけている。それでも……礼儀上、ここはきちんと自己紹介すべき場面だ。

「おお、これはたいへん失礼しました。博士をお迎えできて、舞いあがっていたようだ」パーカーは下種(げす)な追従笑い(ついしょう)を浮かべた。「わたしはステットスン・パーカー大佐——当基地の司令官です。もっとも……深刻な現状に鑑み(かんが)れば、当基地以外も管掌する立場になってしまったようですが」

この男なら、もちろん、そういうだろう。自分がいかに重要な人物かを強調するために。わたしは前に進み出て片手を差しだした。

「またお会いできて光栄です、パーカー大佐」

大佐は驚いた顔で両の眉を吊りあげた。

「失礼ですが、マム、あなたはわたしよりもすぐれたご記憶をお持ちのようで……」

「以前にお顔を合わせていた当時は、まだエルマ・ウェクスラーでしたから。WASP時代での話です」

大佐の顔がわずかにこわばった。

「ああ、将軍のご息女の。ええ、ようく憶えていますとも」

「昇進おめでとうございます」わたしはとっておきの〝ぜんぶお見通しだからね〟の笑顔を浮かべてみせた。「よほど勉励されたのでしょうね、いろいろと」

「光栄です、マム」大佐はふたたびにいっと笑い、ナサニエルの肩をぽんとたたいた。「こちらのお若い淑女も〝昇進〟されて、ヨーク夫人になられたというわけですな?」

わたしはぎりっと歯嚙みした。歯が痛くなるほどだったが、それでも笑みを絶やさず、こう切り返した。

「直属の上官がだれかわからない状況になっているとおっしゃいましたね。現況について、教えていただけますか？」

「ああ……」パーカー大佐は真顔になった。雰囲気が一変したのは、演技ではなかったかもしれない。大佐はデスクに向きあう椅子を勧めた。「どうぞ、おすわりください」

パーカー自身はデスクの席についた。わたしがデスクの前側中央にあるネームプレートに気づいたのはこのときだった。それにしても、双子がいたとは驚いた。こんな男と結婚するとは、奇特な女もいたものだ。パーカーは両手の指先を触れあわせ、尖り屋根の形を作り、嘆息してみせた。

「じつは、爆発がありまして――」

「隕石の落下でしょう？」

「ニュースではそう報じています。ですが、よりによって、ワシントンが消滅させられたのです。賭けてもいい、これはロシア人のしわざに決まっています」

ナサニエルが首をかしげた。

「放射線が検出されたんですか？」

「被害地域付近へは、いまだ調査の人員を派遣できておりません」

バッカじゃなかろうか。無知蒙昧のこの男のために、わたしは道理を説明してやった。

「いたるところに噴出物が落下しているんですよ。被害地域もなにも、噴出物の放射線量をチェックすればすむ話でしょう。そもそも核爆発では、ああいう噴出物は発生しません。まず、巨大な隕石が大気圏に穴をうがちます。その後、地表と激突したさいの衝撃で噴きあげられた物体が、その穴を通じて宇宙に吸いあげられ、ふたたび地表に落下してきているんです」

パーカーはすっと目をすがめた。

「では、このこともご認識いただきたい。合衆国議会は開会中でした。下院も上院もです。ゆえに、われわれの連邦政府はほぼ完全に消滅したことになる。国防総省（ペンタゴン）も、CIA本部（ラングリー）もです。であれば、たとえこの災厄が神の御業（みわざ）であったとしても、ロシア人がこの機会につけこむ行動をとる恐れはないと――本気でお考えですか？」

これには……慄然とする可能性だが……一理あった。わたしは椅子の背あてにもたれかかった。腕組みをしたのは、急に室内の空気が冷えこんだように感じられたからだ。

ナサニエルが的確にフォローしてくれた。

「とすると、軍は防衛作戦を計画していると？」

ナサニエルはことさらに〝軍〟を強調したわけではない。しかしこのことばは、これがどんな事態であれ、〝仕切るのは一介の大佐ではない〟ことをはっきりさせるものだった。

「ここは慎重を期するべきかと。ところで、少々申しあげにくいことですが、ヨーク博士……」パーカーはいったんことばを切り、ためらった。しかしこのためらいは、あからさまに計算ずくのものだった。心の中で効果を狙い、秒数を数えているのが手にとるようにわかる。「……博士はマンハッタン計画にかかわっておられました。そうですな？」

ナサニエルがとなりで身をこわばらせた。マンハッタン計画は、科学的見地からすればはなはだエキサイティングなものだが、それ以外の点では忌まわしい。

「たしかに。しかし、このところは宇宙探査に注力していました」

パーカーは手を横にひとふりした。それは論点ではないという意図だ。

「つらい朝を過ごされた方に、このようなことを申しあげたくはないが、これから今後の対策を検討する会議があります。それに出席してはもらえますまいか」

「わたしがお役にたてるとは思えませんが」

「いま現在、博士はロケットに関する科学の最高権威でいらっしゃる」

思いださせられるまでもなかった。わたしたちのどちらもだ。NACAの研究者のうち、どれほどおおぜいが死んでしまったかについては、ずっと心を痛めている。わたしはナサニエルのひざに手をのせ、前に夫がそうしてくれたように、気持ちを落ちつかせようとした。しかしNACAは、ロケット計画で唯一の研究拠点ではない。

「夫の研究を過小評価するわけではありませんが、ヴェルナー・フォン・ブラウンもロケット計画に携わっています。カンザス州のサンフラワー基地で」

パーカーは鼻で笑い、張りつけたような笑みを浮かべた。戦時中、この男は不承不承、わたしにへりくだった態度をとっていたが、それは将軍であるわたしの父の手前があったからだ。いまはいまで、ヨーク博士の妻として、わたしにへりくだらざるをえない。それが癪にさわるのだろう。

「マム。情報を提供してくださるお気持ちはありがたいが、国家安全保障上の観点から、フォン・ブラウンのような元ナチ党員を会議に関与させるわけにはいきません。その点をご理解いただければと思います」ここでふたたび、パーカーはわたしを完全に無視して、ナサニエルに目を向けた。「いかがです、ヨーク博士？　われわれとしては、アメリカの安全維持を検討せねばなりません。そのためにも、どうかご協力ねがいたいのですが」

ナサニエルはためいきをつき、ズボンのほつれた糸をつまんだ。

「いいでしょう。ただ、きょうはあまり、頭が働きませんよ」

立ちあがったナサニエルに合わせ、わたしも立とうとした。パーカーは片手でわたしを制し、かぶりをふった。

「あなたはご同行いただかなくともけっこうです、マム。リンドホルム少佐が宿泊先の手配をしますので、それまではどうぞ、この司令官室でおくつろぎを」

少佐がいった。

「自宅にはいくつか部屋があいています。TLFがおいやでしたら、ぜひうちへ」

これには自尊心をくすぐられた。自宅を提供してくれることに対してではない。通常、民間人に対しては〝仮設住宅（テンポラリー・リビング・ファシリティー）〟というはずのところを、略語でTLFといってくれたからだ。これは仲間として認識されていることを意味する。

「ご親切にありがとう。奥さまがおいやでなければ、おねがいします、少佐」

「いやなはずはありませんよ、マム」

パーカーが思いがけなく、あたたかい笑みを浮かべた。

「いいホストを見つけられましたな。彼の細君が焼くパイは絶品です」

認めよう。わたしはこのとき、ふたりの軍人が確固たる仲間意識の絆（きずな）で結ばれていると気づき、愕然とした。自分自身の経験からいえば、かつてのパーカーとわたしの関係は、およそ理想的なものではなかったのだが……じつはリンドホルム少佐も、人あたりはいいが下種な男だったりするのだろうか？

「それは楽しみです。では、宿泊先も決まったことですし、会議に向かいましょう」

べつに、その会議とやらに出たかったわけではない。わたしにも役にたてることはあるだろうから、できるだけ協力したいと思っただけだ。

「ああ……申しわけないが、マム」パーカーはネクタイの結び目をととのえながら、やんわりと拒絶した。「はっきり申しあげるべきでしたか。ヨーク博士はすでに、マンハッタン計画に参画することにより、必要な認証を受けておられる。どうかご理解を」

認証など知ったことか。さっき自分で、もう階級は意味をなさないという趣旨のことをいったばかりではないか。であれば認証など、もっと意味をなさなくなっているだろう。しかし、それをいいたてたところで、向こうもたぶん、折れはしない。だからわたしは、ふたたび椅子に腰をおろした。

「では、あなたの心に祝福を（クソくらえ）。もちろん、ご理解くださいますとも。わたしはここにすわって、じっと待っています」

ナサニエルが困惑したようすで両の眉を吊りあげた。夫はわたしをよく知っているから、理由はさておき、そうとう怒っていることに気づいてはいる。わたしは左右に首をふってみせ、だいじょうぶ、と言外にほのめかした。それから、ほほえみを浮かべ、ひざの上でつつましく両手を組んだ。椅子の背あてにもたれかかり、聞きわけのいい小さな女の子のように、じっとすわって待つ態勢をとる——夫を仕事に送りだしつつ、このいかれた軍の動きが核戦争の引き金になりませんようにと、神に祈りながら。

4

イラン、地震で九十人死亡

［テヘラン（イラン）発　一九五二年三月三日（ロイター電）］　イラン南部で発生した地震により、ラリスタンとバスタクの両都市において九十人が死亡し、百八十人が重軽傷を負った。テヘラン放送は本日、この地震は北アメリカに大きな被害をもたらした〈巨大隕石〉落下に誘発されたものであると伝えている。

夕陽が沈んでいく。天に鮮烈な朱色の光を放ち、銅色と暗い金色の光芒(こうぼう)を投げかけながら。頭上に広がる赤い天穹(てんきゅう)を見あげていると、まるで火星にやってきたかのようだ。赤い光はすべてを真っ赤に染めあげて、リンドホルム少佐の家を囲む白い杭垣(くいがき)すら、血の海につかっているかに見せている。

　ふだんなら、人の厚意に甘えたくはない。しかし、パーカーの差し金で、そうせざるをえなくなってしまった。もっとも、正直なところ、もうくたくたでなんにも考えられず、だれかにいくべきところを指示してもらえるのはありがたいという思いもあった。それに、仮設住宅(TLF)は被災者をこそ優先的に受け入れるべきだ。

　ナサニエルはいまも会議に拘束されている。わたしが基地をあとにするさいには、かなり時間を割いて力づけてくれたものだが、じっさい、わたしがぐずぐずしていたのは、いったん基地を出てしまえば、にもなかった。それでもわたしがぐずぐずしていたのは、いったん基地を出てしまえば、もう二度と夫に会えないのではないかという強い強迫観念があったからだ。とはいえ、これは一個人が我を通していい問題ではない。とりわけ、きょうのような日には。

　ジープを降りたとき、服のあちこちについたしみが濃くなっているように見えた。母の叱り声が聞こえるようだった。

〝エルマ！　人さまにどんな目で見られると思ってるの？〟

　ジープのドアに手をかけて、こみあげてくる悲しみをぐっとこらえた。すくなくとも、顔は洗ってきた。それでかんべんして、かあさん。背筋を伸ばし、リンドホルム少佐のあとについて杭垣を通りぬけ、瀟洒(しょうしゃ)なアプローチをフロント・ポーチに向かって歩いていく。

上がり段を昇っている途中でドアが開き、中から淡青色の部屋着を着た、ぽっちゃりとした黒人女性が歩み出てきた。

肌の色は真夏に日焼けしたナサニエルと同じくらいか。顔の輪郭は丸みを帯びて、柔和な顔つきだ。軽いショックとともに、わたしは気がついた。黒人の自宅を訪ねるのは、これがはじめてだということに。ミセス・リンドホルムは、くせっ毛をふっくらとした形（ブッファン）にととのえていて、それがライトブラウンの頬を縁どっている。眼鏡の奥に覗く目は赤い縁どりにおおわれており、不安そうな色を浮かべていた。

夫人はいっそう大きくドアを開き、胸に手をあててわたしに声をかけてきた。

「まあまあ、たいへんだったわねえ。どうぞお入んなさい」

「ありがとうございます」屋内の床は煉瓦（れんが）を模したリノリウムで、掃除がいきとどいていた。わたしの靴はといえば、本来の色がわからないほど泥だらけだ。「そのまえに、ブーツを脱がさせてください」

「そんなこと、気にしなくてもいいのに」

わたしは上がり段にすわりこみ、ブーツの片方を脱いだ。娘がよそさまの家にこんな泥だらけであがりこもうものなら、かあさんはきっと恥じいっただろう。

「あとから夫がきたら、ひとりでふたりぶんの泥を持ちこみますから」

夫人は笑って、

「世の中のだんな連中ときたら、みんなおんなじなのかねえ」といった。

「こらこら、本人の目の前でなにをいうんだ」リンドホルム少佐が上がり段で立ちどまり、わたしのとなりに立った。それから、これはわたしに向かって、「必要なものがあったら、なんでもいってください。どんなものでもだいじょうぶです。それに、保証します、ヨーク博士はお元気でここへやってきますよ」

「ありがとう」

これ以上、人の親切に触れたら、泣き崩れてしまいそうだった。わたしはもういっぽうのブーツを脱ぐことに意識を集中した。ストッキングも泥だらけで、その下の足も同様だった。

少佐がまた基地にいってしまうと、ミセス・リンドホルムが何歩かポーチに出てきた。

「うちには三人、息子がいましてね。だいじょうぶ、多少の汚れなんて屁でもないから」

泣いてはだめ。いまはまだ。浅い呼吸をくりかえし、涙があふれそうになるのを必死にこらえる。この塩味は涙の味だ。わたしは手すりをつかみ、はだしで立ちあがった。

「なんとお礼を申しあげていいか……」

「なにいってるの、まだなんにもしてないのに」夫人は片手をわたしの背中に持っていき、あえて触れないようにしながら、家の中へ導いた。「さてさて……真っ先にほしいのは、やっぱり熱いお風呂かしらね」

「いまのところ、冷たいシャワーで充分です」

玄関に入ると、そこはもうリビングルームになっていた。家具はすべてきっちり、壁と平行に配置してあり、ちょっとした小物までもが、棚やテーブルの縁に合わせて曲がることなく置いてあった。室内にただよっているのは、レモン・フレーバーの家具クリーナーとシナモンの香りだ。

「冷たいシャワーなら兵舎でも使えたでしょ?」ミセス・リンドホルムは、リビングルームの奥へつづく廊下を足早に歩いていき、右手にある最初のドアをあけた。バスルームは大半を、鉤爪（かぎづめ）足つきのバスタブで占領されていた。「バブルバスも用意してあるの。ラベンダーとローズの香りがあるわ」

「まず、シャワーで泥を落とさせていただいたほうがよさそうです」

夫人は眼鏡の位置を調整し、わたしの服と露出している肌の汚れに目をやって、

「うーん……そうねえ。でも、汚れを落としたら、ちゃんとお湯につかるんですよ、いいわね?　でないと、あしたになったら、全身が痛くてたまらなくなるはずだから」

「ええ、そうさせてもらいます」

たしかに夫人のいうとおりだ。いろいろ考えあわせると、あすはベッドから出られるだけでも意外に感じるだろう。

「それじゃあ、これがタオル。それから、いちばん上の息子のパジャマ」夫人は赤いフランネルのパジャマ上下をわたしの手にのせた。「わたしのナイトガウンだと大きすぎて、すとんと落ちちゃうだろうから。脱いだ服はこのカウンターに。あとで洗っておくわ」

それだけ言い残して、夫人は足早に出ていった。出ていくまぎわ、わたしは夫人に会釈した。いまの会釈で感謝の気持ちが伝わってくれればいいのだが。

夫人はいやでもわたしの服を洗わざるをえない。洗わないと、わたしが着るものがないからである。社交界にデビューするのに着ていくドレスがないなどという浮ついた話とはわけがちがう。切実に、服そのものがないのだ。わたしたちは難民にほかならない。家はなくなった。仕事もなくなった。貯金していた銀行も。友人たちもだ。隕石の落下により、なにもかもが失われてしまった。

ナサニエルがロケット科学者でなかったら——パーカーに貴重な人材として引きとめられなかったら——いまごろわたしたちはどこにいただろう。ゴールドマンさんをはじめ、亡くなった人たちのことは考えた。しかし、いまも生きている人たちについては、まだ考えたことがなかった。災厄がおよぶぎりぎりのところで助かった何万、何十万ものほかの被災者たちは、いったいいま、どうしているのだろう。

ドアをあけると、湯気が真っ先にバスルームを出ていった。湯気につづいて廊下に出る。借り物のパジャマ姿で、廊下をそっとリビングルームへ歩いていった。ズボンは問題ない。わたしは脚が長いからだ。しかし、手の指がほとんど隠れてしまうほど長い袖については、歩きながら捲らざるをえなかった。指にできた無数の傷がやわらかな布地にすれて痛かったせいもある。

いまは心が麻痺したようになっており、なにも考えられない。まだショック状態にあるようだ。もっとも、こうなることは予想ずみだった。すくなくとも、からだが震えださずにはすんでいる。なにもかもがコットンにくるまれて、なにかこう、遠い感じだった。

リビングルームではテレビがついていたが、ボリュームを絞ってあった。ミセス・リンドホルムは、テレビの真ん前に椅子を寄せて番組を見ていた。前に身を乗りだし、一心にニュースを聞いている。両手はハンカチをぐっと握りしめていた。

ちらつくモノクロ映像では、エドワード・R・マローがニュースデスクにつき、タバコを喫いながら、きょうのできごとをふりかえっていた。

「……本日落下した〈巨大隕石〉により、亡くなった方の総数ですが、最新の発表によりますと、七万人にも達しており、さらに増える見通しです。被害の影響は、メリーランド、デラウェア、ペンシルヴェニア、ニューヨーク、ニュージャージー、ヴァージニアの各州、およびカナダ、そしてイーストコーストでは南のフロリダ州にもおよび、これらの地域で家をなくされた方々の総数は五〇万人にのぼります。これからお見せするのは、〈巨大隕石〉落下の約五時間後に、航空機から撮影された落下地点の状況です。いまごらんになっているのは、視聴者のみなさん——かつてわが国の首都であった地域の映像にほかなりません」

画面には池のようなものが映っていた。水面は沸騰した湯のように激しく気泡が立っており、その周囲を黒い土が環状に取りまいている。カメラが引き、より広域を映しだして地平線があらわになると、わたしは鋭く息を吸いこんだ。〝池〟の規模がはっきりしたからだ。〝池〟を取りまく環状の土が黒いのは焼け焦げたためであり——その環の直径は、何百キロもあった。海岸部に目を転じれば、チェサピーク湾が見えない。たんに水没したのではない。湾そのものが消滅していたのである。湾があるはずの場所に見えているのは、ただ海だけだった。

しかもその海は、熱い蒸気におおわれていた。

わたしはだれかに腹を殴られでもしたかのように、きれぎれに息を吸うことしかできなかった。

ミセス・リンドホルムが椅子にすわったままふりかえった。その表情から、思いは手にとるようにわかった。被災者の受け入れ側としてわたしを不安にさせないよう、ショックと悲しみを覆い隠そうとしているようだ。

「まあまあ！　すこしは気分がよくなったようね」

「その――はい……」

わたしはそう答え、テレビに一歩近づいた。恐怖に魅入られたようになって、画面から目が離せない。

テレビからマローの声がつづけた。

「――イーストコーストの全域に対しては、緊急事態宣言が発令されました。陸海空軍、および赤十字には非常呼集がかけられ、被災者の救援がはじまっています」

カメラが切り替わり、救助隊が被災者たちを受け入れる現場が映しだされた。背景では、両腕を火傷した小さな女の子が、母親のそばをよちよちと歩いている。つづいて画面は、小学校であったとおぼしき建物に切り替わった。校庭には子供の亡骸がたくさん並んでいた。隕石が落下したとき、休み時間で校庭にいたにちがいない。わたしはそれまで、自分の想像力が描く最悪の状況というものは、現実よりもずっとひどいものだと思っていた。

そんなことはまったくなかった。

ミセス・リンドホルムがテレビを消した。

「さあさ。こんなものを見る必要はありませんよ。あなたに必要なのは、夕食」

「いえ、そこまでご迷惑は……」

「なにいってるの。迷惑だったら、ユージーンに連れてきなさいなんていうもんですか」

夫人はハンカチをスカートのベルトに押しこんだ。「さ、キッチンへいらっしゃい。たいしたものはないけれど、おあがんなさいな」

「その――ありがとう」

自分が不意の客になってしまったという礼儀的な面での申しわけなさと、いまは食事を――たとえものを食べられる気分ではなくとも――しておくべきだという、単純な事実がせめぎあった。加えて、夫人がわたしの母のような人物だったなら――母のことを思っただけで目頭が熱くなり、手の甲で涙をぬぐった――わたしの母のような人物だったなら、食事を断わるのはむしろ失礼だ。

キッチンのリノリウムの床は、素足にひんやりと冷たく感じられた。壁はミントグリーンに塗ってある。清潔なカウンターの上に吊られたキャビネットはしみひとつない白さだ。来客と聞いて、夫人が掃除したのだろうか。それとも、いつもこんなふうにきれいにしてあるのだろうか。夫人があけた冷蔵庫の中を見た時点で、これはいつもきれいにしているのだと判断した。

友人にタッパーウェアの委託販売をしている人がいるにちがいない。でなければ、夫人本人が販売員なのか。食材はすべて揃いのタッパーウェアに入れられていた。色はどれもパステルカラーだ。さっきテレビを見ていたとき、その顔に浮かんでいたショックと悲しみの表情を知らなかったら、わたしは夫人がゼネラル・エレクトリックの冷蔵庫、あれのコマーシャルから抜け出てきた人物のように思っただろう。

「いま作れるのは……ハムとチーズのサンドイッチでいいかしら？」

「あの……チーズだけにできますか？」

「こんなにひどい目に遭った日に？　タンパク質をとらなきゃだめよ」

母はつねづね、素性はちゃんと打ち明けておくべきだといっていた。

「わたしたち、ユダヤ人なんです」

夫人は背筋を伸ばし、両の眉を吊りあげた。

「ほんとうに？　まあまあ……見た目じゃわからないもんだわねえ」

悪気はなかったのだろう。それはわかる。というよりも、わかると思わざるをえない。なぜなら、わたしはこの家の客であり、ほかにいくところがないからだ。わたしはごくりとつばを呑みこみ、ほほえんだ。

「ですから、チーズだけのほうがありがたいんです」

「ツナはどう？」

「それはありがたいですね、お手間でなければ」

うちの実家も夫の実家も、清浄な食品（コーシャ）を常備しておくほど敬虔（けいけん）ではなかったが、大戦がはじまってからというもの、わたしは豚肉、貝類、甲殻類を食べるのをやめてしまった。この規律は、なにはともあれ、自分が何者であるのか、なぜ自分のアイデンティティが重要であるのかを思いださせてくれる。

「手間なんて、ぜんぜんよ」夫人は冷蔵庫からパステル・ピンクのタッパーを取りだした。「ユージーンはいつもランチにツナを食べるの。だからいつも、ストックしてあってね」

「なにかお手伝いできることはありますか？」

「それなら、ただすわっててちょうだいな」夫人は別のタッパーを取りだした。こんどのはパステル・グリーンだ。「どこになにがあるかを説明するより、ぱっぱっと作っちゃったほうが早いから」

冷蔵庫のそばの壁には、カフェオレ色の壁掛け電話がかかっていた。それを見たとたん、強烈な罪悪感がこみあげてきた。

「あの、よかったら、その……ずうずうしいお願いなんですけど、お電話をお借りできませんか？　長距離電話になってしまうんですが、ただ……」

そこから先は尻すぼみに消えた。いつになったら長距離電話の支払いをできるようになるのか、あてがなかったからだ。

「どうぞどうぞ。席をはずしたほうがいい？」

「いいえ、そんな。だいじょうぶです」これはうそだ。ほんとうは、だれもいないところで電話をしたかった。しかし、ただでさえ迷惑をかけているのに、これ以上のわがままはいいにくい。「ありがとう」

夫人はサンドイッチの具をカウンターの上にすべらせてから、電話を指し示した。

「共同加入線じゃないから、よその人に聞かれる心配はないわ。少佐の家にいるメリットのひとつね」

これがほかの部屋にあれば……と思いながら、わたしは電話機に歩いていき、ダイヤルをまわした。聞こえてきたのは例のいまいましいお話し中の音だった。毒づかないようにするには苦労した。すくなくとも、心の中で毒づくだけにとどめた。

もういちどダイヤルしてみた。こんどは呼出音が鳴った。

ほっとして、ひざから力が抜けていき、わたしは壁にもたれかかった。一回コールの音がするたびに、わたしは心から祈った。

どうかどうか、家にいてくれますように。どうか家にいてくれますように。どうか——。

「もしもし？　ウェクスラーです」兄の声は冷静で理性的だった。

わたしのほうは震える声しか出てこない。

「ハーシェル？　わたし。エルマ」

長距離回線の向こうで、鋭く息を呑む音がした。それからしばし、ノイズだけが響いた。

「ハーシェル？」

兄が泣く声を聞くのは、これがはじめてだった。ひざに骨まで見える傷を負ったときも泣かなかったあの兄が、いまは声をあげて泣いている。

電話の向こうで、兄嫁のドリスがなにかたずねる声がした。たぶん、〝どうしたの？〟ときいたのだろう。

「エルマが。は——はは。まさか——生きてた。エルマが。おお、神に讃えあれ！　エルマがな、生きてたんだ！」電話口にハーシェルの声がもどってきた。「ニュースは見た。どう……どうなった？　かあさんととうさんは？」

「それがね……」わたしは片手で目をおおい、壁に額を押しつけた。背後ではミセス・リンドホルムが不自然なほど黙々とサンドイッチを作っている。わたしは懸命に声を絞りだした。「わたしはナサニエルといっしょに街を出ていたの。とうさんとかあさんは……家にいたわ」

ハーシェルの嘆声が耳をさいなんだ。

「しかし、エルマとナサニエルは生きててくれたわけだ」

「なにか聞いてる？……チャールストンの事情」

「津波に呑まれた。だが、避難できた人間もおおぜいいる」そこでハーシェルは、わたしがほんとうにききたかったことに答えた。「ばあさま（グランマ）の消息はわからない。おばさんたちについても、全員不明だ」

「そう……でも、わたしも電話できるまで時間がかかったから……」

電話の向こうでドリスがなにかをいった。つかのま、ハーシェルの声がくぐもった。

「え？　うん……うん、きいてみる」

あそこの夫婦は、ドリスのほうが気転がきく。恋愛中も、いつもそうだった。思わず顔がほころんだ。ドリスがいましがたメモしてよこした質問リストが目に浮かぶようだ。

「いま、どこにいる？　必要なものはなんだ？　怪我はないか？」

「いまはライト＝パターソン空軍基地、オハイオの。正確には、基地に所属するリンドホルム少佐の自宅よ。今夜、わたしたちを泊めてもらえることになったの。なので、心配はいらないわ。こちらはなんとかやっていけるから」肩ごしに、ちらりとうしろを見た。ミセス・リンドホルムがサンドイッチをきちんと等分に切り分け、パンの耳を切り落としている。「じゃ、そろそろ切らなきゃ。ここの電話を貸してもらってるので」

「つぎはコレクト・コールにするといい」

「あしたまた電話する。回線が輻輳(ふくそう)しなければいいんだけど。ドリスと子供たちによろしく伝えておいて」

　電話を切り、立ったまま、壁に頭をもたせかけた。そうしていれば、ミントグリーンの壁が額を冷やしてくれるかのように。だが、それはほんのつかのまのことだった。と思う。

　椅子を引く音がした。ミセス・リンドホルムがテーブルについたらしい。わたしは気力を奮い起こし、背筋を伸ばした。とうさんはいつもいっていたわ——婦人操縦士としても、淑女としても、立ち居振舞いはだいじだぞって。

「助かりました。兄がとても心配していたので」

「わたしもおにいさんの立場なら、そりゃあ心配したでしょうよ」

　ミセス・リンドホルムはサンドイッチを明るい青緑色(ティール)の皿に載せ、テーブルマットの真ん中に置いてくれていた。皿の横に置かれた水のグラスは、びっしりと結露でおおわれていた。

このキッチンにあふれる日常性は——壁でチクタク鳴っている掛時計、冷蔵庫のブーンといううなり、親切な女性、彼女が作ってくれたサンドイッチ、テーブルマット、フランネルのパジャマ、等々は——きょう一日、わたしが過ごしてきた苛酷な世界と完全に隔絶されたものに思える。テレビに映っていた、火傷した子供たちは、たしかに現実の被災者であると同時に、火星にでもいるかのように、遠い存在に思える。

椅子の足をきしませ、席についた。これまでの奮闘がたたって関節が痛む。それでも、小さいころからのしつけにしたがって、ひざの上にナプキンを載せ、最初のサンドイッチを手にとった。生き延びられたのは運がよかった。自家用機を持っていて、それで脱出できたのは幸いだった。

「どう、サンドイッチ？」

気がつくと、四分の一ほどを食べていた。死にかけた魚と腐りかけたピクルスを食べているも同然だった。不意の客をあたたかく迎えてくれた夫人に向かって、わたしはほほえんだ。

「おいしいです」

5

津波、ベネズエラに

［カラカス（ベネズエラ）発　一九五二年三月四日（AP電）］　本日、政府に寄せられた報告によれば、北米イーストコーストに落下した隕石によるものと見られる津波がラ・ベラ・デ・コロの港を襲い、甚大な被害をもたらした。ベネズエラ西部の同港に繋留していた船はすべて破壊され、海岸地区の家屋が多数倒壊したという。死傷者数はまだ判明していない。

いずれかの時点で、わたしはソファにすわったまま眠りに落ちたにちがいない。はっと目が覚めると、ナサニエルが額の前髪をかきあげてくれていた。キッチンからの明かりが暗いリビングルームに射しこみ、白いワイシャツを照らしている。こざっぱりして見えるのは、シャワーを浴びてきたからだろう。すぐには頭が働かず、つかのま、あの大災厄はすべて夢だったんだろうと思った。

「やれやれだな」ナサニエルはほほえみを浮かべ、ふたたびわたしの額にたれた髪をかきあげた。「こんなところで朝まで寝てるつもりかい？　それとも、寝室にいく？」

「いつ帰って――いつここにきたの？」わたしは起きあがり、こわばった首の筋肉をほぐした。肩にはミセス・リンドホルムのショール（アフガン）がかけてあった。部屋の一角ではテレビが暗い亡霊と化していた。

「たったいまだよ。リンドホルム少佐が連れてきてくれたんだ」キッチンのほうにあごをしゃくって、「いまサンドイッチを作ってる」

「あなたはなにか食べた？」

　ナサニエルはうなずいた。

「会議のときにね。食事が出た」

　ナサニエルは手を差しだし、わたしが立ちあがるのを手伝ってくれた。朝からこちら、からだじゅうにできた切り傷、擦り傷、打ち身の数々が、うたた寝しているあいだに自己主張をはじめていた。一歩歩くたびに、ふくらはぎが痛む。アフガンを折りたたむとき、両腕も抗議の悲鳴をあげた。またアスピリンを服(の)むには早すぎるだろうか。

「いま何時？」

「真夜中に近い」

　いましがた着いたところだとしたら、現況はけっしてよくはない。室内は薄暗いので、夫の表情は読めなかった。キッチンからは庖丁の刃先が皿にこすれる音がしている。リンドホルム少佐がサンドイッチを切り分けているのだ。折りたたんだアフガンを、わたしはソファの上に残した。

「寝室にいきましょう」

　薄暗い廊下を歩いて、ミセス・リンドホルムがあてがってくれた寝室に向かう。ナサニエルもあとからついてくる。ここは長男のアルフレッドの部屋だったそうだ。そのアルフレッドは、工学の学位を取得するためカリフォルニア工科大学に在学中で、いまはこの家にいない。室内の壁には、アルフレッドの高校のフットボール・チーム〈レパーズ〉のペナントが張ってあった。作りかけの組み立て玩具一式(エレクターセット)と、ジュール・ヴェルヌ全集には、自分の子供時代の部屋を思いださせるものをおぼえた。もっとも、それらを別にすれば、室内はすべて格子縞か赤の寝具と家具で統一されていた。これはたぶん、母親の趣味だろう。

ドアを閉じると、ナサニエルが明かりのスイッチを手さぐりしだしたが、わたしは明かりをつけないようにたのんだ。あとほんのすこしでいいから、心安らぐ夜の暗がりの中にひたっていたかったのだ。ここにはわたしたちふたりしかいない。そして、現状を思いださせるラジオもない。いまなら〝よその家に泊まりがけで遊びにきただけ〟という幻想をいだいていられる。夫はわたしを抱きよせた。わたしは夫の腕に身をゆだね、夫の胸に頬を寄せた。

ナサニエルはわたしの頭にあごを載せ、まだ湿っている髪を両手の指で梳いた。夫のからだは馴じみのないミントの石鹸の香りがした。

ナサニエルの胸に顔をすりよせながら、わたしはたずねた。

「シャワーは基地で？」

夫はうなずいた。その動きで、あごがわたしの後頭部をこすった。

「ぼくが会議テーブルで居眠りをしてしまったものだから、休憩を入れることになってね。目が覚めるように、シャワーを浴びたんだ」

わたしは顔を離し、夫を見あげた。目の下の隈が大きく、濃くなっている。まったく、軍のろくでなしどもときたら。この日、あんな目に遭ってきた人間を、よくも眠らせずに会議へ引きずりだせるものだ。

「きょうのところはご休養を、といってくれなかったの？」

「いってはくれたけどさ」ナサニエルは両肩をつかむ手にぐっと力を入れてから、わたしのからだを離した。ワイシャツのボタンをはずしながら、ふらふらとベッドへ歩きだす。

「あそこで帰ろうものなら、パーカー大佐がなにかばかなまねをしでかしやしないかと気が気じゃなくてね。いまでもその心配はある」

「バカだもの、あのクズ」

ワイシャツの両袖から腕を抜く動きの途中で、ナサニエルは動きをとめた。

「そういえば、きみ、むかしの知りあいだっていってたな」

「戦時中、パイロットだったの、あの男。飛行隊長をしてたわ。女が飛行機を飛ばすのが大っっっきらいなやつでね。それはもう、神経を磨り減らされたものよ。自分の考えを押しつけたがるし。おまけに、女と見ればしつこくつきまとうし」

あとから考えれば、最後のひとことはよけいだった。疲れきっている夫にいうべきことではない。ナサニエルはたちまち、いまにもワイシャツを引き裂くのではないかと心配になるほど険しい顔になった。

「――なんだって？」

わたしはあわてて両手をつきだし、なだめにかかった。

「わたしにつきまとったということじゃないわよ。わたしの飛行隊の娘たちにつきまとったわけでもないわ」ただしこれには、父に相談してからは、との注意書きがつく。わたしは肩をすくめてみせた。「将軍の娘の特権ね」

ナサニエルは鼻を鳴らし、ワイシャツを脱ぐ動作を再開した。

「それなら、あいつのしつこさにも納得がいくな」夫の背中には擦り傷と打ち身が点々とあった。「あれが核爆発じゃないことだけは、どうにかこうにかわからせられたと思うが、こんどはソ連があの流星体を誘導したといいだす始末だ」

「まだ人類が地球の外に出てもいないのに？」

「そこは指摘してやったんだが……」ためいきをついた。「ただし、いい知らせもある。命令系統は、あの男がぼくらに思いこませようとしたほど破綻してはいない。アイゼンハワー将軍がヨーロッパから航空機で帰国の途についている。明朝にはここへ着くそうだ」

ナサニエルからワイシャツを受けとり、椅子の背にかける。

「ここ？　ここというのは、ライト＝パターソンのこと？　それとも、アメリカ？」

「ここだよ。被災していない基地のうち、落下地点にもっとも近いからね」

おたがい、頭の中に浮かんできた数字は同じだっただろう。わたしたちはいま、落下地点から八〇〇キロ以上離れた場所にいるのだ。

翌朝、自分たちが年老いたらどんな状態になるかをいやというほど思い知った。ナサニエルは自力でベッドから起きあがれなかった。地揺れで落ちてきた山荘の破片の大半を、身を挺して防いでくれた結果だった。夫の背中は血腫（けっしゅ）と挫傷（ざしょう）だらけで、生きている人間の背中というよりも、医師だった母の医学書に載っていた見本写真のようなありさまになっていた。

　わたしのほうも、たいしてましな状態ではなかった。これよりも体調が悪かったのは、インフルエンザにかかった夏くらいのものだろう。それでも、なんとか起きあがることはできたし、いったん動きだしてしまえば、どうにか動けることはわかった。

　ナサニエルは片手をついて上体を起こし、いちど失敗してから、もういちど挑戦して、なんとかベッドの縁にすわった。

「横になっていたほうがいいわよ」

　ナサニエルはかぶりをふった。

「だめだめ。這（は）ってでもいかないと、パーカーがアイゼンハワー将軍にソ連謀略説を吹きこんじまう」

　愚直な夫は、そういってわたしに手を差しだした。その手をとって、わたしはいった。

「アイゼンハワー将軍は、バカのことばを鵜吞(うの)みにする人物には思えないんだけどな」

「天才でさえ、怯えているときには愚行に走るものさ」

ナサニエルはわたしの手にすがり、うめき声をあげて立ちあがった。見るからに危なっかしい動きぶりだった。しかし、夫のことはよく知っている。死ぬまで一心不乱に働きつづける男だ。ナサニエルはワイシャツに手を伸ばし、うっと顔をしかめた。

わたしは少佐から借りたバスローブを取ると、夫に差しだした。

「先にシャワーを使わせてもらえば？　すこしは動けるようになるかもしれないでしょ」

夫はうなずき、わたしの手を借りてバスローブをはおると、脚を引き引き、廊下を歩いていった。わたしのほうは、ミセス・リンドホルムを探してキッチンに赴いた。だが、廊下を歩いていくうちに、まちがえようのないにおいがただよってきた。これはベーコンを焼くにおいだ。

思わず、身がまえた。食事のたびに、昨夕のように清浄(コーシャ)な食品の話をするのかと思うと、気が重い。たしかにここの夫婦は親切だ。ふたりがいなかったら、わたしたちは野宿するはめになっていたかもしれない。さすがにまあ……そこまではいかないにしても、セスナの機内で眠らざるをえなかった可能性はある。

だが、キッチンに入るまぎわ、夫婦の会話が聞こえてきて、ベーコンどころではなくなった。

「……気になってしかたないのよ、いっしょに学校に通った娘たちのことが。パールはボルティモアにいたのよ」

　夫人の声はわななないていた。

「あそこはもう……」

「ごめんね――どうかしてるって、わかってはいるんだけど。トーストに塗るジャムは、ラズベリーとストロベリーと、どっちがいい？」

　ようやくキッチンの戸口に立ったのは、会話があたりさわりのないものになってからのことだった。ミセス・リンドホルムは戸口に背中を向け、カウンターで料理をしている。手の甲で涙をぬぐっているのが動きでわかった。

　リンドホルム少佐はキッチン・テーブルについていた。右手に持ったカップからはコーヒーの湯気が立ち昇っている。左手には新聞を持っていたが、その目は心配そうに夫人を見ていた。

　わたしが入っていくと、少佐はこちらに顔を向け、取ってつけたような笑みを浮かべてみせた。

「ゆうべわれわれが帰ってきたとき、お寝みのじゃまをしなかったらいいんですが」

「ナサニエルに起こされました。でも、起こされてよかった。朝までソファで寝ていたら、首がひどいことになっていたでしょうから」

ひとまずそうやって、こういう場面に必要な他愛ないあいさつを交わしあった。少佐は話をしながら、席につくわたしにコーヒーをついでくれた。

淹れたてのコーヒーのすばらしさ――それをここで説明する必要があるだろうか？　カップから湯気とともに立ち昇る馥郁たる香りで、わたしは完全に目が覚めた。香気につづいて、豊かな苦みのある液体が舌に触れ、味蕾を刺激した。ただ苦みがあるだけではない。暗くよどんでささくれだった気持ちを、やさしくなだめてくれる味わいがある。わたしは深々と吐息をつき、椅子の背にもたれかかった。

「ああ、生き返ったようだわ」

「朝食はどうします？　卵？　ベーコン？　トースト？」ミセス・リンドホルムが食器棚から皿を出した。目にはすこし泣いたあとが残っている。「グレープフルーツもありますよ」

フロリダの果樹園はどのくらい内陸部にあっただろう。

「卵とトーストをいただければ。ありがとう」

リンドホルム少佐が新聞を折りたたみ、テーブルに置いた。

「ああ、そうか。マートルから聞きましたよ。ユダヤの方なんですってね。アメリカへは戦時中に?」

「いえ、そうではなくて。あっ――」夫人がわたしの目の前に卵とトーストの皿を置いた。わたしは顔をあげ、調理台を見た。卵を焼くのに使われたのは、ベーコンを焼いて出た油だった。においはとても香ばしい。とはいえ……。ああ、だめよ。わたしはトーストにバターを塗り、いまはこんな考えを捨てなくては、と自分に言い聞かせた。「うちの先祖は一七〇〇年代に移住してきて、チャールストンに住みついたんです」

「ははあ、そうなんですか」少佐はコーヒーをすすった。「大戦前には、ユダヤの人と会ったことがなかったもので」

「そのとおりかもしれませんが、じつは相手が名乗らなかっただけかもしれませんよ」

「なるほど!」少佐はひざを打った。「いわれてみれば、たしかに」

「じっさい、祖母は……」祖母。このことばを口にするとき、トーストとバターに対してありったけの意識を集中させる必要があった。「祖母とその姉妹たちは、家ではイディッシュ語を使いますから」

ミセス・リンドホルムがとなりの席につき、博物館の展示物でも見るような眼差(まなざ)しで、まじまじとわたしを見つめた。

「わたしもユダヤの人にお目にかかったことはないわねえ」そこで夫人は、眉間(みけん)の縦じわをもうすこし深く刻んで、「そういえば、その方たちは……チャールストンの名前が出たからきくんだけど、南部なまりを話してらした？」

わたしは即座に、南部なまりに切り替えた。かつての経験から、ワシントンでは抑えるようにしていたしゃべりかただ。

「あんりまあ、新年祭(ローシュ・ハッシャーナー)にきてみてえだか？　まんずめでてこんだ(マーゼル・トーヴ)なや！」

チャールストンなまりを強調し、知っているイディッシュ語をつぎつぎに開陳してみせると、リンドホルム夫妻は涙を流して大笑いした。子供のころは、このしゃべりかたのことを、ちっとも変だとは思っていなかった。むしろ、これがふつうのイディッシュ語の発音だと思っていた。そうではないと知ったのは、わたしたちがD.C.のユダヤ教会堂(シナゴーグ)に通いはじめてからのことだ。

ここで、ナサニエルが戸口に現われ、キッチンに入ってきた。起きたときよりも多少は動きがましになっている。

「おお、いいにおいだね」

ミセス・リンドホルムがいそいそと立ちあがり、ナサニエルの朝食を用意しだした。心やさしい少佐は、いまの顚末(てんまつ)を黙っていてくれた。わたしたちはみんな、世の中がいつもどおりであるかのようにふるまっている。しかし、テーブルに置かれた新聞の第一面には、ニューヨーク・シティの写真がでかでかと載っていた。大都市はすっかり水没しており、形のちがうヴェネツィアのようだった。かつての街路は、窓のない摩天楼のあいだを縦横にぬう運河と化している。

ここでリンドホルム少佐が壁の掛時計に目をやった。あと一〇分で九時になる。椅子を引いて立ちあがりながら、少佐はいった。

「さて、そろそろ出ないと」

ナサニエルも急いで立ちあがり、夫人に礼をいった。

「朝食、ごちそうさまでした、ミセス・リンドホルム」

「どういたしまして」夫人は夫の頬にキスをした。「朝食どきに話し相手がいるのはいいもんですね。このひとったら、いっつも新聞ばっかり読んでるんだから」

少佐は笑った。なぜ夫人が少佐と恋に落ちたのか、ひと目でわかる笑顔だった。

「ところで、ご婦人がた、きょうの予定は？」

「そうねえ……」夫人は少佐とナサニエルの皿を片づけながら、「ヨークさんの奥さんといっしょに街へ買い物にいこうかと思うんだけど」

「買い物？」わたしはほかの皿をテーブルから取り、夫人につづいて流しに持っていった。

「きょうはナサニエルについていこうと思っていたんですが」

夫人は小首をかしげ、なにをわけのわからないことを、という顔でわたしを見つめた。

「だけど、ふたりとも、新しい服がいるでしょう？　きのうの服は洗濯したけど、とても着られたもんじゃありませんよ、あれ。せいぜい庭仕事に使えるくらいで」

ナサニエルもわたしの困惑に気づきはした。だが、どうやらその困惑を誤解したらしい。気になったのはお金のことではない。世界が終わりを迎えたところだというのに、ショッピングにいくということに当惑していたのだ。夫はいった。

「心配しなくてもだいじょうぶだよ、エルマ。パーカー大佐からは、服を調達する許可を得ている。ぼくの雇用条件が定まるまで、援助してくれるそうだ。だから、きょうのところは買い物にいっておいで。どのみち、基地にきたところで、することはないんだし」

問題はそこだった。することがない。それが問題なのだ。

ミセス・リンドホルムは、デイトンのダウンタウンにある店の前で、運転していたオールズモビルを駐めた。店の日除(ひよ)けには破けている部分があったし、ショーウィンドウにはうっすらと噴塵(ふんじん)の汚れがこびりついていた。ウィンドウの中には色彩鮮やかな宝石系色(ジュエル・トーン)のしゃれたワンピースが何着か飾ってある。わたしは車を降り、路上を眺めやった。人々はきのうとなにも変わらないかのように、日常の暮らしをつづけているようだ。

いや――じっさいには、そうではない。道のあちこちでは、数人ずつの集団が立ち話をしているが、相互の距離が通常の立ち話よりも近いように思える。となりの理髪店は半旗をかかげていた。そして、どこを見ても、目の前のショーウィンドウと同じく、やはり噴塵が薄くこびりついていた。恐怖でからだが震えた。上を見あげれば、空には奇妙な淡黄色の靄がただよっている。

ミセス・リンドホルムはわたしの震えを勘ちがいしたようだった。

「中に入りましょう。風邪でも引いて、死神につかまったらたいへん」

「でも、死神から逃げきるのは得意なんです」

ミセス・リンドホルムの茶色い顔が、すこし白っぽくなった。

「ああ、ごめんなさい！　きのう、あなたがどんな目に遭ったか、忘れていたわ！」

ときどき、自分のユーモア感覚が災いして、場を収める意図とは逆に働き、すべってしまうことがある。この場合もそうだった。

「いいえ、いいんです。たいしたことじゃありません。あんなのは、ただの……むしろ、お詫びするのはわたしのほうだわ。死神をジョークにしてしまって」

「いえいえ、ほんとうにごめんなさい」

「だいじょうぶ——お気になさらず。あやまっていただくことなんて、なにひとつありません」

「だけども、あんなぶしつけなことを……」

「ですが——」わたしはそこでことばを切り、目を細めた。「むしろ、こういったほうがいいかもしれませんね。わたしは南部人だから、礼儀合戦で勝てるとは思わないことですよって」

夫人が声をあげて笑った。すこし離れた歩道に固まっていた何人かが、なにごとかというう顔をこちらに向け、じろりと夫人をにらんだ。まるで夫人が公の場でののしりだしたかのような眼差しだった。

「じゃあ、休戦？」

「そういうことで」わたしは店のドアを手ぶりで示し、「中に入りましょうか」

まだ笑いながら、夫人は店のドアを押して開いた。ドアベルがチリンチリンと鳴った。

店主は黒人の女性だった。年齢は六〇代も終わりごろだろう、髪がきれいに白くなっている。ラジオのそばに立ち、食いいるように放送を聴いていた店主は、ベルの音に気づき、ドアに顔を向けたものの、なおも放送に気をとられているようすだった。

放送はこういっていた。

「……昨日落下した〈巨大隕石〉により発生した大規模火災は、九万ヘクタールを超えてなお燃え広がっており……」

　そこで老店主は、やっと自分がすべきことを思いだしたかのようにラジオを消し、接客用の笑顔になって、

「ああ、いらっしゃい」

　そういってすぐ、わたしを凝視した。さすがに、露骨に渋面を浮かべたりはしなかった。渋面をうかがわせるのは、笑顔がすこしこわばっていることくらいだ。

　わたしが着ているセーターには、いくら洗っても落ちない頑固な土汚れがこびりついている。だから、まるでホームレスのように見えるにちがいない。かあさんが見たら、きっと恥じいったことだろう。わたしはごくりとつばを呑みこんだ。すぐにでも店を飛びだし、車にもどりたい。しかし、そうするとミセス・リンドホルムを困らせることになるので、わたしは麻痺したかのように、じっとドアのそばに立ちつくした。

　ミセス・リンドホルムがわたしを指し示して、

「友人がね、きのうまで東部にいたのよ」といった。

　東部に。この婉曲的な言いまわしに、老店主は目を見開き、同情するように眉根を寄せた。

「まああまあ、それはそれは——お気の毒にねえ」そこで急に、血のにおいを嗅(か)ぎつけた捕食動物のごとく、好奇心をむきだしにするのがわかった。「どこにいらしたの？」

「ポコノ山脈に」

ミセス・リンドホルムがハンガーラックからネイビーブルーのワンピースを取り、かかげてみせた。

「着の身着のままで逃げてきたんですって」

そのとき、服のラックのあいだから、いきなり中年の白人女性が現われた。

「ほんとうに、あそこにいたの？　流れ星(ミーティア)を見た？」

「あれは隕石(ミーティアライト)というんです。流れ星とは、地表に激突する前に燃えつきてしまうものを指すので」まるで科学用語の正確な使いかたを指摘するような言いかたをしてしまった。あやまちを相手の面前で訂正したのは、このときが最後だったのではないかと思う。〝隕石(ミーティアライト)〟ということばは、英語という言語がいくら奇妙なものであるとはいえ、とてもキュートな響きを持っている。「ともあれ、見てはいません。落下地点は四八〇キロも離れていたので」

白人の女性はまじまじとわたしの顔を見た。まるで顔の切り傷や打撲が、わたしの特異な立ち位置を示す地図でもあるかのような眼差しだった。

「東部にね、家族がいるのよ」

「わたしもです」わたしはラックから適当なワンピースを取り、試着室に逃げこんだ。よろい張りのドアを閉めることで、三人の視線からは逃れられたものの、その話し声までは締めだすことができなかった。わたしは詰め物をした小さな椅子にすわり、両手で口を押さえた。会話が聞こえるたびに、なにかをいいそうになり、息をするだけでもつらい。

3・14159265……。

「あのひととだんなさんね、ゆうべ避難してらしたの。親族がみんな、亡くなったらしいのよ。ご無事だったのはおにいさんだけみたいで」

「んまあ、かわいそうに……」

……3589793238 4……。

だれもが東部に知りあいはいるはずだ。家族を失ったのはわたしひとりじゃない。

老店主の声がいった。

「ニュースでいってたわ、流れ星難民がたくさんくるだろうって。ライト＝パターソン基地に」

流れ星難民。わたしもそのひとりだ。この街の人が最初に見た被災者、それがわたし。

それだけのこと。それにしても、涙を流す機会はいくらでもあったのに、どうしてそれが服屋の中でなくちゃならないの？

「うちのだんなもよ、そんなことをいってたわ」ミセス・リンドホルムは試着室のドアのすぐ外にいるようだった。「きょうはこのあと、基地の病院へボランティアしにいくことにしてるの」

「ああ、それはそれは、立派な心がけだわねえ」

　ボランティア。それならわたしにもできる。飛行機を操縦して東部から被災者を運んできたり、繃帯（ほうたい）を巻いたり、そういったことならできる。戦時中はさんざんやったことだ。気をとりなおして、戦時中と同じことをしてはいけない理由はない。

「あれ、ＣＢＳ？　さっきラジオで聴いていた局」

　わたしは涙をぬぐって立ちあがり、取ってきた服に手を伸ばした。水玉模様のワンピースは号数が小さくて、わたしよりもずっと痩せた女用（ひと）のサイズだった。

「ええ、そうなの……なんでもね、生き残ってた閣僚がひとり見つかったといってたわね。みなさんがよければ、またラジオをつけましょうか？」

　わたしはセーターを着たまま、鏡に映った自分を見た。まるで食屍鬼（グール）のような外見だった。ホームレスのように見えるだろうと思っていたが、じっさいにはあの衝撃で半死半生になったとしか思えないありさまだ。両目の下にはひどい隈（くま）ができている。顔にも腕にも、こまかい切り傷が無数にあった。髪の生えぎわになにかがぶつかったのだろう、擦り傷もできている。だが……それでもわたしは生き延びた。

「……津波はカリブ海をも襲い、多数の国家が真水と電気を絶たれた状態です。被災者は何十万人にもおよぶといわれており……」

わたしは試着室のドアをあけ、ラジオのニュースをかき消すくらい大きな声でいった。

「うっかりしていたわ。これ、サイズが合わないんです」

老店主がそばにやってきて、わたしのサイズをきき、いまの流行りを教えてくれた。背景で流れるニュースを聞きながら服を選ぶのは、まわりじゅうでローマが炎上するなかで、弦楽器（フィドル）を弾くも同然のふるまいだった。

6

インド、ローズヴェルト夫人に支援を表明

昼食会にて、合衆国にいっそうの友情を強調

タイムズ紙

［ニューデリー（インド）発　一九五二年三月四日］　デリー報道協会が主催する本日の昼食会において、フランクリン・D・ローズヴェルト元大統領の未亡人に対し、インドの新聞記者らが行なった質問は、アメリカ時間で昨日落下した隕石により、合衆国が受けた被害をあらためて浮き彫りにした。被害はきわめて広範囲におよび、深刻化の一途をたどっている。本来、親睦を目的に開催された昼食会では、合衆国に対

する支援が話題の中心となった。


空は曇り、高みは銀色の雲で閉ざされている。その空の下で、ミセス・リンドホルムの車を降りた。ここは司令部の目の前だ。

「ほんとうに、家まで送らなくていいの？　休まなくてだいじょうぶ？」

「ありがとう、でもだいじょうぶ。動いていたほうが気分がいいので」

夫人の口もとには心配そうな思いがうかがえたが、ありがたいことに、それ以上は念を押さないでくれた。

「それじゃあ、わたしは基地の病院にいってるから、なにかあったら、そちらへね。忘れちゃだめよ、ちゃんと食事をとるんですよ」

「ええ、肝に銘じます」

わたしは手をふり、走り去る車を見送った。買い物はたしかに、気持ちを切り替えさせてくれた。真新しい服を着て、とくにひどい打ち身を隠す化粧をしてみると、なるほど、ずいぶん気分がましになった。それでも、買い物をしているあいだは、つねに気分が改まったふりをしていたように思う。どの店にいっても、ラジオかテレビのニュースが流れていた。デラウェア州はもう、基本的に存在していない。現時点で生き残っていることが確認された唯一の閣僚とは、農務長官であることがわかった。

　しかし、運ばねばならない被災者はまだまだいるはずだし、わたしは飛行機を飛ばせる。だからわたしは、ネイビーブルーの地に水玉模様の真新しい服から噴塵を払い、真っ赤なベルトをととのえなおすと、パーカー大佐を探すため、基地の中へ足を踏みいれた。正直、真っ先に声をかけたい相手ではなかったものの、すくなくともあの男はわたしの飛行実績を知っている。

　司令官室のドアをノックした。ドアはあけっぱなしになっており、大佐は自分のデスクでメモに顔を近づけていた。このとき、大佐が口を動かしながらメモを読むのが見えた。誓ってほんとうだ。いいおとなが、恥ずかしい。ついでにいうと、後頭部には五〇セント禿（はげ）ができていた。本人が気づいているかどうかは知らないが。

　パーカーが顔をあげた。しかし、立ちあがろうとはしなかった。

「ミセス・ヨーク？」

「被災者を空輸するため、空軍が動員令を出したというニュースを聞きました」

　わたしは室内に入り、勧められるのを待つことなく、椅子にすわった。これはつまり、〝相手がレディを立たせたままにしておくほど無神経な男には見えないよう、配慮した〟

ということだ。

「そのとおりです。しかし、心配はご無用。ご主人が操縦士として狩りだされることはありません」

「夫は現役の軍人ではありませんし、航空軍に所属していたこともないですから、驚くにはあたりません」わたしは大きく息を吐き、それとともに、いらだちも吐きだそうとした。

「ですが、わたしならお役にたてるかもしれないと思ったもので。おおぜいの空軍パイロットが韓国に派兵されているいま、パイロットはひとりでも多いほうがいいのではないでしょうか」

「ああ、それはですな……お申し出はたいへんありがたいが、ここはほんとうに、淑女がいていい場所ではないのです」

「被災者には女性もたくさんいます。わたし自身、避難を経験した身ですし――」

大佐は片手をかかげ、その先を制した。

「熱意はありがたく。しかし、必要ありません。アイゼンハワー将軍が部隊を呼びもどしているからです。国連の救援チームもぞくぞくと駆けつけてきてくれています」

「朝鮮戦争はどうなるんです?」

「休戦ですよ」大佐は机上の書類をばさばさとめくった。「では、このへんで」

「ですが、帰還兵が到着するまでは、パイロットが不足したままでしょう？」

「空軍に入隊したいといっておられるのかな？　そうでなければ、空軍機を飛ばす許可を与えるわけにはいきませんな」大佐はいかにも残念そうな態度をつくろった。「それに、お持ちの自家用機が損傷している以上……していただけることはなにもありません」

「そうですか」わたしは立ちあがった。大佐は立ちあがらなかった。「ありがとう、時間を割いてくださって」

「お安いご用です」大佐はメモに視線をもどした。「そうそう、看護関係をあたってみてはいかがです。たくさんあると思いますよ、女性でもできることがね」

「ていねいな助言、痛み入ります。ほんとうにありがとうございました、パーカー大佐」

なによりも腹だたしいのは、この男のいうことが正論である点だ。世のために働きたい。しかし、わたしが持っているスキルはほとんど使えない。飛行機のないわたしになにができるだろう。死ぬまで数学の問題を解きつづけろとでもいうの？


基地の病院に着いたタイミングは最悪だった。いや、見かたによっては最良だったかもしれない。というのは、被災者を満載した機が着陸したばかりで、病院が傷病者であふれていたからである。屋外の待機場所にはテントが何張りも張られ、被災者たちが一時的に収容されている。この二日間、彼らは屋外で過ごしてきたのだ。火傷、脱水症状、裂傷、骨折、ショック状態など、ケアしなければならない状態はさまざまだった。

わたしは経口補水液を入れた紙コップのトレイを渡され、病棟内で診察待ちの行列を作る被災者たちに配ってまわるよう指示された。ことさらにスキルがいるわけではないが、これは有意義な仕事だ。

「ありがとう」ブロンドの若い白人女性がそういって紙コップを受けとり、何列も連なる椅子の列を眺めやった。「わたしたち、これからどうなってしまうのかしら。なにかごぞんじ？」

女性のとなりにすわる老齢の男性が椅子の上で身じろぎした。片方のまぶたが腫れあがって黒ずみ、ほぼ目を塞いでしまっている。鼻のまわりには血の塊がこびりついていた。これはつまり、いつかの時点で大量の鼻血を出したということだ。その男性がいった。

「難民収容所に送られるだろうな。こんなところにじっとすわっているくらいなら、もといた場所にいたほうがましだった」

収容所という表現はおだやかではないし、この手の物言いはだれにとっても救いにならない。わたしは老人に紙コップのトレイを差しだした。

「はい、これを飲んでください。元気が出ますよ」

なんてことなの。これは医師だった母が患者に使っていた口調じゃないの。穏和にして、簡潔。

老人は鼻を鳴らし、腕組みをしたが、痛かったのだろう、その動きで顔をしかめつつ、こういった。

「あんた、ナースじゃないな。身なりからして」

そのとおり。そう思いつつも、わたしは老人にほほえみかけた。

「そうです。手伝いにきてるんです」

老人はふたたび鼻を鳴らした。片方の鼻孔から血の泡が膨れあがり、鮮血が噴きだした。

「くそっ、なんてこった」

「頭をうしろにかたむけて」なにか鼻血をとめるのに使えないかと、周囲を見まわした。若い白人女性がトレイをあずかってくれた。「鼻梁の上をつまむんです」

「知っとるよ。こんどがはじめてじゃない」それでも老人は、いわれたとおりにした。

通路をはさんでとなりの椅子の列に、顔色の悪いビジネスマンがすわっていた。そのビジネスマンが自分のネクタイをはずし、差しだしてくれた。着ているスーツは上等だが、ぼろぼろになっている。眼鏡のレンズは片方にひびが入り、両目からはすっかり生気が失われていた。

「ありがとう」わたしはシルクのタイを老人の鼻にあてがった。「いままでさんざん繃帯を使ってきましたけれど、こんなに上等の繃帯を使う栄誉を得たのははじめてですよ」

老人はわたしに代わってネクタイで鼻を押さえ、天井をにらんだ。

「わしの気をまぎらせようとしてくれとるのか」

「そのとおりです」わたしは老人に身をかがめ、目の状態を調べた。「なにか知りたいことはありますか？」

老人は口をすぼめて、

「ずっとここにおったんなら……いろいろ聞いとるだろう。状況はどれほどひどい？」

「いまは……」周囲の疲弊しきった被災者たちを見まわした。「いまは……そういう話をするときじゃないと思いますよ。ここにいるみなさんは、たいていの人たちより、ずっと良好な環境にあります。その点は安心してください。ほかに知りたいことは？」

「わかった、もういい」老人は小さくほほえんだ。わたしは老人が〝性狷介（せいけんかい）な偏屈じいさん〟の役どころを楽しんでいるような印象を持った。「ときに、チャールズ・F・ブラナンをどう思う？」

「だれです？」

「農務長官だよ」老人はネクタイをずらし、血で汚れていない部分を鼻にあてなおした。

「聞くところによれば、〈巨大隕石〉が落ちたとき、農場視察ツアーでカンザス州にいたそうな。もっと継承順位が上の男を見つけないと、あの男が新大統領になってしまうぞ」

ネクタイを提供してくれたビジネスマンがいった。

「当面、大統領代行ですよ。選挙まではね」

「なんにしても、いま話題にすべきはそれだな」老人はまだ天井をにらんでいた。「憲法学者どもめ、膨大な時間を費やして、大統領代行職とはなんなのかと、喧々諤々(けんけんがくがく)の議論をしてきおったが」

全身、汚れにまみれてはいるが、老人が着ているのはツイードのジャケットだ。しかも左右のひじには本革の肘当て(パッチ)がついている。伝統的なツイードのジャケットにちがいない。

わたしはたずねた。

「どちらからいらしたんですか？」

「城(ザ・シタデル)だよ」

「チャールストンの？」思わず、大きな声を出してしまい、まわりじゅうの注目を集めるはめになった。ザ・シタデルはサウスカロライナ州立の軍事大学だ。わたしはごくりとつばを呑みこみ、あらためて言いなおした。「チャールストンからいらしたんですか！」

老人はすこし頭を起こし、腫れていないほうの目でわたしを見た。

「知りあいがいるのかね？」

「ホームタウンです」

「おお、それは……それは気の毒に」老人はかぶりをふった。「わしは士官候補の学生（カデット）たちと街を離れて、長距離歩行の訓練に出ていたんだ。ずっと内陸部へ。ところが、チャールストンに帰りついてみると……ほんとうに、気の毒にな」

　わたしはうなずき、歯を食いしばって、すでにわかっていた真実と向きあった。隕石の落下がもたらした衝撃波の半径と、それにつづく何波もの津波から、絶望的であるとわかってはいたが……それでも、事実として知らないうちは、かすかな希望にすがっていられた。その希望が、ここにきてとうとう、絶望に変わってしまったのである。

　ユダヤ教会堂（シナゴーグ）前の階段を昇るうちに、ようやく気がついた。シナゴーグの扉の中に入るということは、家族の死を認めるということにほかならない。

　そう気づいたとたん、途中で足が動かなくなり、わたしは噴塵で汚れた金属の手すりを両手で握りしめた。家族は死んだ。わたしがこのシナゴーグへきたのは、哀悼の儀式をする必要があったからだ。

　とうさんが愛用のトランペットを吹くことは二度とない。かあさんがベッドカバーにしていた大きなクロスステッチの刺繡が完成することもけっしてない。そして灰は降り積もる。

目がひとりでに閉じ、まわりのようすを締めだした。煉瓦の外壁や、階段の両脇にずらりと植えてある死と復活の象徴、イチイの小木の列が見えなくなった。まぶたという暗い盾の内側で、わたしの目は熱い涙で燃えている。手に触れるざらつきの正体は、街じゅうに浮遊している噴塵と同じもの――D．C．からの噴出物だ。

「……だいじょうぶですか？」

年配の男性らしき声がかかった。すぐうしろからだった。わずかにドイツなまりがある。まぶたを開き、目は真っ赤になっているはずだが、ほほえみを浮かべてふりかえった。

「ごめんなさい。道をふさぐつもりはなかったんですが」

声をかけてきた男性は、じっさいには、わたしと同世代のようだった。年上だとしても、そう何歳もの差はないだろう。ただし、顔は異様なほどやつれていた。ということは――この人はホロコーストの生存者なのだ。

「もしや……ご家族の方が？」

神よ。どうかこれ以上、見知らぬ人々から親切を向けられませんように。

わたしは地平線を見つめた。オハイオ州の平原に琥珀色の靄がかかっている。

「はい。ですから――公任指導者（ラビ）に相談する必要があって」

男性はうなずき、わたしの横をすりぬけて前に進むと、扉をあけ、わたしが中に入れるよう押さえてくれた。

「わたしもです。同じ理由できました」

「まあ――まあ、そうだったんですか。お気の毒です。心からそう思います」

わたしはなんと自己中心的で無神経だったのだろう。チャールストンに家族がいたユダヤ人はわたしひとりではない。それに、ニューヨークは被害甚大のようだし、D.C.にしても……。追悼記念祭（ヤールツァイト）で蠟燭（ろうそく）を灯してくれる者もなく、服喪の礼拝での祈禱（カディーシュ）を唱えてくれる者もないままに命を落としたユダヤ人は、いったいどれほどの数にのぼるのだろう。

男性は悲しげに、小さく肩をすくめてみせ、扉の中へお入りなさいというしぐさをした。わたしは玄関の間に足を踏みいれた。奥に両開きの扉があり、開かれたままになっている。その戸口ごしに、心安らぐ光がかろうじて見えた。聖櫃（せいひつ）の前によすがとして吊るされた、永遠の炎――。

この男性は……ドイツからやっとのことで脱出してきて、ようやく安全な地に着いたと思ったのもつかのま、こんどの事態に遭遇し、身内を失ってしまったにちがいない。それでも、本人は生き延びた。わたしと同じように。

それがわたしたちを待っていた運命だ。生き延びること。
そして、忘れないこと。

非ユダヤ人の家で七日間の服喪（シヴァ）を過ごすのはむずかしい。わたしは便宜上、借りている寝室を〝家〟に見たてることにした。寝室の外にまでもユダヤの作法を通すのは申しわけない。なぜ床に直接すわるのか、なぜ鏡に布をかけるのか、ミセス・リンドホルムに説明するのもためらわれる。

寝室に入ってきたナサニエルは、わたしが床にすわり、縦に裂いた黒いリボンをシャツにピン留めしていることに気がついた。服喪の作法では、シャツそのものを破くべきだが、それをせずにリボンで代用したのは、けっして悲しみがなかったからではなく、なぜ買ったばかりの服を破いたのかと、ミセス・リンドホルムにきかれるのを避けるためだった。

ナサニエルは立ちどまり、リボンの粗い裂け目をまじまじと見つめ、がっくりと肩を落とした。わたしが哀悼の意を表わすために、たったひとりでリボンを裂く儀式（クリア）を行ない、悲しみを背負ったことを悟り、自分を責めているのだ。

夫は歩みよってきて、わたしのすぐ横の床にすわり、わたしを抱きよせた。悼（いた）んでいる人間のほうから口をきかないかぎり話しかけることを控える慣習は、この場合、有効に働いた。たとえしゃべろうとしても、ことばが出てこなかっただろう。それはナサニエルも同じだったと思う。

服喪(シヴァ)の七日間が過ぎると、わたしは電話帳に載っている修理業者にかたはしから電話をかけた。わたしのセスナを修理できる部品や時間がある業者はどこにもいなかった。だが、なんとか修理しないことには、飛びようがない。

わたしは生き延びた。そこにはなにかの意味があるにちがいない。なんらかの使命なり、意味なり……なにかがあるにちがいない。毎日、ミセス・リンドホルムの車に便乗しては、いっしょに病院へいく。そして繃帯を巻き、おまるを洗浄する。被災者を乗せた飛行機もつぎからつぎへと到着するので、そのたびにスープを運んでいく。

飛行機は引きも切らない。ひまを見つけては修理業者に電話した。何度も電話した。あいまいながらも、時間があればプロペラを発注できるかどうかきいてみる、といってくれた業者が一軒だけあった。日中、ナサニエルが家にいるのなら、わたしのかわりに問い合わせをしてくれるよう頼むこともできただろう。

しかし、ナサニエルは連日、わたしよりもずっと遅く帰ってくる。〈巨大隕石〉落下後、二週間がたった金曜日の夜には、日もとっぷり暮れたあとに帰ってきた。じつをいうと、巨大隕石が落ちる前のわたしたちは、土曜日をかならず安息日として過ごすほど敬虔ではなかった。しかし、あの災厄のあとからは……わたしにはなにかすがるものが必要だった。自分をたもつものが必要だった。

きょうの夜もナサニエルは遅かった。わたしは玄関で夫を出迎え、コートを受けとった。少佐と――ユージーンと――マートルのリンドホルム夫妻は、自分たちの教会へ祈禱会に出かけているので、いまこの家にいるのはわたしたちふたりだけだ。

「日が沈んだあとは、仕事をしちゃいけないはずでしょう？」

「ぼくは〝どうしようもなく不届きなユダヤ人〟だからね」ナサニエルは身をかがめて、わたしにキスをした。「それに、ソ連がアメリカに〈巨大隕石〉を落としたなんてことはありえない――そう将軍連中に納得させるには、いくら時間があっても足りゃしない」

「まだ納得しないの？」夫のコートをドアのそばのフックにかける。

「問題はパーカーなんだ。あいつがだれかに、まことしやかに吹きこんだのさ……たぶん、何人かに。それが軍全体に広まっている。こんな調子だよ――〝これがソ連による攻撃的行動の可能性もあると聞きましたが〟」

「まったく、もう」わたしはキッチンに手をひとふりした。キッチンの明かりは、リンドホルム夫妻がつけたままにしていってくれている。「チキンとポテトがすこしだけあるわ、まだ夕食を食べていないのなら」

「きみは女神さまか」

「ユダヤ人がそれをいうの？　ほんとうに、どうしようもなく不届きなユダヤ人ね」

わたしは笑って夫の手をとり、キッチンに引っぱっていった。

ナサニエルは椅子を引き、うめきながら腰を落とすと、テーブルにつっぷした。

「なあ、エルマ——ぼくはもう、あとどれだけ軍の会議に耐えられるものか自信がない。何度も何度も同じことばかり説明させられる。さいわい、国連が関与するようになって、救われはしたものの。さもなければ、事態はどんな方向へ進展していたものやら」

「わたしにできることはある？」

冷蔵庫のドアをあけて、用意しておいた皿を取りだした。

ナサニエルはテーブルから身を起こした。

「あるには……ある。きみに時間があればだが」

「時間なら、ありあまってるわ」

「隕石の大きさを計算できそうかい？」

ナサニエルはそこでことばを詰まらせ、うつむいてテーブルを見つめた。

本来ならば、こういった計算はNACA（ラングリー）の同僚に相談すべきところだ。だが、その同僚たちはもう……。わたしは料理を温めるのに忙しいふりをし、夫に気をとりなおす時間を与えた。ふたりとも、長々とこらえてきたものが、もういまにも堰を切ってあふれそうな状態にある。ひとたび涙を流せば、消耗は避けられない。ときとして、最良の対処法は、なにも起きなかったふりをすることだ。

ナサニエルは口を引き結び、渋面のようにも見える複雑な表情を作った。ほほえもうとしているらしい。それから、咳ばらいをして、こういった。

「隕石のサイズさえわかれば、ソ連にはあれを動かしようがないことを証明してやれると思うんだ」

わたしは夫の前に皿を置き、首のうしろにキスをした。

「できるでしょうね——政府の資料が手に入るなら」

「なにが必要か、いってくれ」

おかしなものだ。この二週間ずっと、マートルとともに被災者の救済を手伝ってきたが、被災者の波はいまだに途切れることがなく、新たな一団が到着するたびに、被災者の状態は悪化していくいっぽうで、状況はすこしも好転していないように思える。それもあって、自分はなにひとつ世のために寄与できていないような気がしており、こんな疑問がつのるいっぽうだった。自分はなぜ生き延びたのだろう？　なぜこのわたしが？　ほかのもっと役にたつ人間ではなく？

わかっている。この考えが論理的でも合理的でもないことはわかっている。じっさい自分は、被災者の救助に汗をかいてもいる。しかし……いまわたしがしている仕事は、わたしでなくてはできないものではない。いまのわたしは取り替えのきく歯車でしかないのだ。

しかし、計算は？　数字という純然たる抽象的概念は、わたしの得意分野ではないか。

これなら、たいていの人間よりもうまくできる。

7

民間防衛活動でアマチュア無線を活用

［フィラデルフィア（ペンシルヴェニア州）発　一九五二年三月十七日］〈巨大隕石〉落下後の救助活動に協力するため、各民間防衛機関は被災地との連絡に多様な緊急時通信機器を活用している。一般電話回線のほかに各機関が利用しているのは、トランシーバー、軍用野戦電話、ＨＡＭ（アマチュア無線）等のポータブル通信機器だ。これらをボランティアの通信員たちが車に載せて被災地に運んでいき、補助的な通信手段を確保しているのである。

夕方、ボランティアから帰ってくるたびに、わたしはナサニエルに託された計算に取り組んだ。昼のあいだ被災者の支援に従事してきたあとで、数字の世界に閉じこもるのは、心安らぐ至福の時間だった。きょうはガールスカウトの一団とその指導者たちにスープを配ってまわった。落下当時、一行はキャンプ旅行に出ていて、〈巨大隕石〉の落下時には、運よく鍾乳洞(しょうにゅうどう)の中で——クリスタル・ケーブズで——洞窟(どうくつ)探険をしていたのだそうだ。大地震が発生したときは、一同、たいへんな災害が襲ってきたと思った。しかし、洞窟の外に出てみると、災害どころか、周囲のすべてが壊滅しているのを目(ま)のあたりにしたとのことだった。

さて、数字である。数字は心を安らがせる。計算には論理と秩序がある。計算により、まったく共通性のない事象同士からも意味を引きだすことができる。

この混沌(こんとん)のただなかにあって、数字の世界以外に秩序を見いだせるもうひとつの場所はキッチンだ。マートルがキッチンの管理をわたしにまかせていいと判断するまでに一週間、わたしに夕食を作らせてもいいと納得するまでにもう二日かかった。いまでは交替で夕食を作っている。

ここのキッチンはユダヤ教的に清浄(コーシャ)だろうか？　まったくもって、そんなことはない。だからといって、気にしてはいられない。わたしはシンクの横の引きだしをあけて中をあさり、計量カップを取りだした。今夜のメニューはチキンのポットパイだ。

レンジにかけた鍋では詰め物がぐつぐつと煮えており、室内にはバターとタイムの食欲をそそる香りが立ち昇っている。ある意味で、この種のパイ作りは数学に似ていた。すべてを秩序だててまとめあげるには、材料を適切な比率で配分しなくてはならないからだ。

ここで冷蔵庫に歩みより、リビングルームに通じる戸口から向こうを覗きこんだ。マートルがソファにすわり、ユージーンのひざに両足を載せていた。グラスでワインを飲むマートルの足裏をユージーンがマッサージしているのだ。

「……やっぱり、だめかしら？」

「すまんな、ベイビー。交渉してはみたんだがな」ユージーンは眉根を寄せて首を曲げ、妻の片足の裏を親指で揉みほぐした。揉んでいるのは、足の親指の付け根部分だ。「命令されて派遣されるところ以外には、どうやったっていけないんだよ」

「だけどねえ……どの機もどの機も、運んでくるのは白人ばっかり。わたしたちの同朋はどうなってるの？　救援にあたってる人はいるの？」

どうしてわたしは、もっと早くこの点に気づかなかったのだろう。冷蔵庫のドアに手をかけたまま、頭の中で被災者たちのようすをふりかえってみる。おおぜいの被災者の中にひとりでも黒人がいたろうか。

「こうなることはわかってたじゃないか。たとえ高官連中がおれたちを黒人地域に派遣したとしても、結果は同じだよ。救出したとして、そのあとはどうなる？　よその被災者向け仮設住宅に集められるに決まってる」

マートルはためいきをついた。

「わかってるわ……わかってるのよ。こんど教会で提案してみるわ。わたしたちが自力で救出活動を組織できないか相談してみる」

計量カップを手にしたまま、わたしはキッチンの戸口に歩いていき、リビングルームに顔を覗かせた。

「ちょっといいかしら」

マートルの顔がこちらを向いた。向くと同時に、すばやく仮面でもかぶったかのように、ぱっと笑顔になった。

「なにか見つからないの？」

「ああ——いいえ。ただね……つい聞こえてしまったものだから。よかったら——もしよかったらだけど、ナサニエルからも、この件を切りだしたほうがいいのかしら」

ユージーンとマートルは顔を見交わしあった。その視線に秘められた真意がわたしにはわからなかった。ついで、ユージーンがかぶりをふった。

「気をつかってくれてありがとう。しかし、この件はわれわれだけで対処したほうがよさそうだ」

夕食後は、リンドホルム家の書斎に閉じこもった。デスクの上には大量の紙が散らばっている。計測されたデータを総合して、有意の形にまとめようとしている最中だからだ。引きだしを開き、小さなノートを取りだした。あとで長距離電話の料金を返せるよう、通話時間の記録をつけておくのだ。おもむろに、デスクに置いてある電話の受話器を取り、兄の仕事場の直通番号をダイヤルした。

「国立気象センター、ハーシェル・ウェクスラーです」

「ハイ、エルマよ。ちょっとね、気象のことで教えてもらいたいんだけど」

「かまわんよ、それがおれの仕事だからな。どんなことだい？」電話口の向こうで、紙をがさがさと動かす音がした。「ピクニックにでもいくのか？」

「なにいってんの、もう」わたしは格闘中の数式を書いた紙を引きよせた。「いま、ナサニエルの手伝いで、隕石の大きさや組成を割りだそうとしてるんだけどね。チェサピーク湾があったところは、三日間、ずっと沸騰していたでしょう。自分でも計算できそうだけれど……あれだけの量の海水を三日も沸騰させつづける隕石の温度はいったい何度なのか、調べられる計算式がすでにあるんじゃないかと思って」

「おもしろいな……ちょっと待ってろ」電話口の向こうでは、世界じゅうの気象台から現地の天気を伝えるテレタイプの音が響いている。ハーシェルの声がもどってきた。「当該海域の深さと海水の体積はわかってるんだな？」

「平均深度六・四メートル、体積六八兆リットル」

「よしきた。それから……三月のチェサピーク湾の水温はだいたい摂氏七度だ。一〇〇度まで九三度の差だから……」引きだしを開く音がして、声の響きが変わった。頬と肩で受話器をはさみ、眉根を寄せ、計算尺を動かしているようすが目に浮かんだ。松葉杖は二本ともデスクに立てかけてあるのだろう。眼鏡を鼻先にまでずり落としているのは、裸眼の焦点を計算尺に合わせるためだ。下唇の一端を噛み、ときどき小さくうなりながら、兄はぶつぶつつぶやいている。「……海水のモル質量で割ると……エネルギーは1・54×10^{20}ジュールになって……えーと、えーと……このふたつのエネルギーを合わせるとだな……うーん……1・84×10^{20}ジュールになるか。そうすると、必要な温度は……だいたいで、摂氏二七〇度だ」

「ありがとう」わたしはひとまず、数値を胸に収め、その温度の高さにどれほど驚愕したかを押し隠そうとした。「ただ計算式を教えてくれるだけでよかったのに」

「はあ？　そんなことしたら、妹のほうがおれより計算力が上だって認めることになるだろうが」兄は鼻を鳴らした。「かんべんしてくれ。おれにも矜持（きょうじ）ってもんがあるんだ」

　これで温度を数式に組みこめる。その数式を解けば、流星体が大気圏に突入したさいの、だいたいの角度がわかるはずだし、大気との摩擦で摂氏二七〇度にまで熱せられたことを基（もと）にすれば、組成の見当もつくはずだ。たしかに、厳密な数字ではないだろう。しかし、ナサニエルをサポートするのに充分な数値ははじきだせる。

「流星体（ミーティア）の組成を割りだそうとしてるといったな？」

　兄の声の響きがまた変わった。電話を肩からはずし、ちゃんと口にあてがったのだろう。

「そうなの。クレーターの大きさと――直径は約二九キロね――当初の海水蒸発量を基に計算すれば、だいたいの大きさが推定できるわ、隕石（ミーティアライト）のね」すでに頭の中では、いま得られた数字をいじりはじめていた。「そのうち当局も、ダイバーたちを投入して、隕石の組成を把握するでしょうけど。当面は、被災者への対応と復興対策にかかりきりだから……」

　そう口にしたとたん、ユージーンとマートルのことを思いだした。

「なあ、このさい、おれのためにひとつ計算をたのまれちゃくれないか」

「むかしじゃないのよ。数学の宿題をやったげてるわけじゃないの」

「まったく、すぐそれだ。ナサニエルはどうしてる？」

「それがね……」わたしは嘆息し、ドアが閉まっていることをたしかめた。「消耗しきっているし、いらだってもいるわ。守秘義務でがんじがらめでね……状況が落ちついたら、ましになるだろうとは思ってるんだけど、でも……」

「いっこうに落ちつくようすはないってことか」

「そうなのよ」わたしは額を押さえた。「そっちはどんなぐあい？」

「被災者が到着するようになってきてはいるが、おおむねいつもの日常だな」ためいきをついた。「しかし、気候パターンが変化しだしたら、これも変わってしまうだろう」

「どう変化するの？」

「正確なところはわからん。それを推測するのがおれの仕事だが。大気中に大量の噴塵と煙が浮遊しているだろう？」兄が眼鏡をはずし、ためいきをつくようすが目に浮かんだ。

「だから、おれのために、別の問題の計算をたのまれちゃくれないか」

「だから、数学の宿題をやったげてるわけじゃないんだってば」

「いいや、やってるんだよ、じっさいにはな。海水の蒸発量、どれだけだった？」

「概算でもそれに答えられるようになるのは、隕石の大きさがわかってからね。どうして蒸発量が？」

「膨大な量の水が空中に放出されたんだ、気候にかならず大きなインパクトをもたらす。

それがハリケーンの季節にどんな影響をもたらすのか、その影響を予測できそうかどうか——それを知りたい」

わたしは壁に向かってほほえんだ——あたかも向かいの席にハーシェルがすわっているかのように。

「オーケー。いいわ。数学の宿題、やったげる。でも、交換条件は憶えてるわよね？」

「おうともよ」兄は笑った。「コミック・ブック読み放題だろ。ただし、読むためには、こっちにきてもらわなくちゃならんぞ」

「こっちの問題がかたづきしだい、いくわ」

ナサニエルが軍の会議に出なくてもよくなったら、カリフォルニアに移住しないか持ちかけてみよう。

計算式を書いた紙を押しやり、両手で頭を支えた。こんなはずはない。すべての変数を書きだすだけでも二晩を費やしたというのに。どうしよう？　検算は三回行なった。ミスがあるにしても、わたしには見つけられない。ハーシェルに電話してみたが、すでにもう就業時間が終わり、夫婦で夕べの食事に出かけてしまったあとだった。ベビーシッターがわたしのメッセージをどうするかは、神のみぞ知る。

デスクに手をつき、椅子をうしろに押しやると、立ちあがって書斎の中を歩きまわりだした。そばのテーブルにはキャセロールが置いてあるが、冷めきって脂が固まっていた。何時ごろか、マートルが持ってきてくれたのだ。いつのまにかすこし口をつけたらしく、フォークが汚れていたものの、食べた記憶はまったくなかった。

右目の奥から頭頂部にかけて、ずきりと痛みが走りぬけた。やっぱりナサニエルに相談しなくてはならない。机上に散らばった何枚もの紙をまとめる。〈巨大隕石〉落下の衝撃について、最初に計算式を書き散らした紙と、検算のため清書しなおした紙、両方ともだ。ナサニエルはまだ司令部にいるだろう。これから出向けば……いや、出向いたところで、なにができよう。会議から呼びだすの？　帰ってくるのを待ったところで、この計算結果が変わるわけでもない。

それでも、夫の意見が必要だった。それも、いますぐに。右目の上の痛みをさすっているうちに、やや楽になってきた。この計算結果はおかしい。まちがっているに決まってる。たぶん、基になったデータにエラーがまぎれこんでいるのだろう。あるいは、報告書のどれかが数値を誇張しているのか。でなければ、わたしの計算ミスにちがいない。

テーブルのキャセロールを取り、キッチンへ持っていった。屋内は真っ暗だった。ついているのはレンジの上の照明だけだ。ナサニエルはいずれ帰ってくる。それも、たぶん、もうそろそろ。いまは辛抱しないと。

料理の残りをゴミ箱に捨ててから、シンクの前に立ち、キャセロールを洗った。リンドホルム家には真新しい皿洗い機があるが、皿洗いのとき、水が手を流れていく感覚が心を落ちつかせてくれた。皿を水切りにのせてからも、しばしシンクの前に立ちつくし、濡れた指から水がしたたり落ちる感覚を味わった。

おりしも、玄関のドアがあいた。ありがたい、帰ってきた！　わたしは皿用のフキンで手を拭き、走ってナサニエルを迎えにいった。わたしを見て、ナサニエルはほほえみを浮かべ、小腰をかがめてキスをした。

「どうした、かわいこちゃん」

「見てもらわなきゃいけないものがあるの」そこでわたしは、はっと気づいた。「ああ、ごめんね。その、きょうはどうだった？　ソ連が攻撃してきたんじゃないって納得させられた？」

「それが、なかなか。ただ、ブラナン大統領はＮＡＣＡを再始動させたがっている。また小惑星が落ちてこないかどうか監視してほしいそうだ」ナサニエルはネクタイをゆるめた。

「で、見せたいものって？」

「朝まで待ってもいいのよ」

不安にさいなまれつつも、これは良妻でありたいとの思いから口に出たことばだった。正直なところ、今夜これをナサニエルに見せたところで、どうこうなるはずもない。わたしといっしょに睡眠不足に陥らせるだけだ。

「エルマ。いいから、いってごらん。ひと晩じゅう、蹴られたくはないからさ」

「蹴られる？」

「うん。かかえてる問題を解決してからでないと、きみ、寝てるあいだ、寝返りが頻繁になるし、しょっちゅうぼくを蹴るんだ」

「わたしは――」寝ている自分がどうしているかなんて、わかるはずがない。「そんなに蹴ってる？　痛いほど？」

「その問題がどんなものであれ、寝る前にぜひ見ておきたい、とだけいっておくよ」

本音をいえば、裏づけを必要としていたわけではない。わたしは夫の手をとり、書斎に引っぱっていった。

「〈巨大隕石〉を動かすのにどれほどのエネルギーが必要か計算していたの、ソ連の力でどうこうできるものじゃないことを証明するために」

ナサニエルは戸口でぴたりと足をとめた。

「たのむから、ソ連の力で可能だったなんていわないでくれよ」

「もちろんよ」ある意味で、そのほうがまだましだっただろう。わたしはデスクのそばに立ち、数式で埋めつくされた何枚もの紙を見つめた。「もちろん、可能じゃないわ。ただ——わかったのよ、これが人類を絶滅させかねないできごとであることが」

8

飼料用穀物価格、大幅下落

［シカゴ発　一九五二年三月二十六日（AP電）］　連日の立ち会い不成立を受け、商工会議所における飼料用穀物の価格が、本日、大幅に下落した。イーストコーストの各港湾が被害を受けた結果、トウモロコシとオート麦の輸出は完全に滞っている。本日と昨日を通じての下降局面は、ひとえにこの停滞に起因するものと仲買人らはいう。

かなうことなら、わたしのまちがいであってほしかった。ナサニエルはリンドホルム家の書斎でデスクにつき、計算尺でわたしの計算を検算していた。机上には百科事典、各種年鑑、地図帳、隕石の被害を報じる先週来の新聞が散らばっている。

わたしは窓際の壁にもたれかかり、唇の内側を噛みながら夫のようすを見まもっていた。暗かった屋外は白々と明けてきている。これ以上コーヒーを飲んだら、天井を突き破って飛びあがってしまいそうだ。

この一時間、ナサニエルはいっさい、わたしに質問をしていない。夫がさらさらと鉛筆で数字を書きつけるたびに、自分の計算まちがいであること、微分を逆数したり平方根を二乗したりするのを忘れていたことが判明してほしいと願う。なんでもいい、とにかく、わたしのまちがいであってほしかった。

ようやくのことで、ナサニエルは計算尺をデスクに置き、両手の指先で額を押さえた。最後の紙をじっと見つめる。

「脱出しないと。このクソったれの惑星から」

「ナサニエル！」

なぜ〝悪いことばづかい〟のような瑣末事をとがめたのかは、自分でもわからない。

「悪かった」ナサニエルはためいきをつき、前のめりになって両手の指先を顔にあてがうと、その指先を顔にこすりつけるようにして上へすべらせていき——とうとうつっぷして両腕に顔をうずめた。口はデスクのすぐ上にある。その姿勢のまま、くぐもった声で、ナサニエルはいった。「きみの計算まちがいであれば、どんなによかったことか」

「初期値がまちがっている可能性もあるわ」

「こんなとほうもない結果が出るほど初期値がまちがっていれば、『エンサイクロペディア・アメリカーナ』のだれかがクビになるぞ」ナサニエルは身を起こし、また指先で顔をこすりながら、目を細めてことばをつづけた。「隕石が海上に落下したのは、運がよかったとばかり思っていたが……」

「問題は発生した水蒸気の量なのよ」わたしは部屋を横切っていき、夫のそばにいくと、デスクに腰をかけた。ナサニエルはわたしの手首をとり、わたしをひざの上に抱きよせた。こちらも夫にもたれかかり、頭を夫の頭に触れあわせる。「これから世界はすこしばかり寒くなるわ。そして、空気中に放出された大量の水蒸気は……」

　ナサニエルはうなずいた。

「大統領との会議にきみも出られるよう、働きかけてみよう」

「大統領？」予想外のことばに驚いて、わたしはすこし身を起こした。「この計算、まだ……つまり、わたしと研究分野の異なるおおぜいの専門家の検証を経てからでないと……先にほかの科学者たちの意見をあおぐべきだわ」

「たしかにな。しかし……ぼくとヴェルナー・フォン・ブラウンは、このつぎに落下してきそうな小惑星を探知して、ロケットで破壊する計画に携わっている」ナサニエルは椅子の背にもたれかかり、あごに伸びる不精ひげの一本を引っぱった。「軍事組織がどういうものかは、きみもよく知ってるだろう、ぼくと同じくらいに」

「ひとたび計画が始動したら、止めるのは至難ね」

ナサニエルはうなずいた。

「そして軍が始動しようとしているのは、まったく見当はずれの計画なんだ」


わたしはクローゼットの前に立ち、自分の数少ない衣装を眺めた。わずかなドレスの一着に手を伸ばすたびに、胃をぎゅっと締めつけられるような感覚をおぼえる。自分を待つのは衆人環視の的となる運命だ。場ちがいな一着を選んでしまったらどうしよう？　計算がまちがっていたらどうしよう？　ナサニエルにとっては、いっしょに将軍に会いにいくよりも、わたしが家に残っていたほうがいいんじゃないかしら？

「エルマ？　どっちのタイが似あうと――なんだ、まだ着替えてないのか」ナサニエルが部屋に入ってきたところで足をとめた。「アイゼンハワー将軍に会うのは三〇分後なんだぞ」

ナサニエルは両手に一本ずつ、借りてきたタイを持っていた。

「青いほう。あなたの目の色とそろうから」

　わたしはクローゼットのドアを閉めた。胃を締めつける感覚はたちまち消えた。

「だいじょうぶかい？」

　ナサニエルはタイを持った両手を降ろし、歩みよってきて、わたしの額に手をあてた。

「ちょっと気分が悪いだけ」生理がはじまっているが、そうたいしたことはない。しかし、きょうの会議に出ないですむのなら、最後の手段として、それを持ちだすつもりだった。

「でも、あなたの報告書はもうタイプしてあるし、あの計算式のことはあなたもわたしと同じくらい理解しているから……」

「そいつは誇張もはなはだしいな」ナサニエルは緑のタイをデスクに置いた。「おえらがたに会議で質問されたとき、しっかり受け答えできるほどには精通していない」

　おえらがた。当然だ。会議には何人も出席するだろう。ナサニエルをサポートするためにも、パーカーと議論になったときの備えとしても、会議に出ること自体はまだいい。しかし、ひとつの部屋で六人以上に相対するとなると……。むかしの記憶が一気によみがえってきた。両の手の平の汗をバスローブでぬぐう。会議には出ないにしても、ひどく気持ちが悪い。

「どのみち、数式の内容を説明したって、将軍にはついてこられないでしょ。だから、あなたは結論を話せばいいだけ」

ナサニエルはためいきをつき、ネクタイを首のうしろにかけた。

「そうするつもりではいるさ。ただ、返答に窮する質問をされたときのために、きみにも控えていてほしいんだ。たとえば、大気中の水蒸気と地球全体の気温上昇との相関関係についてたずねられたときに」

わたしは自分がタイプした報告書のひとつを手にとり、ぱらぱらとめくった。

「それは四ページに書いてあるわ。うしろのほうには今後五〇年の気温上昇を示すグラフもつけてあるし。だから――」

「それは知ってる」

「あなたが説明するからこそ、将軍たちは信用するのよ。わたしが説明したって、だれも信じてくれるひとはいないわ」

「なにいってるんだ」ナサニエルは姿見からわたしに向きなおった。「大学で同級生たち相手に数学の講師めいたことをさせられてたのはどっちだ？　ものごとを理路整然と説明するのだって得意じゃないか」

夫は好人物だ。わたしに対する信頼も厚い。だが、いつもひとつ、大きなことを見落としている。わたしがなにをいおうと、だれもその内容を信用したりはしないということだ――夫が同じことをくりかえし、それを裏づけてみせないかぎり。

「それは関係ないでしょう。わたしは気分がすぐれないの。だから、ね？」

ナサニエルはタイをウィンザー・ノットに結び、結び目をぐっと締めた。

「悪かった。きみにも出席してもらうつもりで準備してきたが。きみが気分がすぐれないというからには、そうなんだろう」

わたしはバスローブの下ですこし縮こまった。

「わたしは、その……きょうはあまり日がよくないの」

「いつなら日がいいんだい？　隕石が落ちて以来、いい日なんて一日もなかったろう」

「その——日がよくないというのは、あの日ということで——」

「ああ、そうか」ナサニエルは眉をひそめ、額をなでた。かぶりをふりふり、椅子の背にかけたジャケットをとる。「まあいいよ。きょうは大統領が臨席する会議の前哨戦だから。本番までには気分もよくなるさ」

問題は、当のわたしに〝気分がよくなるつもりがない〟ということだった。大統領に会うなんて、きょうの会議よりもはるかに悪い……しかし、すくなくとも、大統領が出席するのは、きょうの会議ではない。それに、わたしになどお呼びがかからないかもしれないし、わたしはセキュリティ要件をクリアしていないかもしれないし、なにかが起こって、おおぜいの男性の前に立たなくてよくなるかもしれない。

わたしも理解力はあるから、すこしも危険がないことは承知している。そう、その点はちゃんと理解していた。

それでも……それでも、一一歳でハイスクールに通ったことはトラウマになっていた。数学の授業を選んだ女子はわたしひとりだけだった。同じことは大学でも起こった。一四歳のとき、飛び級で大学に進んだのだ。頭の中で複雑な計算ができるというだけで、だれからもじろじろと見られた。そして、男子学生たちからはきらわれた――というよりも、憎まれた。なぜなら、わたしは絶対に、授業でまちがえなかったからだ。さらに、いろいろな教授から、ことあるごとに都合よく引きあいに出された。

〝見たまえ！　こんなに若い女の子でさえ正解がわかるんだぞ〟

そういった事情から、大学を卒業するころには、人前でしゃべる機会と見れば、わたしは全力で避けるようになっていた。

咳ばらいをして、夫にいった。

「もう会ったの？」

「大統領にかい、アイゼンハワーにかい？　どっちもイエスだよ。ただし、ほんの短時間だったが」

「アイゼンハワー将軍とは、とうさん、ゴルフ友だちだったの」

「それだ！　そういうのも、きみを連れていきたい理由なんだ」

「とうさんがそういう立場の人物だから――いえ、だったから？　そのへんの事情はどうあれ」放りだすようにして、報告書をデスクにもどす。「わたしはいけないわ」

　ナサニエルはふたたび、ためいきをつき、床に視線を落とした。

「悪かった。ちょっと強引だったな。ぼくもナーバスになってるんだ」ナサニエルが歩みよってきて、わたしを抱きしめた。「きょう、持って帰ってほしいものはあるかい？　湯たんぽは？　チョコレートは？」

「できない約束はしないで。きょうび、チョコレートなんて、どこで手に入るのよ」

　イーストコーストの港がすべて閉鎖されているため、食品雑貨店（グローサリー）は軒並み品薄になりつつある。

「アイゼンハワー将軍に直訴するのさ」

「どんな理由で？」

「世界の命運は、妻の健康と安寧にかかっていますってね」夫はわたしのおでこにキスをした。「じっさいこれは、すこしも誇張だとは思ってない」

　気分がすぐれないという嘘はつぎつぎに波及して、不都合をもたらした。アイゼンハワー将軍との会議のあとは、病院へボランティアにいく予定になっていたが、まず、これがだめになった。マートルが部屋にやってきてドアをノックしたのは、ナサニエルが出かけたあとのことだった。

わたしはブラウスの最後のボタンをとめたところだった。

「どうぞ?」

マートルが足でドアを押し開いた。両手には塩味のクラッカーとジンジャーエールのグラスをのせた四角いトレイをかかえている。

「ナサニエルから、気分がよくないって聞いたもんでね」

「ああ……気分が悪いといっても、その、〝あの日〟というだけで」わたしは下を向き、ブラウスをスカートにたくしこんだ。マートルの顔を見ないようにするためだ。「とくにひどい時期はもう過ぎたから」

「そりゃあ、ひとりひとり、重さがちがうのは知ってるけどもさ。わたしの場合、丸一日、続くからねえ」マートルは持ってきたトレイをわたしたちの部屋の小さなデスクに置いた。「とりあえず、軽く食べられるものを見つくろってきたわ。湯たんぽはいる? それとも……気つけがほしければ、バーボンもあるわよ」

こんなに気のいい人たちの家にやっかいになれるなんて、わたしたちはなんて運がよかったんだろう。ひとりでに涙が出た。それは生理の影響が出ていることの証拠でもあった。

「ほんとうにもう、親切心の塊のような人ね」わたしは指で涙をぬぐった。「ほんとなの、ずっと気分はよくなってるのよ。いつもはそう重くないんだけど。たぶん、ただ……」

　わたしは手を横にふり、ことばをにごした。このあいまいなしぐさで、マートルが勝手になにかを察してくれればいいのだが。

「いろいろたいへんだったものねえ――たった二週間のあいだに、あれだけいろいろなことがあったんだから」マートルはジンジャーエールのグラスを差しだした。「まいっちゃうのもむりはないわ」

「もうだいじょうぶ」そういいながらも、差しだされたジンジャーエールは受けとった。ひんやりと冷たいグラスの感触が手に心地いい。「ほんとうに、だいじょうぶなの。あなたのほうはどう？　あなたがたの教会で被災者を受け入れる態勢は進んでる？」

　マートルはためらったものの、舌先で唇を湿らせた。

「じつは……イエスよ。たぶんね。構想はあるんだけれど。ただ、それにはあなたに力添えをたのまないといけないのよ」

　やっとだ。やっと人の役にたてる機会がめぐってきた。

「いいわよ、なんでもいって。これだけいろいろよくしてもらってるんだもの。わたしにできることならなんでもするわ」

「ああ、そこまで甘えるわけにはね——なにかをしてもらいたいんじゃないの」マートルはデスクの角と四角いトレイの角がそろうように、きちんと置きなおした。「ユージーンからきいたけど、あなた、自家用機を持ってるんですって？」

「故障してるけどね。ええ、持ってるわ」

わたしの返事が織りこみずみであるかのように、マートルはうなずいた。

「ユージーンのほうで修理できたら、あのひとに使わせてもらえないかしら」

「もちろん、いいわよ」狭量な話だが、わたしはこれを聞いてがっかりした。もっと大きな頼みをされるものと期待していたのだ。「でも、修理業者にはひととおり声をかけてみたけど、どこも引き受けてはくれなかったわよ」

マートルは小さくほほえんだ。

「その〝ひととおり〟というのは、白人の修理業者にかぎってのことでしょ？　電話帳にはね、飛行機にくわしい人間がぜんぶ載っているわけじゃないの。ユージーンは修理業者にコネがあるのよ」

修理できる人間たちがほかにもいる——マートルはそのことを知っていて黙っていたのだろうか、それとも、最近になってようやく知ったのだろうか。どちらにしても、こんなことで怒るのはまちがっている。マートルにはたくさん借りがあるのだ。それに対して、マートルはわたしになんの借りもない。わたしはいった。

「だけど、あれには四人しか乗れないのよ？　そんなにおおぜいの被災者は運んでこられないわ」

「ああ……それは知ってるけれどね。それ以外の使い道を考えてるの」マートルは背筋を伸ばし、ぱん！　と手をたたいた。「さあさあ、この話はまたこんど。気分が悪いときに、わたしの長広舌につきあっちゃだめ。きょうは一日、のんびり過ごすこと。たとえ気分がよくなってもよ。チキンスープ（ブロス）を残していくわ。ベーコンは入れてないので、安心して。レンジに載せておくから、食べるとき温めなおしてちょうだい」

「ありがとう、でも、ほんとうに――」

「気分がいいっていうんでしょう、わかってるわ。あなたもユージーンとおんなじなんだから。性別を知らなかったら、あなたのことを男だと思うところよ」

「パイロットというのは、そういうものなのよ」わたしは肩をすくめてみせた。「病気だなんていったら、地上勤務にまわされてしまうから」

「まったくねえ……わたしには娘がいないけど、あなたは娘みたいなもんだから。おとなしく地上勤務してなさい。すこしスローダウンして英気を養うには、それしかないの」

スローダウン？　スローダウンもなにも、隕石が落ちて以来、わたしはまだなにもしていない。やっぱりナサニエルといっしょにいくべきだったろうか。司令部についていけば、すこしは役にたったかもしれないのに。

「いったいなにをしてるの、キッチンなんかで！」

ふりかえると、まだ帽子をかぶり、手袋もはめたままのマートルが、リビングルームに立っていた。

ひとにぎりのレタスをボウルに入れるところを見つかって、急にやましさをおぼえた。

「えっと、その、夕飯作り？」

「いったでしょ、きょうはのんびりしなきゃだめだって」ときどきマートルの口調からは、〝大西洋沿岸の中部諸州(ミッド・アトランティック・ステイツ)の主婦〟的なアクセントが消えることがある。たいていはいらだっているときだ。おそらくこれが、彼女の本質に近いしゃべりかたなのだろう。マートルは持っていた荷物のひとつをサイドテーブルの一脚に置き、キッチンに入ってきて、わたしを追いはらうしぐさをした。「ほらほら、いきなさい。ベッドにもどって」

「だいじょうぶよ。ほんのちょっと生理痛があるだけで、ほんとうに……」レタスの残りをボウルに入れ、ちぎりはじめた。もしかすると、必要以上に強い力でちぎってしまったかもしれない。やはり腹をくくって、ナサニエルについていくべきだったろうか。「じっとしていても落ちつかないし、あなたは一日じゅう働いてきて疲れてるし」

　そのとき、家の外でジープのエンジン音が低く轟いた。リンドホルム少佐のジープだ。すくなくとも、男性陣の片方は帰ってきたことになる。キッチンの窓から外を覗いたが、車のようすはよく見えなかった。ナサニエルはまだ会議に引きとめられているのだろうか。今夜もまた？　ああ、やっぱりいっしょにいくべきだった。わたしのバカ。

　マートルがパントリーのドアをあけ、中からエプロンを取りだした。

「さあ、わたしにできることをおっしゃい」

「じゃあ……オーブンのタリアリーニを見てくれる？　そろそろアルミホイルをはずすころあいだと思うんだけど」

　玄関のドアが開き、ユージーンとナサニエルの話し声が聞こえた。ユージーンは、機会をとらえては、ナサニエルからロケットの話を聞きだそうとしているようだ。

「……エドワーズ空軍基地のほうだね、それは」

「やれやれ、まただわ、もう」マートルが大股でリビングルームに歩いていった。「だめよ、テスト・パイロットになんかなっちゃ。戦闘機乗りというだけでもよくないのに。そりゃあ、戦時中はしかたなかったけど」

「ベイビー……いまのは、あそこで運用してるロケットの話をしてただけだよ」

ナサニエルが居心地悪そうに笑った。

「施設の比較をしてたんだ、カンザス州のサンフラワー基地とカリフォルニア州のエドワーズ基地の施設のね。それだけだよ。さて……ぼくはエルマのようすを見てこようかな」

「エルマなら、キッチンにいるわ」

サラダに入れるために擂りおろそうと、ニンジンを手にとったとき、ナサニエルがキッチンの戸口に現われた。書類フォルダーをキッチン・テーブルに置いて、ナサニエルはいった。

「やあ。気分がよくなったのかい？」

「ええ、おかげさまでね」新しいブリーフケースを調達しないといけないが、それは優先順位のずっと下のほうにある。わたしはおろし金を手に取り、ニンジンを擂りはじめた。

「どんな感じだった？」

「いい方向に進んだよ。ありがたいことに」タイをゆるめてカウンターにもたれかかる。

「なにか手伝えるかい？」

「そうね……じゃあ、カクテルをたのめる？」

「喜んで」ナサニエルが軍から最初の給料小切手をもらってきたとき、わたしたちが真っ先に行なったのは、リンドホルム家の酒棚にまとまった量の酒を確保することだった。もちろん、わたしたちの部屋のベッド下にも酒類はストックした。流通が本格的に悪化したときに備えての用心だ。「マーティーニでいい？」

「完璧」わたしはおろし金を横に置き、擂ったニンジンをレタスのボウルに入れた。あの計算結果を出してからというもの、料理をするたびに、今年がこの食材の食べ収めかと思ってしまう。ニンジンもレタスも……隕石がもたらす長い長い冬を生き延びるだろう。そうなると思う。しかし……。「それで、アイゼンハワーはなんだって？　あなたの頭の切れるところを聞かせてちょうだい」

ナサニエルは小さく笑い、冷凍室からジンを取りだした。

「まず、だね……きみの聡明で頭の切れる夫は――あ、ちょっと待った」ナサニエルはリビングルームに通じる戸口に歩いていった。じれったさのあまり、いまにも叫びだしそうなわたしをよそに、夫はリンドホルム夫妻にたずねた。「ふたりとも、マーティーニはご所望かな？」

なにごとかをささやきあっていた夫婦は会話を中断した。答えたのはユージーンだった。

「ああ、もちろん。山の神がゆるしてくれれば――あっ、いてて」

「ありがとう、ナサニエル。気をつかってくれて、とてもうれしいわ。わたしはダブルでおねがいできる？」

マートルの声の甘ったるさたるや、ハエの誘引にも使えそうなほどだった。

くすくす笑いながら、わたしはキッチンのシンクでおろし金を洗った。すくなくともこの地域では、なんの問題もなく上水を使えている。被災者の中には、基地に避難してくるまでのあいだ、何日も上水を使えなかった人たちがいるのだ。もちろん、酸性雨はまだ、中西部には達していない。わたしはいった。

「ダブルというのは、いい考えね」

ナサニエルは戸口からもどってきて、両の眉を吊りあげた。

「やれやれ。会議に出てきたのはぼくなんだけどな」

「お薬よ、お薬。あなたもダブルの恩恵にあずかればいいじゃない」ドレッシングはもう作ってあるが、サラダにかけるのは食べる直前だ。あとは……タリアリーニを待つばかり。

「それで？　アイゼンハワーは、聡明で頭の切れるあなたになんていったの？」

「おお、そうそう、その話だ」ナサニエルは酒棚からピッチャーを取りだした。「まず、だね……巧みなレトリックと畏怖をいだかせずにはおかないエロキューションを駆使して、ガツンと一発くらわせたんだ。それからおもむろに、きみの優秀で説得力のある報告書を差しだした。アイゼンハワー、ショックのあまり、黙りこんでしまったよ。きみの計算を理解できたはずはない。しかし——」

「ほうら見なさい、わたしなんていなくてもよかったじゃない」

オーブンのドアをあけた。中の熱気が顔に襲いかかってきた。といっても、せいぜいが摂氏二三〇度だ。衝撃波がワシントンを襲ったさいの熱風にくらべれば冷風でしかない。

「アイゼンハワーの質問のいくつかについては、はったりをきかせないといけなかった」ナサニエルがジンを量り、ピッチャーに入れた。「しかしアイゼンハワーは、軍人としての視点でロケットのことをよく理解してるから、いまのソ連の技術レベルでは、とうてい小惑星を動かせないことは理解してくれた」

「ああ、よかった」タリアリーニにかぶせていたアルミホイルをはずす。これはチーズにこんがりと焼き目をつけるためだ。ついで、オーブンのドアを閉じた。「気候の件は？」

「快晴だったよ、きょうはね」

「わたしのいう意味、わかるでしょ」

「わかってる。この快晴というのが問題なんだ。あんなにいい天気だったのに、気候上、破滅的な変化が訪れようとしていることを納得させるのはむずかしい」ナサニエルの前のカウンターにはベルモットの瓶が立ててある。「それに、軍人連中、〝軍事的重要度〟が低いということで、あまり緊急性を感じなかったみたいだな」

「緊急だからこそ、あれだけ大部の報告書を用意したんじゃないの！」やっぱり、いっしょにいくべきだった。つぎこそは。このつぎこそは、ついていかなくては。「それで……大統領には会えるの？　このつぎは、そんな機会があるの？」

ナサニエルは肩をすくめ、冷凍室から製氷皿を取りだした。

「働きかけてはいる。アイゼンハワーも催促するといってくれた。しかし、ソ連の脅威がないとなれば、緊急性は低くなる。ブラナン大統領代行は、こいつはむりもないことだが、合衆国政府を再構築するために多忙をきわめてるんだ」

「なんてこと……」わたしは両手を腰にあて、けさがたあんな嘘をついた自分にいっそう腹を立てた。もしも自分が出席していたなら――さて、なにができただろう？　アイゼンハワー将軍は、数学と気候のことをしゃべりまくる小娘のことばになど耳を貸してくれただろうか。貸してはくれたかもしれない。父との友誼に免じて。しかし、わたしにアイゼンハワーの気持ちを動かせたとはとても思えない。「ダブルを注文しておいてよかったわ。だって、政府がこのまま対策をとらなければ……」

「わかってる」ナサニエルはレバーを引き起こし、製氷皿の氷をはずした。勢いあまって、氷がひとつ製氷皿を飛びだしていき、床をすべっていった。「しかし、いちどに一歩ずつさ。とにかく、軍がソ連を攻撃する恐れはなくなった。攻撃していたら、事態ははるかに悪化するところだったからな」

いいや、そんなことはない。戦争による事態の悪化など、たかが知れている。せいぜい、本格的な破滅を早めるだけでしかない。

9

公害が欧州国境を脅かす
ノルウェー、国外由来の大気汚染を問題視

ジョン・M・リー

［オスロ（ノルウェー）発　一九五二年四月三日］　先月落下した〈巨大隕石〉に起因する大気汚染について、おりから懸念の高まっている欧州だが、本日ノルウェーで、ひとつの意見表明が見られた。ある指導的な科学者いわく、「この汚染に対してなんら対策をとることなく放置すれば、わが国の淡水魚と森林は壊滅するでしょう」

計算に明け暮れたあの輝かしい週のあと、大統領からの連絡を待ちながら、わたしはふたたび病院でのボランティア生活にもどっていた。そして、四月三日、〈巨大隕石〉が落ちてから一カ月め――。きょうもきょうとて、日々飛来する被災者救済機の一機が新たに到着した。もうそろそろ、被災者の流入はとまりそうなものなのに、いまもなお、つぎからつぎへと、引きも切らずにやってくる。当初の衝撃波を生き延びて、ずっとその場に踏みとどまっていた人々が、そう簡単にはインフラが復旧しないと知って、地元に見切りをつけてくるのだ。

救済機がエプロンを滑走(タクシング)して停まるまで、わたしは帆布(はんぷ)の選別テントの陰に待機していた。制服姿の軍人たちがタラップを押して機体の乗降口に横づけするかたわらで、医師やナースたちが診療態勢をととのえて待っている。このごろではもう、すっかり良好な受け入れ態勢ができあがっている。

乗降口のドアが開き、最初の被災者がタラップを降りてきた。男性だった。ガリガリに痩せている。そして、なんと――黒人だった。わたしは息を呑み、反射的にふりかえってマートルを探した。この一カ月で、被災者救済機から黒人が降りてきたのは、このひとがはじめてだ。

マートルは機に背を向け、テーブルの上で繃帯を整理しているところだった。

「マートル？」

わたしの背後では、医師とナースたちが驚きのつぶやきを漏らしている。

「どうしたの？」マートルが肩ごしにふりかえった。そして、救済機を見たとたん、そのひざから力が抜けて倒れそうになった。危ういところでテーブルにつかまって、からだを支える。「――おお、神よ。神に讃えあれ。うまくいったんだわ。お慈悲に感謝します、神よ」

わたしは機に向きなおった。黒人が一列になって降りてきつつある。男もいれば、女もいるし、子供もいる。その全員が、ぞろぞろとタラップを降りてくる。なかにはちらほらと白人も混じっており、降りてくる被災者の数が増えるにつれ、その割合は増えていった。あとから出てくる者は先に入った者だ。つまり、黒人たちは最後のほうで機に収容されたのである。

近づいてくるにつれて、黒人たちのようすがはっきりわかるようになった。痩せている。それは被災者全般に共通することだ。しかし、黒人たちの肌には小さなピンクのただれがぽつぽつとできていた。だれかがうめいた。それはわたしだったかもしれない。酸性雨による糜爛（びらん）はこれまでにも見たことがある。肌が黒いと、ただれはいっそう顕著に見えた。

わたしはかぶりをふり、経口補水液の紙コップを載せたトレイをかかえた。たいせつなのは電解質の補給だ。そばにはサンドイッチのトレイを持った者も待機している。マートルをふりかえって、わたしはいった。

「ユージーンがとうとう説得に成功したのね、救出ミッションの範囲を変えるようにって。そうでしょ？」

「ううん」マートルのほほえみは消えていた。「ちがうの。わたしたちがしたのは、あなたの自家用機を使って、黒人居住区にビラを撒くこと。どこにいけば救済機に拾ってもらえるか、したためたビラをね。こうして第一陣が到着したからには、これからもっともっと増えるでしょう。神に感謝しなくては……」

マートルは綿球のケースを手に取り、押しよせてくる被災者を迎える準備をととのえた。

二週間後、ついに大統領臨席の会議の日が訪れた。

気候に関する最初の会議をすっぽかしたあと、ずっとやましい思いにさいなまれていたわたしは、火災を起こした航空機に乗っているも同然の心境にあった。だから、大統領を迎えての会議には、パラシュートをつけずに機外へ飛びだすも同然の覚悟を固めて、ナサニエルに同行した。出席者は、大統領、その補佐官たち、閣僚数名、そのほか、どういう立場にあるのかはっきりしない人物が五、六名だった。
恐怖を払拭するため、わたしはありふれた細部に意識を集中させた。たとえば、内装だ。だれかは知らないが、この会議室の内装を担当した人間は、ここが地下の掩蔽壕であるという事実を隠すためにかなりのエネルギーを費やしたらしい。壁はウッドパネル張りだし、グリーンのカーペットは森の中の草地を思わせる色調が選ばれている。カーテンを左右にまとめた窓は、もちろんフェイクの窓だが、裏側からあたたかい黄金の光が射す仕組みを設けてあった。

わたしは書類のポートフォリオを胸に抱きしめ、ナサニエルのあとにつづいて会議室に入った。室内には、タイにダークスーツ姿の男たちが数人ずつ集まって、あるいは着席し、あるいは立ったまま談笑していた。何人かは移動式の黒板の前に立っている。その黒板に書き写されているのは、わたしが計算に使った式だ。中央には大きな会議テーブルが鎮座していた。そこで、全員が話をやめた。ブラナン大統領代行が立ちあがり、わたしたちを出迎えたからである。

日焼けした人物だった。目の端にはこまかい皺ができている。ふだんは笑みをたたえることが多い人物らしい。しかし、きょうの大統領代行はそうではなかった。口を固く引き結び、グレイの眉を険しくひそめている。

「ヨーク博士。ミセス・ヨーク」大統領代行は、自分のとなりに立つ人物を指し示した。丸々と太って禿(は)げあがった男だが、驚くほど仕立てのいいスーツを着ている。「こちらは国際連合のムッシュ・シェルツィンガー。本日の会議に立ち会ってもらうためにお越しいただいた」

「お会いできて光栄です」

太った人物はそういって腰をかがめ、わたしの手をとり、両足のかかとをカツンと打ち鳴らした。しかし、その目が見ているのは、わたしの髪の生えぎわの小さな傷痕だった。

というか、すくなくとも、わたしにはそう思えた。すこし自分の外見について神経質になりすぎているのかもしれない。なるべく専門家らしく見えるような、それでいて野暮ったくは見えないような体裁をとってきたつもりだが、この場合、あまり意味はなさそうだ。なにしろ、この部屋にいる女はわたしひとりだけなのだから。

ここで、別の男――赤毛であごのない男が近づいてきた。

「会議をはじめてもよろしいでしょうか、大統領閣下？　ヨーク博士の時間をむだにしては申しわけありませんので」

これはつまり、大統領職は多忙をきわめるぞ、とわたしたちにほのめかしているのだ。

「もちろんだとも。すまんな、ミスター・オニール」

ブラナン大統領はわたしたちに対し、会議室の前部側を指し示した。

わたしは黒板に目をすえ、板書された数式がみな正確かどうかをあらためた。これから大統領に――厳密には、大統領代行に――プレゼンテーションを行なうわけだが、そんな勇気のいる事実を考えるよりも、そのほうがずっと簡単だった。

室内じゅうの男たちが大きな会議テーブルの席につき、部屋の前部に期待の目を向けた。わたしの心臓は早鐘のように鳴っており、ポートフォリオを握りしめる手も汗ばんでいる。このときのわたしのようすからは、屋外で雪が降っているとはとても思えなかっただろう。

せめてもの救いは、自分がたんなる保険――ナサニエルが状況を説明するうえで別の計算式が必要になった場合にそなえての、バックアップ要員だということだ。エンジン停止状態で着陸するはめになっても、完璧にこなすことはできる。だが、おおぜいが見ている前で話をするのは？　残念ながら、とてもできない。

いまこのとき、わたしの最大の目標は、吐くことなくこの午後をやりすごすことにあった。そもそも、データを説明する愛らしい妙齢の女性に対して、男たちが見せる不審もあらわな反応は、判で押したように決まっている。ナサニエルの説明だけで話がすめば、それに越したことはない。

ポートフォリオを置いた。置いた場所は、二脚の移動式黒板のあいだにある小さなテーブルだ。いっぽうの黒板にはなにも書かれていない。そして、チョークがたくさん、色もそろえて置いてある。場合によっては、これをわたしが使わなくてはならない。そのうちの一本を取りあげたのは、手持ちぶさただったからだ。ひんやりとした白い円筒状のチョークは、指先から汗を吸いとってくれた。

夫は室内の一同に顔を向け、全員の注意が自分に向くまで待った。

「紳士のみなさん。〈巨大隕石〉が落下してから数週間、わたしたちは復旧にいそしんできました。環大西洋諸国では何百万もの人々が被災し、住むところを失っています。国によっては社会秩序が崩壊し、涸渇しゆく資源をめぐって、暴動、略奪、その他の非道な行ないが頻発しているところもあるほどです。しかし、本日のわたしの務めは、それがわたしたちの最悪の問題ではないことをご説明することにあります」

よどみなく、権威を感じさせるナサニエルの口調を聞くうちに、わたしは思いだした。そう、この話術があるからこそ、衛星の打ち上げに成功したあとで、彼は名士になったのだ。

「おおぜいの人々が、また隕石が落ちるのではないかと戦々兢々としています。それは当然の恐怖であり、われわれがこの地下壕で会議をしている理由もそこにあります。しかし……つぎなる隕石が落ちる可能性は天文学的に小さい。ここに板書された計算式が示す危機は、それよりもはるかに危険度が大きいだけでなく、確実に発生する現象なのです」

ナサニエルは残念そうな笑みを浮かべ、肩をすくめた。「何十年ものあいだ、科学者たちは恐竜になにが起こったのだろうと頭をひねってきました。なぜ恐竜は滅びたのだろうと。その答えは……この現象にあるのかもしれません」

ナサニエルはわたしの計算式で埋まった黒板に歩みよった。

「ここに書いてある数式を理解していただく必要はありません。ここではこれらの数式に、地質学、気候学、数学の最高権威たちの裏づけがあるとだけ申しあげておきましょう」

関与している〝数学の最高権威〟は、このわたししかいないのだが、あえて口をはさまずにおいた。ナサニエルはことばを切り、室内を見まわして、一同の注目を集めた。フェイクの窓が放つ黄金の光がその頬をなで、いくつもの小さな傷を浮かびあがらせている。だが、ダークグレイのスーツの下で、数々の打ち身はだいぶ薄れており、ナサニエルは負傷などしたことがないかのように、悠然と立っていた。

深呼吸をしてから、ナサニエルは黒板をこんこんとたたいた。

「問題は、紳士のみなさん、地球が温暖化しつつある点にあります。〈巨大隕石〉が噴きあげた噴塵は、いずれわれわれの空から消えるでしょう。温暖化の原因は……水蒸気です。水蒸気は熱を蓄え、それは水分の蒸発を誘発し、それによって大気中にますます水蒸気がたまっていき、それがさらに熱を蓄えることで、地球は徐々に温暖化していきます。この悪循環の果てに——地球は最終的に、人間の居住に向かない惑星になってしまうのです」

ぽっちゃりとして血色の悪い男が鼻を鳴らした。テーブルの向かって右にすわっている男だった。

「ロサンジェルスでは、きょう、雪が降っているんだぞ」

ナサニエルはうなずき、男を指さした。

「そのとおり。あの雪自体、〈巨大隕石〉に直接関係しています。大気中に噴きあげられた噴塵と煙は、これから数年間、地球を冷やす働きをするでしょう。今年の農作物は、おそらく壊滅的打撃を受けます。合衆国だけでなく、全地球的な規模で」

ブラナン大統領が手をあげた。発言前に手をあげるとは——さすがに心がけがちがう。

「気温はどの程度低下するのかね？」

「エルマ？」ナサニエルがわたしに顔を向けた。

のどから胃が飛びだしそうになるのをおぼえながら、わたしはポートフォリオの文書をばさばさとめくり、求める文書を探しだした。

「摂氏三九度から五五度の範囲です、地球平均で」

部屋のうしろのほうで、だれかがいった。

「よく聞こえない」

ごくりとつばを呑みこんで、わたしは文書から顔をあげ、会議室の重鎮たちに面と向かった。そして、航空機のエンジン音に負けないよう大声を張りあげるときの要領で、もういちどくりかえした。

「摂氏三九度から五五度の範囲です」

「信じられん」同じ男が腕組みをした。

「これは最初の数ヵ月だけの数値です」出席者の意識は見当ちがいの方向を向いている。たしかに、気温は大きく低下する。だが、これは短期間の変化でしかない。「そのあと、通常の地球平均気温よりも一・二度寒冷な状態が、三、四年つづきます。しかし、気温はそのあとで上昇に転じるんです」

「一・二度？　はっ！　その程度のことで、なにをそんなに騒ぐことがある？」

ブラナン大統領がいった。

「それだけでも農作物にすくなからぬ打撃を与えるのには充分な変化だ。生育期が一〇日から三〇日は短くなってしまう。したがって、農業従事者には、これまでの作物をあきらめて、短くなった生育期に見あう作物に切り替えてくれるよう説得しなければならない。これは簡単なことではないぞ」

さすがに農務長官だっただけのことはある。気候変動がもたらすトラブルを直観的に理解してくれたようだ。しかし、それでもやはり、向いている方向が見当ちがいであることに変わりはない。たしかに人類はミニ氷河期を生き延びねばならない。だが、そのあとにつづく気温の上昇にくらべれば、そんなもの、なにほどのこともない。

「農業助成金を出そう」別の男がテーブルから身を乗りだした。たぶん、さっき〝よく聞こえない〟といった男だ。「大恐慌のさいには、助成金を出して作物を変更させた経緯がある」

「いや、われわれのリソースは復興にのみ注がねばならん」別の男がいった。

室内の者たちが議論しだしたのを見て、ナサニエルは一歩うしろにさがり、わたしの耳もとにささやきかけた。

「気温上昇のグラフ、描けるかい？」

わたしはうなずき、まっさらな黒板に向きなおった。意識をふりむける仕事ができて、ほっとした。チョークはつるつると黒板にすべるし、上に手を伸ばして描いているので、チョークの粉がぱらぱらと降ってくる。ポートフォリオには、万一にそなえてメモを用意してあったが、この二週間、何度もこのグラフとにらめっこをしてきたので、もはやまぶたの裏にくっきりと焼きついていた。

　これから数年間は、季節と相いれない寒冷な気候がつづく。だが、そのあとで〝常態〟にもどりはじめ、さらにそのあとも……そのあとも気温は上昇しつづける。上昇曲線は、はじめのうちはゆるやかなカーブを描くだろう。しかし、やがて転換点に達すると、急角度ではねあがる。

　わたしが黒板にグラフを描きおえた時点で、ナサニエルはふたたび会議テーブルの手前に進み出ていき、両手をからだの前で組んだ。室内のざわめきが収まった。

「一八二四年のことです——ジョゼフ・フーリエは、アレグザンダー・グレアム・ベルがのちに〝温室効果〟と呼ぶ効果について記述しました。フーリエはその記述の中で、空気中の粒子が大気に熱を蓄える効果をもたらすと述べています。もしも〈巨大隕石〉が陸地に落ちていたら、冬はもっと長びいていたでしょう。発生した火球はもっと巨大だったでしょう。ですから、われわれは隕石が海に落ちて運がよかったと考えていました。しかし、事実はその正反対でした。地球は長い冬を経験したのちに、暑くなっていきます。そして五〇年後には、北アメリカに雪が降らなくなるでしょう」

　さっきカリフォルニアの雪を持ちだした、例のぽっちゃりした男が笑った。

「シカゴからわざわざきたというのに、こんな程度か。ちっともおおごとには思えんな。そういわざるをえん」

「では、湿度一〇〇パーセント、気温四九度の夏がつづくといったらどうします?」

「変わらんね。天気予報では、あす雨が降るかどうかも満足にあてられんのだ。五〇年も先のことがどうしてわかる」

ブラナン大統領がふたたび手をあげた。その目はわたしを見つめていた。いや、ちがう。黒板を見ているのだ。わたしは黒板のグラフがよく見えるようにと、脇へどいた。

「ヨーク博士。その上昇曲線の終着点は、なにを表わしている?」

「これが表わしているのは……海が沸騰しだす時期です」

ジェット・エンジンが噴射され、室内の空気を一気に排出されたような衝撃が訪れた。だれかがいった。

「まさか、冗談だろう。そんなことが——」

ブラナン大統領が、片手でバシン! とテーブルをたたいた。

「諸君にお願いする。認識しておいてくれ。わたしはこの惑星とそのふるまいについて、それなりの知識を持っている。この会議を召集したのは、すでにヨーク博士の予測値に目を通し、問題の深刻さを考慮したからにほかならない。ここに集まってもらった理由は、諸君、本件の是非について議論するためではない。どのような対策をとるべきかを議論するためなのだ」

すばらしい。ブラナンは大統領代行でしかなく、正式に大統領になるためには議会の承認が必要で、そのためには議会を開催する必要がある。だが、議員の多くが死亡したいま、この国は選挙で議員を選ぶところからはじめなくてはならない。それでも……一時的ながら、代行には大統領の全権限が付与されている。このひとが代行でよかった。

ブラナン大統領は室内をじろりと見わたしてから、ムッシュ・シェルツィンガーに手ぶりでうながした。

「議論の進行をおねがいできるだろうか」

「謹んで」シェルツィンガーは立ちあがり、ナサニエルのとなりに立った。「紳士諸兄。ミセス・ヨーク。スイスにはこのようなことわざがあります。〝ヌ・パ・メトル・トゥ・セ・ズー・ダン・ル・メム・パニエ〟。英語でもおなじみでしょう、〝ひとつの籠にすべての卵を盛るな〟というやつですな。国際連合もそのような考えかたを是とするものです。地球がこうむる被害を抑制することはもちろんですが、われわれとしては、この惑星の外にも目配りする必要があります。いまこそ、紳士諸兄、地球外への入植を検討すべきときなのです」

第二部

10

国連、ウクライナへの援助を勧告

ザ・ナショナル・タイムズ特電

［ローマ発　一九五六年二月二十日］　国際連合食糧農業機関は本日、加盟各国政府に対し、大至急、ウクライナ救済のために可能な援助の検討を開始するよう勧告した。旧ソヴィエト連邦の一部であったウクライナは、〈隕石の冬〉に起因する凶作により、飢饉（ききん）に見舞われている。国連は事務総長に対し、同職の裁量権の範囲において、ウクライナ政府の要請に基づき、技術面でも他の面でも、適切な援助を可能なかぎり行なうようにと指示した。

人間がはじめて宇宙へ出たとき、自分がどこにいたか、あなたは憶えているだろうか。
わたしは憶えている。そのときわたしは、IACの——国際航空宇宙機構(インターナショナル・エアロスペース・コアリション)の——〝暗い部屋(ダーク・ルーム)〟ことミッション管制センターに、ふたりの女性計算者(コンピューター)の片方としてすわっていた。場所はカンザス州のサンフラワー宇宙センター。グラフ用紙とシャープペンシルを手に、軌道にかかわる計算をするのがわたしの役目だった。ロケット打ち上げは、以前はフロリダで行なわれていたものだが、それは〈巨大隕石〉が落下する前——NACAことアメリカ航空諮問委員会が、IACの一部に組みこまれる前の話。サンフラワー〝山〟の基地には、大戦中からすでにロケット発射施設があったので、荒廃しきった沿岸部を離れ、この内陸部に拠点を移すのは当然の判断だった。管制センターから五キロ離れた場所では、わたしたちの努力の賜物(たまもの)が発射台に鎮座している。ジュピター・ロケットである。一一三トンの推進剤が詰まったロケットの先端には、小さなポッドにステットスン・パーカーが乗り組み、ストラップで固定されて、打ち上げられるのを待っていた。

本人がそうあろうと思えば、あれでなかなか、パーカーは魅力的な男だ。わたしでさえ、あの男が優秀なパイロットであることは認めざるをえない。今回の発射が失敗しないかぎり、パーカーは宇宙に出る最初の人間になる。しかし、もし失敗すれば、あの男は死ぬ。予定されている有人宇宙飛行の搭乗者に選ばれた七人の宇宙飛行士――〈アルテミス7〉のうち、いちばん気にいらないのはあの男だが、それでもやはり、生き延びてほしくはあった。

管制センター内にほんのりと淡い光を投げかけているのは、ずらりとならぶ計器パネルの列だ。壁には吸音パネルが張ってあり、室内の話し声を抑えている。抑えるといっても、なにしろ一二三人もの技術者がひしめいているので、とうてい静かとはいかない。室内の空気はぴりぴりしていた。管制センターの端のほうではおおぜいが行きかっている。気の毒に、統括エンジニアのナサニエルは、いまは新ホワイトハウスに詰めさせられ、ブラナン大統領とともに、記者会見にそなえて待機しているところだ。スピーチはふたとおりが用意されていた。万一発射に失敗したときの用心だという。

待機しているあいだ、スライド用の小さなライトテーブルの向こう側では、ホイラン・〝ヘレン〟・リウがレナール・カルムーシュとチェスをしていた。後者はフランスからきた技師のひとりだ。ヘレンはもうひとりの計算者で、国際航空宇宙機構には台湾代表団の一員として参加している。台湾ではチェスのチャンピオンだったようで、ミスター・カルムーシュを軽くあしらっていた。

ヘレンの役目は、ロケット離昇後、テレタイプで送られてくる数値データを取りだし、わたしにまわすことにある。その数値を使って、わたしが計算を行ない、カプセルが軌道に到達したかどうかを確認するのだ。わたしたちはすでに、一六時間ぶっつづけで起きているが、たのむから寝(やす)んでくれと大金を積まれても、いまはとうてい眠れなかっただろう。わたしには自分の手で行なうなにかが必要だった。マートル・リンドホルムは編み物を教えてくれようとしたが、それはやんわりとおことわりした。

管制センター後方の、一段高くなった壇上から、発射責任者が報告した。

「全部署、発射準備完了」

わたしは深呼吸をした。昨今はもう、打ち上げシークェンスはすっかり馴(な)じんでしまい、不安は小さく、むしろ気分を高揚させるものになっている。だが、いくらいままで何度も打ち上げに成功してきたとはいえ、人間を宇宙に送りだすのはこんどがはじめてだ。過去には発射台でロケットが爆発したことも何度かある。サルを乗せて打ち上げたはいいが、宇宙からもどってきたときには死んでいたというケースも一度ではなかった。あのときの苦い経験を、ついつい思いだしてしまう。パーカーのことは好きではない。しかし、あの男が勇敢であることはまちがいない。

そしてわたしは、あの男がうらやましくてたまらなかった。

ミッション責任者がさっきの報告に応えた。

「了解、発射チーム。発射準備完了を確認」

ヘレンがチェス盤を離れ、テレタイプに近い椅子にすべりこんだ。わたしはわたしで、グラフ用紙を手元に引きよせる。

「最終カウントダウンに入る。発射まで（T・マイナス）10秒……9……8……7……6……5……4……点火」

このとき、ノイズで割れたパーカーの声がスピーカーから流れ出た。背景にはロケット噴射のすさまじい轟音が聞こえている。

「点火を確認」

「……2……1……離昇！ 離昇した」

数拍おいて、耳を聾（ろう）するロケット噴射の轟音が寄せ波となり、管制センターに押しよせてきた。轟音はわたしの胸を揺るがしている。五キロ離れているというのにだ。しかも、センターの周囲は部厚いコンクリートで囲まれており、内壁はすべて吸音パネルでおおわれている。それなのに、この轟音のすさまじさ。

冷や汗が流れた。これより大きな音を聞いたのは、隕石が落ちたときしかない。離昇中、あまりロケット発射地点に近づきすぎた者は、この轟音の衝撃で文字どおりからだがズタズタになってしまう。

「離昇を確認。手動クロック、作動開始」

わたしはシャープペンシルを手にとり、いつでもグラフ用紙に書きこめる態勢をとった。

「こちらはハーキュリーズ7号。燃料よし。一・二G。キャビン気圧、九六五ミリバール。酸素よし」

ロケットが空の高みへ昇っていくとともに、テレタイプが息を吹きかえし、世界じゅうの追跡ステーションが送ってくる情報を吐きだしはじめた。テレタイプがテキストを出力するたびに、ヘレンが数値をわたしにまわしてくる。最初の紙をカットし、デスクの上をすべらせてよこした。

わたしは計算に没頭した。生のままの数字がロケットの位置と姿勢を克明に伝えている。それらをもとに、地球を離れゆくロケットの速度を算出するのがわたしの仕事だ。数値からはロケットのなめらかで優美な離昇ぶりが手にとるようにわかった。うしろに立つ男たちに見えるよう留意しつつ、グラフ用紙に上昇曲線をプロットしつづける。

スピーカーからパーカーの声がいった。

「振動を感知。空が暗くなってきた」

そうだとしたら、パーカーはそろそろ大気圏を離脱しようとしているのだ。ヘレンがテレタイプの紙をカットしてわたすたびに、わたしが描く曲線は上昇しつづける。状況はすべてミッション・パラメータの範囲内だった。ロケットの轟音は消えており、あとには異様な静けさだけが残っている。周囲では男たちの低いささやきが聞こえていた。エンジニアたちが状況を確認しあっているのだ。

「誘導班、状況は？」パーカーの声がたずねた。

ヘレンがわたしの記録から数値を読みあげた。興奮しているせいで、台湾なまりが強く出ている。

「速度、秒速二三五〇メートル。上下角、四分。高度、一〇一・九八キロメートル」

ヘレンの声は、ミッション管制センターにあふれるテノールやバリトンの中では、極端にかんだかく聞こえた。

通信員のユージーン・リンドホルムが数値を復唱し、パーカーに伝えた。それに応えて、パーカーがいった。

「了解。飛行はずっとなめらかになった」

テレタイプは絶えずカタカタと鳴りつづけている。ヘレンがつぎのページをカットし、わたしに差しだした。わたしは下唇を嚙み、シャープペンシルをグラフ用紙に走らせた。すでに秒速六四二〇メートル。第一段ロケットが切り離されるのはもうじきだ。

無線からパーカーの声がいった。

「第一段、切り離し」

「第一段切り離しを確認」

「ブースターが落下していくのが見える」

わたしは壁の時計を見やり、ほかの全員と同じく、心の中で秒数を数えた。ブースター切り離しから三〇秒でカプセル先端の脱出塔は投棄される。そこから先はもう、脱出はできない。なにがあっても、自力で切りぬけるしかない。

「脱出塔切り離し、グリーン」

「脱出塔切り離しを確認」

それまで蓄積された運動量により、パーカーはさらに高みへ昇っていく。ヘレンにわたされたつぎのページを見て、わたしは思わず破顔した。秒速八二六〇メートル。やった！ ついに軌道速度に達した！ それでもわたしは、そのページをもとにして計算をつづけた。仕事の成果を見せなくては。

「展望鏡展開。転回開始」

「転回を確認」

背後からミスター・カルムーシュがたずねた。

「頬がゆるんでいます。どうして?」

わたしはかぶりをふり、グラフに新たなドットを記した。このドットは地表から二八〇キロの高度に達したことを示すものだ。かくしてパーカーは宇宙へ送りだされた。しかし、以上はまだ第一段階にすぎない。周回軌道に乗るためには、いまの軌道を変更しなければならず、それはパーカーの技倆(ぎりょう)ひとつにかかっている。

「手動操縦に切り替え」パーカーが通信チャネルをオープンにしたままなので、無線からはノイズが絶えない。「この景観たるや……みんなに見せてやりたいほどだ」

「了解、景観を見せたいとの願望を確認」

その景観はここにいるみんなが見たいと思っているだろう。パーカーが首尾よく軌道に乗れば、これで宇宙ステーション確立に一歩近づくことになる。それはつまり、月面基地に一歩近づくということだ。そして、火星、金星、その他の太陽系の惑星系にも。

ヘレンがテレタイプのつぎのページをよこした。わたしはパーカーの位置をドップラー周波数の変化として記録した。この周波数はロケットが地球上空を通過する経路を示すものだ。わたしは変化の数値を計算式に組みこみ、念のため検算を行なった。

椅子にすわったまますうしろに向きなおり、頭の上にページをかかげ、わたしは叫んだ。

「成功よ!　軌道に乗りました!」

大のおとなたちが飛びあがらんばかりにして椅子から立ちあがり、ボールゲームに興じる子供たちのように歓声を張りあげた。ひとりが紙を空中に投げあげ、それがひらひらと落ちてきてわたしたちのまわりを舞っている。だれかがわたしの肩をどやしつけた。だしぬけに、頰になにかあたたかいものが押しつけられた。とっさに身を引き、ミスター・カルムーシュをにらむ。その唇はまだキスをする形のままだ。

「このあともまだ、地球へ誘導する仕事が残っているのよ」

わたしは頰をぬぐい、グラフ用紙にいつでも書きこめる態勢にもどった。デスクの向こうで、ヘレンがわたしの視線を受けとめ、こくりとうなずいた。それから、つぎのページをカットしてよこした。


借りている賃貸アパートメントで、わたしはベッドに横になっていた。と、玄関ドアが開き、外の廊下の光がベッドに射しこんだ。わたしは横になったままドアに向きを変えた。戸口に浮かんだナサニエルのシルエットは、オーバーコートのせいで着ぶくれて見える。バスルームからの光を反射させているのは履いている靴だけだ。ズボンの折り返しには、まだ雪が残っていた。

「寝てないわよ」これはおおむねほんとうだ。けさがた、折りたたみ式のマーフィ・ベッドをしまわずにミッション管制センターへ出かけたのは、打ち上げ後、ふたりとも疲れきって帰ってきて、ベッドを出す余裕などないとわかっていたからである。「おめでとう」

「きみにもな」

ナサニエルはオーバーコートを脱ぎ、玄関ドア脇のフックにかけた。ブラナン大統領が内陸部のカンザスシティを合衆国の新首都に定めて以来、当地の家賃はうなぎのぼりだ。かてて加えて、被災者全員分の住居が必要で、住宅事情が逼迫しているため、いくら連邦政府からサラリーをもらっている身でも、借りられるのはワンルームのアパートメントがせいいっぱいだった。正直、家はせまいほうが管理が楽でいいのだが。

わたしはベッドサイド・ランプを灯し、ベッドの上で起きあがった。

「記者会見、立派だったわよ」

「〝立派〟というのが、宇宙計画自体に意味がないとほざくあの薄馬鹿レポーターを論破したことを指すんなら、たしかにそうだな、うん。立派だった」ナサニエルは肩をすくめ、ネクタイをゆるめた。「ぼくとしては、むしろミッション管制センターにいたかったがね。カプセル着水のあと、パーカーが回収されたとき、きみがあげたあの歓声、中継でもはっきり聞こえたぞ。あの男のことはきらってるとばかり思ってたんだがな」

「どうしてわたしだとわかったの？」

「第一に、きみと結婚して五年になる。第二に……」足を振って靴を脱いだ。「管制センターにいた女性は、きみを含むふたりだけだ。そして、台湾語をしゃべっていた女性がきみとは思えない」

「你去死（リー・キー・シー）」これはヘレンから教わった台湾ののしりことばで、〝くたばれ〟というほどの意味だ。一部のエンジニアのあいだで流行っていて、ときおり、わたしの夫も使う。「それはともかく。ミッションが成功したんだから、興奮したっていいでしょう？　だいたい、わたしはそんなにたちが悪くないわ。すくなくとも、人が死んでほしいなんて思わない。基本的にはね」

「ふうん」ナサニエルが部屋を横切ってきて、身をかがめ、わたしにキスをした。上等なスコッチの味がした。「基本的にはというからには、たちが悪いところもあるってことかな？　うん、それには同感――いてて っ！　そういうところだぞ」

わたしはすわったまま上に手を伸ばし、夫のワイシャツのトップボタンをはずした。「それはね……」二番めのボタンもはずす。鎖骨と下着の襟まであらわになった。「……〝たちが悪い〟の定義にもよると思うのよ」

ナサニエルがわたしのナイトガウンのネックラインを指でなぞった。

「そういうんなら、きみの定義をぜひともご開陳ねがいたいね」

「ええとね……」わたしは最後のボタンをつかみ、ワイシャツの裾をズボンから引きずりだした。「……たとえば、夫の記者会見を見ていて、はじめて知った重大方針があるんだけど。記者会見の前にこれを妻に話しておかないのは、たちが悪いんじゃないの？」

ナサニエルはわたしのナイトガウンの帯に手をかけた。

「うん、興味深い事例だ」帯をほどき、腰をかがめ、あらわになったわたしの肩にキスをする。「その方針というのは？」

わたしは夫の香りを味わった。アフターシェイブの麝香（ムスク）の香りと、上等な葉巻の甘い芳香が鼻孔をくすぐった。

「宇宙飛行士チームを拡充して、テスト・パイロット経験必須の条項をはずすことよ」

夫の髪に顔をうずめ、手さぐりでベルトをつかむ。その下の生地がすでに硬く張っているのがわかった。

ロケットを首尾よく発射してくれるのは望むところだ。わたしの肩から首の付け根にそって、ナサニエルはすこしずつ甘嚙みしていった。首筋から爪先にかけ、ぞくりと官能が走りぬけていく。

「宇宙飛行士チームの拡充は、今回のミッションの成功があってのことだからね。拡充に関する情報を秘匿していたのが、だれかさんがうっかり気持ちを昂（たか）ぶらせないようにとの配慮からだとしたら、それでもたちが悪いといえるのかな」

「うーん……ここが昂ぶってるのも、うっかり？」

ズボンのジッパーをおろした。ナサニエルの両手がわたしの左右の二の腕をつかんだ。

夫は語をついで、

「それに、ブリーフケースに入れてきた申請書――あれもたちの悪さの軽減につながるんじゃないかな？　たとえば、第二次大戦中のパイロットで、必要なだけの飛行時間記録を持っていて、身長も体重も条件にぴったりの人材をだよ、宇宙飛行士に……うわおっ！」

ナサニエルは咳きこんだ。首にあたる夫の息が熱い。「いまの、イエスととるぞ」

「たちの悪さ軽減を確認。でもね……」わたしは上体を起こしたままベッドの奥へずれていきながら、ナイトガウンをはぎとり、両腕を額の上にのせた。夜の肌寒い空気に触れて、両の乳首が硬くしこりだしている。夫の局所を見ると……やはり硬くいきりたっていた。

「そんな気づかいって、子供を保護するためのものでしょう。わたしは子供？」

「いいや、まったく」ナサニエルは両腕を抜いてワイシャツを床に落とし、下着を脱いだ。ベッドサイド・ランプが夫の腹筋を照らしだした。〈巨大隕石〉の落下後、ナサニエルはからだづくりをはじめた。あのときの山下りドライブで、〝万一〟のシナリオにそなえてからだを鍛えていなかったのは、夫ひとりだけではないが、それにしても……ここまでになるなんて。

わたしはナイトガウンをベッドの横に放り投げた。夫はわたしにじっと目を注いでいる。その口が半開きになっていた。血が一カ所に集中して滞った血流を補うため、脳がいっそうたくさんの酸素を必要としているかのようだった。

「それじゃあ、これもきいておかないとね。子供じゃないと思っているのなら、どうして前もって話しておいてくれなかったの？」

そういってすぐ、自分のことばを悔やんだ。ナサニエルがぴたりと動きをとめたからだ。動きをとめたのは、ズボンと下着をまとめて骨盤のあたりまで降ろしたときだったので、盛りあがった腹筋のVラインや、Vの字と合流する骨盤、Vの字の下端にある、頭髪より色の暗いヘアがはっきりと見えた。

「なぜなら、宇宙植民計画自体が中止になるはずだったからだよ——打ち上げが失敗していればね」強調されたのは〝失敗〟ということばだった。つまり、パーカーが死んでいたならという意味だ。ナサニエルはズボンを足もとまで脱ぎきった。「雪のせいさ。みんな、温暖化ははじまらないと思ってる。だから……」

わたしは夫に手を伸ばした。夫が太腿（ふともも）のあいだにすべりこんできて、わたしをベッドに押し倒した。全身に夫のぬくもりがおおいかぶさってくる。わたしは片方の太腿を夫の片脚にからめ、腹部をナサニエル自身にぐっと押しつけた。夫はまぶたをひくつかせ、目を閉じた。

「温暖化は避けられないのにね」

「まったくだ」

ナサニエルが体勢を横にずらし、片手でわたしをまさぐりだした。指先が股間の敏感な部分を探りあて……わたしの点火シークェンスに火をつけた。それ以外のことは、いまはもう、ぜんぶあとまわしでいい。

「ああ……最高。発射準備は完了よ」

11

IAC、ロケット発射計画を加速

七十五機から百五機のロケットを
今後三年間で発射とIAC本部長

ビル・ベッカー
ザ・ナショナル・タイムズ特電

［カンザスシティ（カンザス州）発　一九五六年三月三日］　国際航空宇宙機構（IAC）は、今後三年間に、七十五機から百五機の大型ロケットを発射する計画でいる。これにより、一九六〇年までには、月面コロニーが確立されるという。

「〈巨大隕石〉が落ちたとき、どこにいたか憶えていますか？」

　ユダヤ教会堂（シナゴーグ）の講話壇で、会衆を見まわして、わたしたちの公任指導者（ラビ）は問いかけた。

　ほかの人たちの反応は知らないが、わたしはたちまち、目頭が熱くなるのをおぼえた。

　もちろん、憶えていますとも。

　すぐうしろで女の人がすすりあげる音が聞こえた。四年前——一九五二年、三月三日。この人はどこにいたのだろう。夫とともにベッドにいたのだろうか。子供たちのために朝食の用意をしていたのだろうか。それとも、あとになってはじめてあの災厄のことを知った何千万人もの人間のひとりだったのだろうか。

「あのときわたしは、婚約したばかりの若いカップルの相談に乗っていたのです。ふたりはきたるべき結婚の喜びに満ちあふれていました。すると、まだ面談の最中だというのに、秘書がドアをノックする音がします。そんなことははじめてでした。ドアをあけた彼女は泣いていました。みなさんも、ミセス・シュワッブはよくごぞんじでしょう。笑顔ではない彼女を見たことがありますか？　その彼女が泣きながらいうのです、〝ラジオを〟と」

　ラビ・ニューバーガーは肩をすくめてみせたが、つづく講話は、災厄を知ったときの深い悲しみを的確に表わしていた。

「あのときのことを思いだすたびに、わたしはいつも、こう思うのです――あの瞬間は、〝以前〟と〝以後〟の境目だったのだと」一本の指をかかげてみせた。「あの若きカップルが指導者室にきていなければ、わたしは悲しみに打ちひしがれていたでしょう。しかし、そのときふたりはたずねました――自分たちはこのような事態でも結婚していいのだろうかと。世界の終わりを迎えたかのような事態が訪れたのに、それでも結婚していいのだろうかと」

ラビは前に進み出た。緊張に満ちた静寂の中、みんなが固唾を呑む音がした。

「答えはイエスです。結婚もまた、人生における〝以前〟と〝以後〟の境目なのですから。わたしたちは日々、たくさんの境目に遭遇しています――たんにそれとは気づいていないだけで。境目自体は問題ではありません。これからもつねに〝以前〟と〝以後〟はあるでしょう。問題は、その境目を越えたとき、自分がどう対処するかなのです」

わたしは手袋をはめていた。その片方の親指で、あふれる涙をぬぐった。融けたマスカラで手袋が黒く汚れた。

「人は生きる。人は記憶する。これはわたしたちの民族がつねにしてきたことです」

シナゴーグの外で街じゅうの鐘が鳴りだした。おそらくは、国全体がこうなのだろう。おそらくは、惑星じゅうがこうなのだろう。腕時計を見るまでもない。午前九時五三分。

目をつむった。四年を経たいまも、こうして目をつむっていても、あのときのまばゆい光がまぶたの裏に見える。そう。わたしははっきりと憶えている。〈巨大隕石〉が落ちてきたとき、自分がどこにいたのかを。

ケーキはまだひとくちも食べていない。

目の前にはカットされたキャロット・ケーキがひときれ。心そそる光景だった。わたしはいま、国際航空宇宙機構(IAC)のカフェテリアにいる。念のため、すこし補足しておくと、国際航空宇宙機構の〝国際〟面で最高の部分は、カフェテリアにフランスの製菓担当シェフがいることだ。さて、話をもどして——そういうわけで、テーブルの上にはキャロット・ケーキが載っている。同席しているのは、ヘレン、バシーラ、マートルの三人。マートルの家に居候させてもらっていたときは、戦時中、彼女が計算者(コンピューター)として働いていたことを知らなかった。そうと知ったのは、二年前、彼女がIACと契約したときのことだ。

アルジェリアの首都アルジェからきたバシーラが、憤然と不満をぶちまけた。

「でさあ、あの男、計算尺の使いかたを教えようとするのよ!」

「そんなばかな——微分方程式に、計算尺?」四人の中で、わたしを除けば唯一のアメリカ人であるマートルが、口を片手で押さえ、頰が赤くなるまで笑った。「無知蒙昧(もうまい)の見本だわねえ」

「そうなのよ！」バシーラはそこで、頭の悪そうなアメリカ英語を強調して、その男の口真似をした。「こいつぁよぉ、めんこいねえちゃんよぉ、マジ、すっげーお道具なんだぜぇ」

ヘレンが両手で口を押さえ、台湾版バンシーのようなかんだかい声で笑った。そんなものがいるかどうかは知らないが。

「あいつがそれをどこで持ってたか、教えてあげなよ！」

バシーラは鼻を鳴らすと、カフェテリアの内部を見まわした。昼間のシフトが終わったばかりの時間とあって、席はがらがらだ。わたしはフォークを置いて見当をつけた。ああ、やっぱり。バシーラが片手をひざにのせて、まるで計算尺があそこに……やれやれ。発射準備完了というわけね。バシーラが口真似をつづけた。

「おれがよぉ、これの使いかたをよぉ、教えてやんべえさ」

わたしは笑って、細いもみあげを伸ばしたあの男――派手なタイをつけたリロイ・プラケットがバシーラをナンパするさまを心に思い描いた。バシーラは背が高く、浅黒い肌はなめらかで、昨冬のＩＡＣホリデー・パーティーでは、二位以下を大きく引き離し、ミス・アウタースペースの座を獲得した器量よしだ。加えて、英語のアクセントは完璧とくる。

わたしにとっては、この女性グループとの交流が、ここで新たに見つけた楽しみだった。NACA時代の計算室は全員が女性だったが、D.C.の差別的方針により、職員は白人に限定することが規定されていた。四年前、親しい友人グループのうち、白人は自分自身も含めてふたりだけになるといわれたら、わたしは笑っていたことだろう。いまとなっては、そんな自分が恥ずかしい。

ブラナン大統領が国連を説得して成立させた国際航空宇宙機構は、すべてを変えてしまった。それ以前に……すべてを変えたのは〈巨大隕石〉というべきだろうか。クエーカー教徒を大統領にいただいたことで、政府の採用方針は根本的に変化した。その結果、こんな友人たちに恵まれたのだから、わたしにとってはこれほどありがたい話はない。

ヘレンが笑いすぎて出た涙をぬぐい、わたしの肩ごしにうしろを見た。

「あーら、ヨーク博士」

「やあ、ご婦人がた」ナサニエルはつかのま、わたしの肩に手をかけた。人目があるので、これがキスのかわりだ。「なにをそんなに笑ってらっしゃるのかな？」

「計算尺よ」ヘレンがつつましく、両手をひざの上で重ねてみせた。「その使いかた」

ふたたび、全員がどっと笑った。気の毒なナサニエルは、笑うわたしたちを眺めていることしかできない。なにが可笑しいのかなどわかるはずもなく、微笑をたたえているのがせいいっぱいだ。あとでリロイ・プラケットのことを説明してあげよう。そのさいには、笑い話のていにしておかないと。計算室の問題に介入されて、いろいろな関係を壊されてしまうのはよろしくない。立場上、人間関係に対処するのは室長のミセス・ロジャーズの役目だが、統括エンジニアといっしょに寝ているのはこのわたしだ。この件を丸く収めるよう、ほかの女性たちよりも働きかけやすい立場にある。

なおもくすくす笑いながら、わたしは涙をぬぐい、椅子を引いた。

「それじゃ、お迎えがきたので」

「そのケーキ、食べてかないの？」マートルがテーブルごしに手を伸ばしてきた。

「みなさんでどうぞ」

ナサニエルが椅子の背からわたしのコートをとり、手わたしてくれた。この七月は、まったくコートなしというわけにはいかないが、たいていはなしで過ごせるほどあたたかい。もうじき夏がくる。わたしたちが願うよりも早く。わたしは同僚たちに手をふり、別れを告げた。

「それじゃ、みんな、またあした」

さよならのコーラスにつづいて、笑い声のさざなみに見送られ、わたしたちはカフェテリアを横切っていった。ナサニエルがわたしの手を握った。

「すっかり上機嫌じゃないか」

「まあね、ケーキのおかげ。それと、あなたがくれたバラのおかげね」

「気にいってくれてうれしいよ」ナサニエルは途中ですれちがったエンジニアのひとりに手をふり、IACの正面玄関へ廊下を歩きつづけた。「じつは、きみがすっきりする知らせを聞きこんできた」

「ふうん？」玄関ホールで足をとめ、夫がドアをあけてくれるのを待つ。「どんな？」

駐車場には、午後遅めの陽光がななめに射しこんでいたが、ひんやりした空気をあたためるほどの力はなかった。わたしはコートをすこしかきよせ、ナサニエルといっしょに屋外へ出て、バス停に歩きだした。IACの敷地を取りまくフェンスの外では、子供たちがサイン帳を手に待ちかまえている。宇宙飛行士のだれかが出てこないかと待っているのだ。さっそくナサニエルが見つかった。ナサニエルは統括エンジニアとして、宇宙計画の顔になっているからだ。

わたしは手を放し、ナサニエルが子供たちに群がられているあいだ、脇にどいて待った。子供たちはさいわい、エンジニアの妻には興味を示さなかった。まるでピラニアの群れが獲物に襲いかかるような光景が展開された。捕食に使うのは、歯ではなく、サイン帳だ。ナサニエルはほぼ連日、サイン攻めに応えている。帰りがひどく遅くなることが多いのはそのためもあるのだろう。

それと……たぶん、夫自身の性向もある。ロケットに夢中なのは、子供たちだけではないということだ。

ひととおりサインが終わり、子供たちが離れていくと、ナサニエルはわたしをともない、バス停まで一ブロックほど歩いてから、中断していた知らせの続きを語りだした。

「それでだね……」ちらりと背後を見る。「厳密には、これは部外秘というわけじゃない。宇宙飛行士の最終候補者リストを見ればわかることだから。しかし……」

「最終候補者リストが公表されるまで、けっして口にはしないわよ」

ほんの〝ひとくち〟もね。さすがに、最終選考まで残れると思っているわけではない。しかし、総飛行時間を考慮すれば、すくなくとも〝最初のひとくち〟くらいには入れるのではないかと思っていた。

「クレマンス本部長は女性を選んだ例がないんだ。ただのいちども」

歩みの途中で、わたしはぴたりと立ちどまり、ナサニエルの顔を見つめた。ＩＡＣのトップ、ノーマン・クレマンス本部長とは、何年もいっしょに働いてきた。尊敬に値する人物ではある。しかし――けっして女を選ばない。ふいに、顔の前に白い息が立ち昇った。愕然として、わたしが口をあけたからである。

「それがどうして、わたしが〝すっきりする〟ことになるの」

「その……選ばれないことは自分でもわかっていただろう。ちがうかい？」

「だけど、応募要項には、〝男性にかぎる〟なんて書いてなかったわよ」

　ナサニエルはうなずいた。

「クレマンスがいうには、そんなことは自明だと思った、だから書かなかったんだそうだ。危険な仕事なんだからとね」

「冗談じゃないわ。わたしはテスト・パイロット経験必須という、あのばかげた男性優先主義の条件を呑んだのよ？　なのに、なに、いまさら？　わたしたちはコロニーを確立しようとしてるんでしょう？　女なしで、どうやってコロニーが成立するというの？」

「ぼくが思うに……」

　ナサニエルはその先をいいよどみ、路面に視線を落とした。冷たい微風に目を細めている。ナサニエルには、わたしに話したくても、どうしても話せないときがある。それが極秘事項の場合だ。そして、極秘の壁にぶちあたるたびに、ナサニエルはいつもこのように、はっきりしない態度になる。とくにいまは、なにか大きな秘密をかかえているようだった。

「思うに？」

　ナサニエルは唇をなめ、足の重心を移し変えた。

「ある種の……懸念があったらしい。宇宙空間でのストレスについて」

「ストレス？　女は男よりも対G耐性があるのよ。大戦中の婦人操縦士隊(WASP)がそれを証明しているわ。それに──」わたしは途中でことばを切った。ナサニエルが急に口もとを引き締めるのに気づいたからだ。あたかも、のどまで出かかったことばを呑みこもうとするかのように。「まさか……女が宇宙でヒステリーを起こすとでも？」

　ナサニエルはかぶりをふり、バス停を指さした。

「今夜はダンスしにいったらどうかと思うんだけどな」

　わたしは歯噛みし、両手をコートのポケットにつっこんだ。

「踊らされている身としては、ダンスはもうたくさん。このさい、ショーを見にいきましょうよ」

　宇宙計画に対する女性の適合性にだれが横槍(よこやり)を入れたのかは、賭けてもいい。あの男に決まっている。ステットスン・パーカーだ。

　たしかにナサニエルの読みはあたっていた。すっきりしたことはまちがいない。ただし、わたしがこれほど怒るとは予想外だったらしい。ウィークエンドを迎えるころになっても、わたしはまだぷりぷりしていた。ベストを尽くして一敗地にまみれたのなら納得もいく。

からだについた土を払い、つぎの機会をめざしていっそう精進すればいいだけだ。

しかし、このケースでは？　ほんとうに腹がたつ。これではどんなにがんばったところで、なにも変えられはしない。まだお気づきでない方のために付言しておくと、わたしはこういう〝理不尽な状態〟にはがまんならないたちだ。だから地元の私設飛行場へ向かった。そこには〈99S飛行クラブ〉の地元支部があるからだ。このフライトクラブで最優先されるルールは――もちろん〝安全第一〟を確保したうえでのことだが――〝ぼやくのは地上で、機上では計画を練れ〟。逆にいえば、空での会話を地上に持ち帰ってはならない。

この会話を地上ではじめたのはそのためだった。せめてゴシップなりが広まってほしかったからである。わたしは女性パイロットの輪を見まわした。〈99S〉という名前は、クラブ創立当時、合衆国全体の女性飛行パイロットが九九人しかいなかったことに由来する。いまでは国じゅうにいくつもの女性飛行クラブができており、参加している女性パイロットは何千人にも増えていた。その全員が同じ野望をいだいていることには賭けてもいい。わたしは一同に問いかけた。

「わたしのほかに、宇宙飛行士候補に志願した人」

全員が手をあげた。例外は、三つ子の出産後、体重を絞りきれていないパールと、まだライセンスを取得していないヘレンのふたりだけだった（ヘレンについては、去年の七月四日、独立記念日のパーティーで、パイロットの世界に誘いこんだ経緯がある。おかげで、いまでもわたしは、彼女の父親の不興を買ったままだ)。

飛行前の茶菓子を用意するのは、今回はベティの番で、持ってきているのはレモン・ビーツ・クッキーだった。はじめて見たとき、これはどうかと思ったものだが、砂糖不足のこの時代でも作れるし、じっさいに食べてみると、酸味と甘みがほどよく調和して、なかなかに美味だった。ベティがクッキーの皿を置いているのは、格納庫の片隅に置かれた仕上げの粗い木製ピクニック・テーブルだ。映画スターのように真っ赤なリップを塗った唇をとがらせて、ベティはいった。

「わたしは候補に入れなかったわ」

わたしは皿からどぎついピンク色のクッキーを一枚とって、

「入れなかったのは全員よ、全員、アウト」

ほかの女性陣がこちらに顔を向けた。その表情は、驚きから疑念のそれにいたるまで、さまざまだった。パールが形のいい、小さな鼻にしわを寄せた。

「どうして知ってるの?」

「それはね」わたしはクッキーを半分に割って、「女は例外なく採用されないからよ」

「どうして? 理由は?」

ベティが鼻を鳴らし、自分の大きな胸をつかんでみせた。

「決まってるじゃない。これがじゃまだからよ、操縦するのに」

「そんなの、あんただけでしょ」

ヘレンがそういって、自分のフライトスーツをなでおろした。これを着ていると、ヘレンのボーイッシュな体形がいっそうきわだつ。

「だけど、まじめな話、IACはコロニーを建設するつもりだと思ってたのにな」

わたしはうなずき、候補者の話をつづけた。ただし、ナサニエルがほのめかしたことはいっさい口にしないように気をつける。

「来週の記者会見で、正式に候補者リストを発表するんですってよ」

ベティが背筋を伸ばし、バッグを手にとって、

「それ、どこ情報?」といいながら、手帳を取りだした。彼女はレポーターなのである。

わたしは咳ばらいをした。

「どこか情報。たぶん、大新聞につてのある人間が呼ばれるんでしょうね。そして――」

「これだから、もう!」ベティが手帳をにらみつけた。「おおかたハートを呼ぶんだわ。国際関係のメジャー・ニュースになると、なんでもかんでもあいつなんだから。いいかげんにしてほしいわね、これ以上、園芸クラブまわりを増やされるんなら――」

手にした操縦用の手袋をもてあそびながら、パールがいった。

「しかたないじゃないの、それでお給料をもらってるんだから」

ベティはためいきをついた。

「現実をつきつける前に、すこしはぐちをいわせてくれたっていいじゃない」

「問題はね——」わたしはクッキーをベティに突きつけつつ、口をはさんだ。「そのハートさんとやらが、候補者リストに男しかいないことに気づくかどうかよ。どう？」

ベティは目を細めた。頭の中で編集長へのねじこみかたを組みたてているのがわかる。

「IAC筋からの情報だといってもいい？　もちろん、名前は出さずに」

「それは……それはちょっとね……困るわ……わたしの情報源がトラブルに巻きこまれちゃう」

ベティはわたしの手からクッキーを奪いとって、

「あのねえ、わたしの口がそんなに軽いと思ってるんなら——」

わたしはすばやくクッキーを取り返した。クッキーくずが宙に飛んだ。笑いながら、自分の口中に酸味のあるクッキーのかけらを放りこむ。そして、ベティにはこういった。

「わたしはただ、不測の要素を排除しておきたいだけよ」

「その点はもうお手のものよ」ベティはフライト・ジャケットを手に取り、立ちあがった。

「さあて、それじゃあ、そろそろ飛びますか」

「もちろん」わたしはクッキーをもうひとつ取り、フライト・ジャケットのポケットにつっこんでから、ヘレンに目を向けた。「いっしょに乗ってく？　それとも、ほかの機？」

「乗る乗る、もちろん」

　わたしの小型セスナ170bは四人乗りだ。ベティの愛機はテキサンだが、あれは機内で会話できる造りではない。だからベティも、話しあうべき話題に鑑み、わたしのセスナに同乗することにしたのだろう。同じ機内なら無線でやりとりをしなくてもすむ。わたしたちはキャビンに乗りこみ、わたしが飛行前のチェックリストを実行しているあいだ、みんな会話を控えていた。

　離陸にはなにかしら魔法じみた要素がある。離陸と着陸が恐ろしいからと、飛ぶのを怖がる人たちがいることは知っている。たぶん、飛ぶという行為を強く感じさせる部分がそこにあるからだろう。わたし自身は、離陸のさい、シートに背中をぐっと押しつけられる感覚が大好きだ。Gと運動量で押さえつけられる感覚が大好きだ。滑走路を駆ける車輪の振動が――そして、操縦桿を通じて手の平と脚に伝わってくる感覚が大好きだ。ある時点で、唐突に振動が収まったかと思うと、地面が下に離れてゆく。いまもそうだった。

　自分が浮きあがっていく感覚はない。それでも地面はぐんぐん遠ざかっていく。まるで自分が空気なみに軽くなったかのように。飛行機ぎらいの人たちが恐れるのは、この瞬間なのかもしれない。わたしが離陸を恐れないのは、父が航空軍のパイロットで——当時はまだ陸軍所属だったが——二歳だったわたしを愛機に乗せて飛びたったからだろうと思う。あれがわたしの初飛行だった。飛行のあいだじゅう、わたしはずっと笑っていたという。二歳のことだから、わたし自身にその記憶はない。憶えているのは、もうすこし大きくなったとき、樽形横転（バレルロール）をやってと父にねだったことだ。

よその子たち？　よその子たちはそれぞれの父親から車の運転を教わっていた。そのかわりに、わたしは飛行機の飛ばしかたを教わったというだけのことだ。

閑話休題——ひとたび空中に舞いあがると、わたしは機をゆるやかに旋回させ、飛行場から離れた。本日の空気の状態をたしかめるためだ。ベティは副操縦席にすわり、ヘレンは後席にすわっている。

ここでベティが横を向き、エンジン音に負けないよう、大声でわたしたちふたりに話しかけた。

「オーケー。ここでの話は、地上に持ちこまないということで。〈99sフライトクラブ〉のルールに則（のっと）ってね。さて、さっきのつづきよ。あの話、当局が月を軍事基地に仕立てたがっているんだと取ったけど、この解釈、合ってる？」

「ナサニエルがあえていおうとしない、あれやこれやから察するに、〝女は宇宙に出るには感情的すぎる〟、というのが真意のようね」

ベティはかぶりをふった。エンジン音に埋もれて聞こえなかったが、なにか毒づいたにちがいない。

「なあるほど。ナメたまねしてくれるじゃない。こんなこと、変えさせなきゃ」

「どうやって?」ヘレンが前席のほうへ身を乗りだしてきた。

「まず、これは女性差別だって編集長に持ちかけてみる。でも、〝門前払いされた女性飛行士〟から取材できないと、話の持っていきようがないわね」ベティはわたしをちらりと見た。「情報源がわからないようにする方法はいろいろあるのよ。それにね……それに、ハートのやつをたきつける手もあるわ、記者会見の山場で、きわどい質問を投げかけさせるの」

わたしは横目でベティを見た。

「どんな質問? つまり……あまり露骨すぎるのはどうもね」

「〝大統領閣下、宇宙飛行士がすべて男性ということになりますと、共産主義陣営は月面基地をですね、コロニーではなく、軍事基地と見なす危険がありませんか?〟」

ヘレンが手をあげた。まるで自分が台湾からきたことを思いださせるかのように。

「そういう質問には、国際協調を理由に切り返されるんじゃない？」

　わたしはうなずいた。

「IACには各国から人員がきているものね。台湾、アルジェリア、スペイン、ブラジル、フランス、ドイツ、セルビア、ハイチ、コンゴ……」

　ヘレンがあとを受けた。

「ベルギー、カナダ、デンマーク、フランス、アイスランド、イタリア、ルクセンブルク、オランダ、ノルウェー、ポルトガル、イギリス……」

「そして合衆国」

　ベティはかぶりをふった。

「共産圏の国なんて、ひとつもありゃしない」

「たしかにね……ただ、どちらにしても、そこをつっこんだところで、IACがヒステリーを危惧（きぐ）しているという本音は引きだせないわよ」

「そりゃあそうだけどさ、〝宇宙飛行士が男だけ〟という点を強調する効果はあるわよ。それを突破口に、なぜ女を加えないんですかと掘りさげさせるの」ベティは鼻を鳴らした。

「しかも今年は選挙の年でしょ。アイゼンハワーはブラナンの対抗馬に立つ気満々だから、賭けてもいいわ、〝女は家事だけやっていればいい〟という〝常態〟へ復帰させる動きは選挙の一大争点になるわよ。すでにそんな胎動はあるわけだしね」

冷たいものがからだの芯を走りぬけた。

「だけど……だけど、ＩＡＣは合衆国政府の下部組織ではないから、本部長が大統領の意向を汲むことは――」いっている最中に、自分がどれほどマヌケなのかに気がついた。ＩＡＣは国際機関かもしれないが、発射センターはアメリカ国内にあるのだから、合衆国はほかのどの国よりも宇宙計画に対して大きな影響力を持つ。たとえ本部長がイギリス人であっても関係はない。それに、宇宙飛行士のリストはひととおり見た。ゆうに四分の三はアメリカ人かイギリス人で、全員が白人だった。「ねえ、ふたりとも、シートベルトは締めてるわね？」

どちらもイエスと答えた。理由はきかなかった。わたしのことをよく知っているからだ。わたしはセスナの機首をあげ、高度をとり、宙返りを開始した。遠心力で背中と太腿がシートにぐっと押しつけられた。地球は緑と茶色のパッチワークとなって広がっている。空には塵雲（じんうん）がただよい、大地と空の境界線はあいまいで、銀白色の空と渾然（こんぜん）となり、ぼやけて見える。これまでに見た軌道からの写真では、地球は全体がブルー＝グリーン一色の球体に変貌していた。わたしとしては、無重量の宇宙空間に浮かび、おそろしく鮮明に光る星々をこの目で見てみたい。しかし、つねに優位に立ちたがる男たちにより、人間が暗黒時代に引きもどされるのなら、わたしは……どうすればいい？

　宙返りをおえると、すぐさま樽形横転(バレルロール)に移った。周囲の銀色と緑色が、大きくぐるりと横転しだす。わたしたちがいるのは、いわば風車のピンの位置だ。後席でヘレンが歓声をあげ、手を打って喜んでいる。

　バレルロールをおえると、わたしはこれから打つべき手を考えた。世の人々は温室効果の進行の度合いを把握できていない。これはゆっくりとした破滅なのだ。人類はリソースに余裕のあるうちに、月面に、そしてほかの惑星にも、コロニーを設立する必要がある。コロニーの設立過程は、女には危険すぎる——それが女を宇宙飛行士に選ばない理由だとしたら、わたしたちは女にも男と同等の能力があることを証明しなくてはならない。

　わたしはベティにいった。

「あなたの新聞、女だけの航空(エア)ショーで一面を飾ることに興味を示しそう？」

「もちろん、そりゃあもう」ベティは指をわたしに突きつけた。「ただし、あなたの名前を使わせてくれたらね」

「無名なのに？」

「あなたはＩＡＣ統括エンジニアの奥さんでしょ。〈巨大隕石〉が落ちたあと、セスナを駆って西に飛んできたんでしょ。売り文句には充分よ」

わたしはごくりとつばを呑みこんだ。人の注目を浴びることは……この場合、必要だ。そして、じっさいにするのは、ベティに話をすること。それだけですむ。

「わかったわ。使って」

12

宇宙時代の人材

ザ・ナショナル・タイムズ写真特集　サム・フォーク記者
［一九五六年三月二十六日］　ロケットにかかわる専門家――計画立案者、設計者、エンジニア、科学機器を打ち上げる強力な推進機関の開発者たち。彼らはわが国が宇宙時代に打ち立てる偉業にとって必要不可欠の人材である。彼らの専門分野は、燃料からコンピューター・システム、合金から通信技術にいたるまで、多岐にわたる。その専門家のなかでも、もっとも高名な人物が、ナサニエル・ヨーク博士――国際航空宇宙機構の統括エンジニアだ。

記者会見はベティが予想したとおりの形になった。男性のみが候補者に選ばれた点を質問したところ、国際航空宇宙機構（IAC）のノーマン・クレマンス本部長は、〝安全性を考慮した結果です〟と回答したのである。そして、〝状況はコロンブスが新世界を発見したときとすこしも変わりはありません〟とも。いいかえれば、シャクルトンの南極への旅と変わらないと考えている、そうした探険に女がいなかったことには、だれも疑問を持ったことがない、というわけだ。そしてクレマンスは、〝国際協調〟ということばにより、今回の計画が完全に平和的・科学的な探険であることを表わしているとも確信していた。

婦人参政権獲得を目的として創刊された女性雑誌のなかには、ベティの記事に触発され、コロニー設立に女性を含める運動に参画するところが出はじめた。しかし、女性雑誌に注意を向ける男はひとりもいなかった。わかってはいたが――これはショッキングなことだった。

いま、計算室でデスクを共有するバシーラが室外からもどってきて、向かいの席に腰をおろし、わたしにいった。

「彼、もどってきたわよ」

わたしは室内を見まわした。だれかにいまの声を聞かれなかったか、たしかめるためだ。聞かれても困りはしないが、計算室に所属するほかの女性計算者（コンピューター）たちはみな、各自の計算で忙しい。たぶん、聞かれてはいないだろう。室内には、シャープペンシルで紙に数字を書きつける音や、ベークライトの計算尺にガラスの滑子(カーソル)をスライドさせる音に混じって、ときおりフリーデン社の機械式計算機(コンピューター)を使うカタカタという音が響いていた。もっとも、たとえいまの声を聞きつけた者がいたとしても、クレマンス本部長が発射試験場から帰ってきたことをバシーラが同僚に告げるのは、ごく自然な成りゆきだ。

　それに加えて、計算室のほとんどの者は、わたしの望みを知っている。わたしはこくりとうなずき、ノートを閉じると、デスクの脇に置いた。その横に、シャープペンシルをきちんと添えてならべる。それから引きだしをあけ、別のノートを取りだした。方眼ノートだ。ノートの表紙には〝WASP〟と書いてある。そこに記されているのは、二次大戦における陸軍航空軍婦人操縦士隊(ウィメン・エアフォース・サービス・パイロット)の活動についてまとめた数字だった。

　わたしは立ちあがり、ノートを胸に抱きしめた。バシーラがほほえみかけてきた。

「〈レディ・ファースト作戦〉発動ね」

　いま必要なのは真剣な励ましではなく、ユーモアのほうだ。ヘレンがちらりと、マートルと共有するデスクからこちらを見あげ、マートルをこづいた。マートルがわたしに顔を向け、親指を立ててみせた。わたしはふたりにうなずきかけ、計算室の大部屋をあとにし、クレマンス本部長の執務室に向かって廊下を歩いていった。

本部長を恐れる理由はなにもない。ホリデー・パーティーでも、機構主催のピクニックでも、何度も会話を交わしている。ロケット発射時には、本部長は〝暗い部屋〟こと管制センターで冷静な態度を貫いているが、その陰にはつねに、ナサニエルとわたしの計算が土台として存在する。

ノートの表紙は、手の平を押しつけられた部分がすこし湿っていた。本部長室のドアの前で、わたしはいったん立ちどまり——この部屋のドアはいつも開かれている——スカートで手の汗をぬぐった。きょうはシンプルなグレイの細いタイト（ペンシル）スカートに白のブラウスというスタイルを選んできた。これでいっそうビジネスライクに見えればいいのだが……。今回にかぎっては、どんなタイプの〝鎧（よろい）〟も大歓迎だ。

ごくりとつばを呑みこんでから、手前にある秘書室に足を踏み入れた。本部長秘書のミセス・ケアが顔をあげ、ほほえみかけてきた。

「あら、ミセス・ヨーク。なにかご用？」

「クレマンス本部長とお話しするアポイントメントがとれないかと思って」

なんて弱腰な自分。こうしてノートを持参して、いますぐ話をする気できているのに。

奥の本部長室を見ると、当人はデスクの上に両足をのせ、本を読んでいた。歯には葉巻をくわえている。点火しそこねたロケットの発する煙のように、その紫煙が本部長の周囲にただよっていた。本部長が手にした本の表紙には、赤い砂漠を背景に一基のロケットが描かれており、技術書というよりも小説のように見える。

「予定を確認しますね」

本部長が本を降ろした。

「かまわんぞ、入ってもらって」

「あの──」わたしはつばを呑みこんだ。クレマンスのイギリス的な発音と言いまわしを聞くたびに、自分が戦場から泥まみれで帰ってきたように感じてしまう。「ありがとうございます」

わたしがデスクに歩いていくと、本部長は持っていた本をかかげてみせた。

「きみ、この本を読む機会に触れたことはあるかね？」

「ありません」

「この本に出てくるナサニエル・ヨーク大尉は、きみのご夫君とまったく同じつづりだ」

わたしに椅子を勧めながら、本部長はいった。「すわりなさい、すわりなさい。このブラッドベリなる作家に会ったことはあるかね？」

「ありません」

「そうか、そうか。おそらくは、この作家、ご夫君のファンだろう。火星に古代文明があったという部分はいただけないが、人々を宇宙にかきたてる出版物はおおいに歓迎する」本部長は本をデスクに置いた。「ところで、アメリカ議会がまたもや予算の支出について難色を示してきおったが。きみも予算のことで訪ねてきたのかね？　計算室にもう一台、ＩＢＭが必要か？　売りこみにきてはいるのだが……」

わたしはかぶりをふった。

「それはミセス・ロジャーズが決めることですが、でも、わたし自身は……その、あれはあまり信用できないものだと思っています」

「エンジニア連中も同じことをいう。すぐに熱くなって困ると」うなずきながら、のどの奥でうなった。「では、何用でここへ？」

「あの……それなんですけども。世の中の人たちに、火星にもっと注目してもらう方法を思いついたので。つまりその……将来の宇宙ミッションにおける女性の立場を考えていただきたくて。その件でうかがいました」

「女性？」クレマンス本部長はすわったまま身を乗りだし、わたしをまじまじと見つめた。

「いかんいかん。世の人に注目してもらおうと欲すれば、最適の資質に富んだ男性パイロットたちに宇宙計画を担ってもらうのがいちばんだ。でなければ、民衆に突きあげられて、機構の存続は危うくなる」

「それはわかります。でも、ずっと存続するコロニーを設けるのであれば、家族が必要なはずでしょう。家族も住むことで、女性にとっても安全だと、だれもが納得するはずですから」わたしはノートを開き、自分で描いた統計グラフを本部長に見せた。「もちろん、平均的な女性を宇宙に送りだせるはずがないことは承知しています。その点は、平均的な男性がすぐれた宇宙飛行士候補にならないのと同じです。ただ、一例として、WASPのパイロットの例を考えてみていただければと。大戦中、航空機を飛ばした女性は、合衆国だけでも一〇二七人いました。ひとりあたりの平均飛行時間は七〇〇時間で、そのうちの七九二名はゆうに一〇〇〇時間を超える飛行時間を記録しています。それに対して、平均的な戦闘機パイロットの――」

「だめだ」

「飛行時間は……はい？　いま、なんと？」

「女性を宇宙に送りだすつもりはない。男が死ねば――たしかに悲劇だ。しかし、市井の人はそれを受け入れる。では、それが女性なら？　だめだな。女性が死んだ時点で、宇宙計画は永遠に閉ざされてしまう」

わたしは立ちあがり、開いたノートをデスクの上にのせ、本部長に読めるように向きを変えた。

「ですが、民衆の意識は変えられるはずです。この数値を見せれば——」

「だめだ。飛行機を輸送しただけの女性たちが、戦闘に従事したかのようにいわれても困る」

心なごむ方眼ノートのページに両手を押しつけて、わたしはもういちど深呼吸をした。本部長は〝戦闘〟を宇宙計画と同列に考えている。しかし、コロニーに戦闘は関係ない。それなのに、わたしはいつものように腰が引けて、本部長の失点を突っこみそこねた。

「こんど女性だけの航空ショーを行なうんです。見にきていただけますね？　女性パイロットに対する世間の意識をどれほど変えられるか、その証拠をお見せします。WASPの飛行訓練は男性パイロットのそれより時間も長く、きびしいものでした。飛ばす機種がずっと多様だったからです」

「きみの熱意は買うとも。しかし、わたしにはコロニー計画を維持推進する責務がある。チャリティー事業に割く時間はない」クレマンスは小説を手にとり、ふたたび読む姿勢にもどった。「では、そういうことでな、ミセス・ヨーク」

わたしはノートを閉じ、唇の内側をぐっと嚙んだ。大声でわめくのをこらえようとしたのか、泣くのをこらえようとしたのか、自分でも定かではない。たぶん、両方だろう。

それから何週間もが経過するうちに、わたしの意識は航空(エア)ショーから離れていった。絶望したせいもあるが、基本的には、月面着陸に向け、IACがノンストップで走りだしていたからである。アメリカ本部がそちら方面へ注力しているあいだに、ヨーロッパ各国の支部は軌道をめぐる宇宙ステーションの開発に取り組んだ。ロケット科学者たちは頻繁に情報を交換しあい、大西洋をはさんで盛んにテレタイプが行きかった。

そんなこんなで、だれもがおおわらわだったのだが、それでもナサニエルとわたしは、金曜日にかぎっては日没前に退所するよう心がけていた。翌日の安息日をきちんと迎えるためである。わたしたちのどちらも、とくに信心深いほうではないが、こうしてめりはりをつけるのはよい習慣だ。

表の駐車場が黄昏(たそがれ)の重苦しい灰色の影に沈むころ、わたしは夫の執務室のドアフレームにもたれかかった。ナサニエルはワイシャツの袖を捲(まく)りあげており、机上のなにかを見つめていた。

秘書室ではなく、奥の執務室のドアを軽くノックして、わたしは声をかけた。

「もう出られそう？」

「え？」ナサニエルが顔をあげ、目をこすった。「もうすこしだけ、することがあるんだ。待っててもらえるかい？」

「いいけど……夏場は日没前に引きあげたほうが、いい仕事ができるんじゃなかった？」

ナサニエルは驚き顔になり、すばやく駐車場に顔を向けた。その動きで、髪がわずかに翻（ひるがえ）った。

「いま何時？」

「もうじき、九時」わたしは執務室に入り、ハンドバッグとコートを椅子の一脚に置いた。

「きょう、休憩を入れた？」

「ああ……クレマンスとランチ・ミーティングをね」デスクに顔をもどし、いままで見ていた報告書らしきものを手にとった。「なあ、エルマ。きみが軌道にあがったとしてだよ、前方の宇宙機に後方からランデブーするさい、半径方向ベクトル（Rバー）方式と速度ベクトル（Vバー）方式、どっちを信用する？」

「オーケー。まず第一に、ランチ・ミーティングは休憩に数えないわ」わたしはナサニエルの椅子のうしろにまわりこみ、夫がにらんでいた報告書を覗きこんだ。それは〈軌道上の有人ランデブーのための見通し線誘導技術〉と題された報告書だった。そのタイトルは、夫の問いよりも多くの疑問を秘めていた。「第二に……想定される軌道高度は？」

ナサニエルは報告書をぱらぱらとめくって、

「ええと……ちょっと待った。うん、六四〇〇キロとしよう」

夫の首の基部に両手をあてがい、親指でマッサージしながら、わたしは設問を考えた。

軌道力学でややこしい点のひとつは、同じ軌道上を先行するランデブー対象に追いつこうとして速度をあげると、一時的に彼我(ひが)の距離は縮まるものの、遠心力が増すために軌道半径が大きくなり、結果的に軌道速度が遅くなって（高度が高いほど軌道速度は遅くなる）、追いつけなくなってしまうことだ。これは直観的な感覚に真っ向から反するため、数式や図を用いて例示しないとなかなか理解しにくいのだが……自分のパイロットとしての本能からすれば、Vバー方式のランデブーはあまり信用できない。

Vバー方式ランデブーのVは速度(ヴェロシティ)を意味する。この方式を用いて、同じ方向に進むランデブー対象に追いつくためには、右のように速度をあげてすこし距離を詰め、その動きで高度があがって速度が落ちると、こんどは軌道制御を行ない、対象と同じ軌道に降りて……ということをくりかえさねばならない。

ナサニエルの首筋の筋肉を親指でぐいぐいと押した。ナサニエルの頭が下を向き、あごが胸にあたった。

いっぽう、Rバー方式だが……こちらは対象よりも低い軌道高度から接近する。高度が低いほうが軌道速度が速いので、対象にむりなく追いつける。充分に接近したら、下向きのスラスターを噴射して宇宙機の高度を押しあげ、対象の軌道まで持っていき、そこでドッキングを行なうわけだ。このほうがVバー方式よりも燃料消費がすくなくてすむ。

すぐにでも問いには答えられるのだが、夫があまりにも気持ちよさそうにうなっているので、そう早く答えるには忍びなかった。ナサニエルの僧帽筋は、とくに左右の肩胛骨のあいだがガチガチに固まっていた。

「わたしとしてはRバー方式のランデブーかな。燃料消費がすくないし、軌道力学的にも、スラスターをとめれば、自動的にブレーキがかかるというメリットがあるし」

ナサニエルは頭をあげ、前のめりになり、手にした報告書の開かれたページを見つめた。

「だろう？　ぼくもそう思ったんだ。なのに、パーカーはVバーがいいという」

わたしはぴたりと手をとめ――それから夫のワイシャツのしわを伸ばした。

「そうはいっても、彼には宇宙飛行の経験があるのに対して、わたしにはないものね。パイロットとしては、自分よりも彼の意見に重きを置かざるをえないわ」

「そこが問題のひとつなんだ。だれもがあの男の意見に重きを置く。〈アルテミス7〉の――オリジナル・セブンのひとりだからさ」ナサニエルは報告書をテーブルに放りだした。

「操縦とはまるで関係のないことでもそうなんだ。たとえば……あいつはまだソヴィエト――じゃなかった、〝共産主義者の脅威〟にこだわってる」

「この長い冬は、向こうのほうがずっと堪えているわ。だからこそ、ソヴィエト連邦は崩壊したんでしょう、断末魔の悲鳴をあげて。それなのに、なにをいまさら？」

　ナサニエルは額をさすりながら、

「ソ連は崩壊した。しかし、ロシアの強大さはソ連に匹敵するといっている」

「飢饉のひどさもね」この長い冬で、極地に近い国々はほかの国よりも大きな影響をこうむっている。「中国だって、けっしてましな状態じゃないわ」

「たぶん、アイゼンハワーのごきげんをとろうとしているんだと思う。狙い目は……どこだろうな。いや、ごめん、つい内輪をさらしてしまって」

　選挙を控えて、人々はなんのために宇宙に進出するかを忘れつつある。しかし、すくなくとも、宇宙計画の重要性を否定してはいない。いまはまだ。


　オフィスに遅くまで残る原因がいつもナサニエルにあるとはかぎらない。つぎの月曜日、わたしは一連の月遷移（つきせんい）軌道の計算で手いっぱいになった。やりがいのある仕事ではある。宇宙機が地球の重力圏を離れて月の重力圏に入るまでの、重力に引かれる力の変化を算出することになったからだ。この変化は、必要な推進剤の量も含めて、ありとあらゆることにかかわってくる。ナサニエルといっしょに小さなアパートメントに帰りつくころには、わたしの頭はわやくちゃになっていた。

きょう届いた郵便をテーブルの上に放りだし、手近の椅子にどすんと腰をおろす。指がインクまみれだが、それでも両手で頭を支え、ためいきをついた。

「なんてロマンティックな響きなのかしらね、宇宙って」

ナサニエルがうしろで力なく笑い、腰をかがめてわたしの首筋にキスをした。

「今夜はもう、計算室のデスクからひっぺがせないかと思ったよ」

「だってサンチェスが、あすの朝までに必要な推進剤の量を計算してくれっていうのよ。ペイロードのパラメータを調整するからって」自分のこめかみをマッサージし、一日じゅう数字とにらめっこをしてできた凝りをやわらげようとした。「ベッキーが担当してたんだけど、だれかさんがクレマンス本部長に、あの女が妊娠してると注進してくれたもので。まだおなかが目だってはいないけれど。結局はわたしたち、デスクにすわっているだけのすわり仕事でしょ、そんなに負担はないのに」

「ほかにもいろいろあるだろう、研究所と何度も往復したり。ロケット・エンジンの噴射試験のときにも立ち会うし。推進剤の試験にも。それに――」

「あなたもクレマンスと同じだわ」わたしは上体を起こし、ナサニエルをにらんだ。

ナサニエルはコートを脱ぎ、ネクタイもはずして、キチネットのカウンターにもたれかかっていた。

「ああ、いや……いや、そんなことはない。ぼくならベッキーに仕事をつづけさせてたよ。試験場だけには近よらせないようにして。ただ、本部長がああいう処置をとった裏には、彼なりの理由があるんだ」

「あれね、本部長の言いぐさを使えば、〝妊娠は女性の脳に直接的な影響をもたらす〟。でしょ？」

　ナサニエルは鼻を鳴らした。

「あの男は政治家だからな。科学者じゃない。ＩＡＣで働く妊娠中の女性になにかあれば、広報上、外聞が悪い」

　わたしは反駁しようとして口を開いたが、すぐにその口を閉じた。癪な話だが、たしかにそのとおりだ。世論はすでに、宇宙計画の予算削減の方向へ進んでいる。きたるべき破滅のスケールを理解できていないのだ。わたしはテーブルに向きなおり、一通の封書を取りあげた。

「とりあえず、郵便をチェックしておくわ」

「請求書の支払い準備なら、あしたでいいだろう」

「あしたになったら、もっと疲れていないとはかぎらないでしょ？」

　結婚したときの取り決めで、請求書の管理と小切手の振り出しはわたしが担当することになっている。おたがい、計算は得意だが、わたしがすべて暗算で処理できるのに対して、ナサニエルは筆算が必要なので、わたしのほうが早くすむ。

背後で食器棚が開き、カチャカチャと食器を取りだす音がした。

「冷蔵庫にはベイクド・ポテトと……牛のミンチが少々。チリでいいかい？」

そう、そうなの、うちのダーリンは料理ができるの。レパートリーが広くはないけれど、ナサニエルが作れる料理は、うちの配給手帳で作れる貧弱なレパートリーと相性がいい。チリはたいてい豆が主体だが、いつも美味しくいただける。

「大歓迎よ」

兄のハーシェルから手紙がきていた。これは週末に返事を書くことにして、脇にのけた。いま返事を書いたら、中身は数字と記号の羅列になってしまいそうだからだ。つぎの手紙は電気代の請求書。電話代の請求書。これは今夜じゅうに小切手を振り出す束に積む。

ほかに重たい白の封筒があった。ひと目でなにかの招待状だとわかった。この手の招待状は各方面から引きも切らない。夜会にヨーク博士を招きたい連中のなんと多いことか。ナサニエルはどの記者会見でも正面中央にすわり、だれにでもわかるような形でやさしく軌道やミッション・パラメータを解説する。しかし、同じことをディナー・パーティーでやっても退屈なだけだろうに。

ところが……ところが、差出人を見て驚いた。ウォーギン上院議員だったからである。ウォーギン夫人ならよく知っている。ニコール・ウォーギンは、大戦中、婦人操縦士隊(WASP)のパイロットだったのだ。そしてウォーギン上院議員は、マーティン・ルーサー・キング・ジュニア博士の熱心な支持者だった。じつをいえばわたしのほうも、上院議員の進歩的な政策と夫人の関心とが組みあわさって、わたしの女性宇宙飛行士推進計画に共感してくれないものかと、ひそかに期待していたのである。

招待状を開封してみた。厚手で重い白色のカードがすべりでてきた。

ケネス・T・ウォーギン上院議員夫妻より
ヨーク博士、およびヨーク夫人のおふたかたを
拙宅のディナー・パーティーにご招待いたしたく
ご案内申しあげます。なにとぞご出席の栄誉を賜(たまわ)りますよう
日時　八月七日　午後六時半より

「ナサニエル?」すわったまま、夫にふりかえった。

夫はワイシャツの袖を捲りあげ、ポテトにオイルを塗っていた。

「うん？」

「ウォーギン上院議員夫妻から招待状。七日のディナーにきてくださいって。応じる？」

ナサニエルはかぶりをふり、ポテトをカウンターの皿に置いた。

「七日だと、つぎの打ち上げの一週間前だな。くたくたになってるぞ」

わたしは立ちあがり、夫のとなりでカウンターにもたれかかった。

「いつだって、くたくたじゃないの」

「きみもな」ナサニエルはつぎのポテトをつかみ、表面にオイルを塗った。その動きで、前腕の筋肉が波打つのが見えた。作業中にはねたのか、左手首のすぐ上についたオイルの筋が手を動かすたびにきらめいている。

「まあね……」わたしは指先をオイルの筋にあてがい、ひじの方向に向かって塗り広げた。

「くたくただと、こんなふうに料理をしてくれる人がいるしね」

「ウィットに富んだ会話もしなきゃならないしな」

「なにいってるの。だれもあなたにウィットなんか期待してないわよ」

ナサニエルは笑い、身をかがめてわたしにキスをした。

「どうしてその招待状だけ気にするんだ？」

「ニコール・ウォーギンとは、よくいっしょに飛んだ仲だから」横にまわりこみ、ナサニエルのうしろに立った。両手を前にまわし、胸郭をなぞりながら、背中にしなだれかかる。

「それにね……それに、上院議員がコロニーには女性が必要なことに思いをめぐらしてくれるかもしれないな、とも思うの」

「ははあん」

わたしに抱きつかれたまま、ナサニエルはくるりとうしろに向きなおった。手にはまだポテトを持っている。オイルだらけの手でわたしの服を汚さないようにしながら、まずわたしの頬に、つづいてあごの下にキスをし、そのまま唇を首筋に這わせていった。

あえぎ声の合間に、わたしはどうにかことばを絞りだすことができた。

「それにあなたも、ディナーのあいだ、この惑星を脱出する必要性について熱弁をふるえるでしょ？」

「そうはいっても……やっぱり、くたくたになってるとは思うがなあ」

「くたくたじゃなくなるように、硬くしてあげましょうか？」

「おいおい、まだこのポテトをオーブンに入れなきゃならないんだぜ」

笑いながら、わたしはナサニエルのからだを放し、あとずさった。

「どうぞ、入れてちょうだい。あなたのじゃまをしようなんて気はさらさらないから」

ナサニエルは身をかがめ、オーブンのドアをあけた。その姿勢で、ズボンの仕立てのよさがはっきりとわかった。このひとと結婚してどんなに幸せかを、最近、ここで言及したことはあっただろうか。オーブンから立ち昇る熱気で、夫の髪がひとすじ揺れた。二個のポテトをワイヤーラックへじかに置くさい、腕についたオイルがふたたび庫内の明かりを受けて光った。ナサニエルは立ちあがり、足でオーブンのドアを閉めた。

オーブンからの熱気で、部屋全体があたたかくなったように感じられた。ナサニエルはなおもオイルで光っている片手をかかげて、

「たぶん……」というと、わたしののどを指先でなぞりおろしながら、「ポテトが焼きあがるまで、一時間ちかくはかかると思うんだ」

「そんなにかかる？」自分の息づかいが荒くなっているのがわかった。吐息も熱い。「それじゃあ、ディナー・パーティーにいくかどうか、話しあいでもしてみる？」

ナサニエルの指は下に降りつづけ、ブラウスの襟にそってすべりおり、とうとういちばん上のボタンに達した。

「いかないという選択肢も認めてもらえるんなら、話しあいには応じるよ」

「反対動議、確認」とわたしはいった。

13

ルブルジョワ、宇宙記録を樹立

宇宙コロニーが人類を救う

ヘンリー・タナー

ザ・ナショナル・タイムズ特電

［カンザスシティ（カンザス州）発　一九五六年四月十三日］　国際航空宇宙機構（IAC）所属のジャン＝ポール・ルブルジョワ中佐は、新たな宇宙記録を打ち立てた。四日以上も軌道に滞在したのである。この新記録により、IACは宇宙空間での作業と睡眠が可能であることを実証した。これは宇宙計画にとって必要不可欠の一歩である。

ニコール・ウォーギンはリビングルームでソファの肘掛けにすわり、〈巨大隕石〉前に作られたシャンパンのグラスを手にしていた。光沢のあるピーコック・グリーンのドレスの胸元で、ダイヤモンドの首飾りがきらきらと輝いている。周囲を見まわせば、リビングルームのあちこちには、タキシードや宝石系色（ジュエル・トーン）のあでやかなイブニングドレスなど、華麗な装いをこらした最上流の名士たちが立ち、配給手帳とはおよそ縁のない豪華な料理を楽しんでいた。しゃべる内容さえ聞いていなければ、ニコールはどこへ出しても恥ずかしくない、堂々たる女主人（ホステス）として通用しただろう。

ありがたいことに、彼女はもっとおもしろい存在だ。

「ところがね、整備員がいいますの、このヘルキャットはちゃんと飛びますよって。それなのに、高度六〇〇〇フィートでいきなり燃料ゲージがゼロになってしまうんですもの」

「大海原（おおうなばら）の上で?」ヒーバー夫人が胸の上でぞっとしたように両手を組み、握りしめた。夫人はついさっき、ガラスの温室とスチームを大胆に使って、品評会で賞をとったバラを〈隕石の冬〉から守りぬいたという武勇伝を語りおえたところだ。バラを育てるくらいなら野菜を育てればいいのに。げんなりしているみんなのために、わたしはニコールに水を向け、大戦中の実体験を語ってくれるようにとうながした。こうして話題を変えるようにしむけたのは、ここへきた目的を早々に切りだしたいという思惑もあったが、それ以前に、もうアブラムシ軍団の侵略話を聞かされたくなかったからである。

ニコールの体験談は前に聞いたことがあった。だからわたしは、カクテルを飲みながら、ショーを楽しんだ。ニコールはマニキュアを塗った指をヒーバー夫人に突きつけながら、話をつづけた。

「そうなんです、大海原の上で。ほかにどうしようもなかったものですから、わたくし、機を旋回させて、空母に引き返しましてね、これから着艦する旨を伝えましたの」

「そんな！　だって、エンジンが止まっていたのでしょう？」

「エンジン停止状態で着艦するのでなければ、あとはもう、海に不時着するしかないですもの。どうにか着艦してみてわかったことですが、じつはその整備員、給油管の損傷を見落としていたんです。その整備員が整備長に八つ裂きにされたときの悲鳴を聞かせてさしあげたかったわ」エンジン停止状態での着陸は、訓練課程に入ってはいる。しかしその状態で海上での着艦となると、まったく条件が異なる。ニコールはわたしの視線をとらえ、ウインクしてみせた。「さ、こんどはあなたの武勇伝の番よ。メッサーシュミットの件を話してちょうだいな、エルマ」

わたしとしては、ほかの淑女たちにまぎれこみ、ニコールの武勇伝を拝聴しているだけで充分に満足だったのだが、招待主のご指名とあってはしかたがない……。

「え？　ああ、はい。当時、わたしたちは、戦闘ミッションには参加しないことになっていたんです。女には〝危険〟すぎるからという理由で」

ニコールが鼻を鳴らし、かぶりをふった。

「飛行機を操縦しているのが男か女かなんて、ドイツ人にわかるはずもないのにねえ」

「そうなんですよ。そのときわたしはマスタングを操縦して、アンベリュー＝アン＝ビュジェイ空軍基地まで運んでいく途中でした。すると、どこからともなく、三機のメッサーシュミットが襲いかかってきたんです」周囲の聴衆に何人かの男性が加わった。男性陣がこの話題に興味をそそられてくれればいいのだが、しかし……急に聴衆の数が増えて、どぎまぎしてきたので、わたしはシャンパンをひとくち飲んでから、先をつづけた。「自分が飛ばしているのが戦闘機だという自覚はありました。ですが、運んでいるだけなので、銃弾は積んでいません」

「それはおおごとじゃないか」

そういったのは、いつしか妻のもとにやってきていたウォーギン上院議員だった。上院議員は恰幅がよく、腹には脂肪もついている。ふさふさした頭髪には白いものが混じりはじめていた。

「おおごとだったんですよ。急ぎ、無線で救援を呼んだものの、敵機はすぐに撃ってきました。わたしとしては、回避をつづけて敵をふりきるしかありません。もちろん、その日は雲ひとつない上天気でしたが、基地の方角に向かって、川の流れる峡谷が走っていましたから、そこに飛びこめば、岩陰に隠れながら飛べるんじゃないかと思ったんです」

ニコールが身を乗りだしてきた。

「それはそれでまた、問題含みね。低空飛行をしなくてはならないうえに、ミスは許されないんだから」

「それでも撃ち落とされるよりはましです。わたしは機を峡谷につっこみました。うしろにはぴったりと、うざ——うるさいドイツ軍機の一機が食らいついていて、もう一機は谷の上を飛行し、僚機のカバーにあたっています」わたしはグラスの飲みものをこぼすことなく、彼我の位置関係を示そうと手を動かした。「三機めはどこにいるのかわかりません。わたしにできるのは、川の屈曲を利用して、敵機の火線に入らないよう努めながら、手遅れにならないうちに友軍機が駆けつけてくれるのを祈ることだけでした」

「当然、救援が間にあったわけだ」気どった感じの、男性的な声がいった。

わたしは椅子にすわったまま、声のほうに顔を向けた。

「ところが、間にあわなかったのよ、パーカー大佐」

もちろん、大佐もディナー・パーティーに招待されていた。ウォーギン上院議員は宇宙計画に熱心なので、ナサニエルに匹敵する有名人ゲストとして、はじめて宇宙に出た人間を招くのは当然だ。

パーカーの顔に浮かんだ驚きの表情を見て、ニコールが笑った。

「このひとはね、一機めを僚機に撃ち落とさせたあげく、二機めを絶壁に激突させたんですよ。そして……三機めはどうしたんだったかしら？」

「二度と姿を見ることはありませんでした。ようやく駆けつけてきてくれた友軍機に追いはらわれたんだと思います」

「ちょっと待った」パーカーが片手をあげた。「きみは弾薬もなしに、メッサーシュミットを二機も墜としたといっているのか？」

こみあげてきた怒りがプラスに働いた。注目を浴びていることによるはにかみを押しのけてくれたのだ。

「こちらには地形を知っているという強みがあったもの。その時点で、わたしは何カ月ものあいだ戦闘機を運びつづけていたのよ。川がどこで枝分かれしているかも知っていたし。ドイツ機のパイロットは知らなかったようだけれど」

「信じられん」

「──妻をうそつき呼ばわりする気か？」

横からナサニエルがいった。怒っているとき特有の声だった。この声を聞くと、わたしはいつも父を思いだす。ひどく低くて、抑制がきいていて、安定感のある声。とくにいまはその傾向が強く、ロケットでさえ安定させられそうなほどの力強さがあった。ナサニエルはわたしのすぐうしろに立っている。パーカーからは一メートルほどしか離れていない。

「いやいや……けっしてそんなことは、ヨーク博士。わたしはただ、それはほんとうにメッサーシュミットだったのかと思っただけだよ」パーカーは魅力的な笑みを浮かべ、ウォーギン上院議員にウインクしてみせた。「動揺した女性というものは──一機の飛行機も三機と見誤りかねませんのでな。ただの複葉機がメッサーシュミットにも見えかねない。ましてや、〝雲ひとつない上天気〟の日ともなれば、太陽の光が目に入ることもあるだろうし。もちろん、奥さんがうそをついているなどとは思っていない。ただ、すこしく動揺しておられた。それだけのことだ」

わたしはグラスを手近のテーブルに置いた。そのまま持っていたら、グラスのステムをへし折ってしまいそうだったからである。

「まあ、パーカー大佐、とても賢明なご指摘をありがとう！　そうだわ、そのとおりのことが起こったにちがいないわね」胸に片手をあてて、わたしはニコールに向きなおった。「あなたもそう思いませんか？」

ここでニコールがすかさず援護射撃をしてくれた。これ以上たのもしい僚機パイロットはいない。

「もちろんよ、あなたのいうとおりだと思うわ。考えてみれば、あれから何年もたっているんだし、災厄でいろいろ混乱してもいることだしね。じっさい、捕虜になったあのときのドイツ人パイロットも、自分をすこしでも大きく見せようとして、メッサーシュミットに乗っていただなんて嘘をついたにちがいないわね」

「そう、まさにそれだわ！　あなたのいうとおりだと思う」わたしはパーカー大佐に向きなおり、晴ればれとした笑顔を向けてみせた。「ご親切に考えちがいを正してくださってありがとう。自分が恥ずかしくなりました」

たぶんこれは、戦術的には失敗だっただろう。パーカーの頬が赤く染まったからである。もちろん、恥じ入ったからではない。首を横にかしげて、パーカーはいいつのった。

「それでもだ。きみがそのような危険に陥ったこと自体、女性を戦争地域に近づけるのがまちがっていることのあかしといえる」

「後学のためにおうかがいしたいのだけれど、パーカー大佐。同じ状況で丸腰だったら、あなたならどう対処したの？　男として？」

戦術的失敗であろうとなかろうと、宇宙飛行士問題の根っこにはこれがある。

パーカーは両手をふりあげた。

「いいかね。きみは非常に運がよかった。それだけだ。わたしはただ、女性はそのような状況に置かれるべきではないといってるんだ」

「まったく同感だわ。わたしの乗機にも弾薬が積まれていてしかるべきだったもの。女であるぶん、わたしは小柄だし、体重も軽い。つまりそれは、乗機に必要な燃料がすくなくてすむということだし、Gにも耐えやすいということでしょう？　男よりもね」じつは、〝女である〟以降の部分は、事実とはちがう。女としては、わたしは背が高いほうだし、Gに耐える能力は、むしろ身長と血圧のほうに関係が深い。「それを踏まえて、わたしはいうのよ――女が宇宙飛行士チームに加わっていて当然だろうと。わたしたちがしようとしているのがコロニー建設であれば、なおさらだわ」

「そして、その手の仕事に向いているのは男のほうなんだ」パーカーは室内を見まわし、記者会見のさいにクレマンス本部長が口にしたのとそっくりのことをいった。「クリストファー・コロンブスは航海に女性を連れていかなかった。そうだろう？」

「それは大航海時代の話でしょう」ブラの下に玉の汗が噴きだしているのが感じられた。

「それとは対照的に、清教徒のピルグリム・ファーザーズは、女性を連れてアメリカ大陸に入植したわ。宇宙にコロニーを建設したいのなら、女性の宇宙進出は不可欠なのよ」

「それを裏づけるに足る理由が見当たらない」

「理由なら明白だわ」ニコールが笑い、グラスを高くかかげてみせた。「赤ちゃんよ！」

室内に笑いが湧き起こり、張りつめていた空気がやわらいだ。ウォーギン上院議員が進み出てきて、わざとらしくゴルフの話をしながら、パーカーをよそへ連れていった。ちょっとした親切は、ときとしてこのうえない親切となる。ニコールはソファの肘掛けを離れ、ナサニエルとわたしのそばへやってきた。

わたしは立ちあがってテーブルに置いたグラスを取り、軽くかかげて敬礼がわりとした。

「ごめんなさい、気をつかわせちゃって」

「いいのいいの。好きものパーカーのことは大戦中からよく知ってるもの」そういって、シャンパンをすすった。「あいつの奥さんに会ったことある？」

かぶりをふった。

「わたしたち、あまり社交的じゃないもので」

「顔を知ってれば、今夜、きてないことに気づいたでしょう。だからどうっていうんじゃないんだけど……これだけはいっておくわ。パーカー夫人も招待してはあるのよ」

「招待といえば……」わたしはちらとナサニエルを見た。ほかの招待客と歓談するよりも、夫はわたしのそばにいるほうが気が楽なようだ。「女性パイロットだけの航空ショーを企画してるの。いまのあなたの立場だとむずかしいと思うけれど、もしも――」

「いいわよ。飛んでくれというなら飛びましょう」が、そこでニコールは片手をかかげた。ダイヤモンドのブレスレットがきらきらときらめいた。「でも、ちょっと待って。独断はまずいわね。ケネスがオーケーするかどうかきいてみないと。政治的な立場とか、いろいろあるのよ。ただ、いつもはうまく丸めこめるの。だから、夫の反対さえなければ引き受けられるわ。夫は〝すこしく動揺〟するだろうけれどね、かわいそうに」

「よかった！」

これならベティのジャーナリスト魂も満足する。上院議員夫人が出場パイロット名簿に加われば、ベティがザ・ナショナル・タイムズの上司にねじこみ、エアショーの記事を載せさせるのもうんと楽になるだろう。それに、わたしが正面の中央に立たなくてすむのも、大きな追加ボーナスだった。

コンクリートの管制バンカーでは、驚くほど長い時間を費やした。ロケット燃料のケロシンは灯油に成分が近く、試験場には同じにおいが充満している。それは管制バンカー内でも同様だった。試験場は五キロ離れているが、現地に七六万九九五二リットルのケロシンがあることを思えば、充分遠いとは思えない。わたしは手にしたシャープペンシルを指のあいだで転がしながら、新型アトラス・ロケットの噴射試験がはじまるのを待った。

今回の役割はそうむずかしくない。しなければならないのは、エンジンの噴射量を計算し、それがロケットを軌道に打ち上げるのに充分かどうかを確認することだ。計算者ならだれでもできる仕事だが、とくにわたしが選ばれたのは、これがリロイ・プラケットのプロジェクトだったからである。彼もエンジニアとしては優秀だ。ただし、計算者にちょっかいをかけるのをいっこうにやめようとしない。その点、わたしは彼のボスの妻だから、迷惑をこうむる心配はなかった。

すくなくとも、それほどには。たとえばいま、この男は意図的に、うしろからわたしの髪に顔を近づけ、椅子の背もたれに手をかけるまぎわ、ごていねいにわたしの肩を左から右へなぞっていった。

「調子はどう、エルマ?」

それ以上さわられないよう、わたしは前に身をかがめた。

「噴射まで、たいしてすることはないわね」

部屋の向こう側で、ほかのエンジニアのひとりが顔をあげた。

「プラケット博士、液体酸素の注入を開始しました」

「順調、順調」プラケットはわたしを見おろし、ほほえんだ。ここで〝わたし〟といったのは、わたしの胸のことである。「なにかあったら知らせて」

「そういうわけだから――」わたしはシャープペンシルでこんこんとデスクをたたき、いやらしい視線をそらそうとした。「そろそろ準備に入りたいんだけど」

「なにか手伝えることがあれば――」

爆発がバンカーを揺り動かしたのはそのときだった。

轟音と熱がバンカーに襲いかかり、カーボンの燃えるにおいを運んできた。ロケットを失うのは今回がはじめてではない。しかし、だからといって慣れるわけでもない。

エンジニアたちが顔を歪め、とっさに両手で耳をふさいだ。わたしは体勢を崩されて、あやうく椅子から転げ落ちそうになった。やがて轟音は小さくなり、遠くで炎が燃え盛る程度の音にまで収まった。この不協和音にいくつものサイレンが重なった。プラケットが、あたかもわたしを支えようとするかのように手を伸ばしてきたが、そのぶよぶよした手は〝たまたま〟わたしの胸をつかんだ。

わたしは立ちあがり、スカートのしわを伸ばすと、プラケットから身を引いた。動悸が激しい。両手がどくんどくんと脈打っている。爆発にも激しく動揺していたが、同じくらほしいの？」

「そんなことより、自分のロケットの心配をすれば？　それとも、爆発の規模を計算して

い激しくプラケットにも腹が立っていた。

手の平にボウリングのボールの重みを感じながら、レーンの先を見つめた。大きく息を吐いて前に進みだし、ボールをうしろに引いたのち、前に向かって下手にボールを放り、指を抜く。ボールはわたしの手を離れ、当初は完璧なコースでレーンを転がっていったが、途中で横にずれてしまい、真ん中からやや横のピンにぶつかった。

スプリットだ。まったくもう。またたわ。

「倒せるわよ、エルマ！」背後でマートルが手を打った。「あなたなら倒せるわ、絶対」

わたしはスカートを翻し、うしろにふりむいて、いま倒したピンをピンボーイが片づけるのを待った。

「物理学者なら、もっとうまくできるはずだと思うでしょ」

片腕を妻の腰にまわして、ユージーンがかぶりをふった。

「理論と実践はまったくの別物だからな。そいつは物理学者なら空を飛べるはずだといってるのと変わらない」

「空なら飛べるわ、おかげさまでね」

わたしのボールがゴロゴロとリターンラックの端までもどってきた。わたしは腰をかがめてボールを取りあげ、小さく手をふって、ボールを転がしてくれたピンボーイに謝意を示した。あとでたっぷりチップをあげないと。

「〝飛ぶ〟といえば……」ユージーンがいいかけた。

マートルがその足をこづいた。

「ボールに集中させてあげなさい。時間までに終わらないじゃないの。わたしは花火を見にいきたいの」

きょうは七月四日、独立記念日だ。もうじき花火が打ち上げられることになっている。

「だいじょうぶだよ、打ち上げまでにはまだ時間があるから。ちゃんと見られるさ」ユージーンはかぶりをふり、手にしたビール瓶でレーンを指し示した。「ともあれ、エルマの番がおわるまで、いま言いかけたことはおあずけだ」

「連続スペア記録、どこまでつづくか楽しみだわ」

わたしが今夕のボウリングにつきあったのは七月四日を祝うためで、花火自体に興味はなかった。〈巨大隕石〉以降、空から降ってくる火にはなんの魅力も感じなくなっている。

おもむろに、レーンに向きなおった。ピンボーイがちょうど最後のピンを片づけおえ、高いスツールの安全な場所に収まったところだった。そこでピンボーイは一冊のコミックを手に持った。この距離からでも、赤と青のコスチュームに身を包んだスーパーマンがはっきりわかった。

それはさておき、ボウリングに話をもどして……。スプリットで左右に一本ずつ残ったピンを一投で倒すには、ボールで片方のピンを弾き、それで残るピンを倒すよう、絶妙の角度でぶつけなければならない。適切な軌道は見えていた。紙と鉛筆をくれれば、数学的に正確なコースを記述して説明できる。わたしはボールを大きくうしろに振った。追加のGがかかったかのように、腕がうしろに引っぱられた。ついで、前に向かってボールを振りもどす。狙うのは右のピンだ。ボールを離した。つかのま、ボールは無重量状態で宙に浮かんだあと、レーンに向かって弧を描き、ポプラ材のなめらかな床に音高く落下した。そのままレーンをごろごろと転がっていく。わたしは腕を伸ばした姿勢でその場に立っていた。その体勢を維持すれば、ボールをピンにうまく当てられるかのように。

ボールは右のピンをかすめた。ピンはぐらつき、回転しながら床に倒れこんだ。が、もう一本のピンは微動だにせず、その場に立ったままだった。

わたしたちの小さなグループからいっせいに〝あーっ〟という残念そうな声があがった。わたしは笑いながら、一同におじぎをしてみせた。

ナサニエルがぽんとわたしの肩をたたき、

「つぎがあるさ！」というと、入れ替わりに、レーンの前に立った。

マートルが笑った。

「つぎって……わたしたち、いまにも放りだされるんじゃないかとはらはらしてるのに」

「わたし、そこまでひどい投球をしてる？」

ユージーンとマートルは、わたしがなにか可笑しなことをいったかのように顔を見交わしあった。そこで、遅ればせながら、自分の口がいかに見当はずれのことをいったのかを脳が理解した。マートルがいう〝わたしたち〟とは、ここにきている四人全員ではなく、ユージーンとマートルのことだったのだ。

これが〈巨大隕石〉より前であれば、ふたりはボウリング場に立ち入ることも許されなかっただろう。ここは白人だけであふれていて、わたしはその事実に気づきもしなかったはずだ。しかし、カンザスシティが首都となったいま、ここに住む黒人はマートルとユージーンだけではない。いまでも数のうえでは劣勢だが、すくなくとも黒人がにらまれるようなことはなくなっている。

マートルに指摘されるまで、差別に気がつかなかったことを恥じたわたしは、スコアシートに自分の成績を記入し、ユージーンのとなりのベンチに腰を落とした。ユージーンはわたしのビール瓶を取って差しだし、片眉を吊りあげた。

「さて、さっき言いかけたことのつづきだけど。航空(エア)ショーをやるんだって?」

「開催できるかどうか、まだわからないの」ビールは冷たくて、舌を心地よく刺激した。

「本来は、女性パイロットにも宇宙飛行士になる能力があることを誇示するのが目的だったんだけれどね。でも……」

「でも?」

ナサニエルのボールがレーンを転がっていき、ピンの列につっこんで、全ピンをきれいに薙ぎ倒した。みごとなストライクだ。

「やった!」わたしは思わず叫び声をあげ、夫の快挙にビールを高々とかかげてみせた。

「でも、関係者はレジャー用の飛行機しか持っていないのよ。考えれば考えるほど現実を突きつけられるの。どれほど立派なエアショーに仕立ててあげてみせても、軍用機を使ったショーにくらべたら貧相に見えるだろうなって」

「そいつは気の毒に……。いくらパイロット連中が大向こうをうならせる妙技を披露したとしても、一般大衆の目がいくのは見てくれのほうだからなあ」ユージーンはかぶりをふりふり、立ちあがった。こんどは自分が投げる番だ。ナサニエルの背中をバシッとたたいて、ユージーンはいった。「最高だったぜ、ヨーク」

ナサニエルは自分のビールを手にとり、ベンチの背もたれにもたれかかった。

「エアショーの話かい？」

「うん」

マートルが眼鏡の縁ごしにナサニエルを見た。

「それ、あなたの差し金？　妻をあごで使うなんて、ずいぶんご立派ね」

ナサニエルがお手あげのしぐさをし、破顔した。

「いやはや、ぼくとはずいぶん異質な結婚観をお持ちのようで。ぼくはエルマになにかを強制したことなんてないよ」

ボールがレーンを転がっていき、ピンデッキでいっせいにピンが弾け、バウンドしたが、一本だけが残ってしまった。それを見とどけて、ユージーンがいった。

「マートルも不思議なことをいうな。どうして世の夫が、妻をあごで使えるなんて思えるんだ？　うちじゃそんなこと、絶対にありえないぜ」

「おだまり！」マートルが丸めた紙ナプキンをユージーンの背中に投げつけた。

ユージーンは笑いながら、ピンボーイがピンを片づけ、ボールを転がしてもどすのを待った。そのあいだに、わたしに向かってこういった。

「すると、マスタングがいるわけだ」

「あれば最高ね」

　わたしはためいきをつき、ビールをごくりと飲んだ。大戦のあと、マスタングを飛ばしたことはないが、これまでのところ、自分が乗って運んだ機種のなかではあれがもっとも気にいっている。高速で、機敏で、反応も抜群のうえ、美しい飛行機だ。いまとなっては、もはや最高技術の賜物とまではいかないだろうが、当時は燦然と輝く名機だった。

　つぎの一投で、きわどい位置に残っていたピンがみごとに倒れた。ユージーンは歓声をあげ、こぶしを振りあげた。

「よっしゃ、やった！」

　マートルがあきれた顔になり、立ちあがった。

「あのひとったらもう、すぐ話の道筋を見失うんだから」

　マートルの頬に軽くキスをして、ユージーンは場所を入れ替わり、にいっと笑って、

「んなこたぁない」というと、身をかがめて自分のビールをとった。「それじゃあ、マスタング六機ってのはどうだい？」

　ビールを口に運ぼうとしていたわたしは、途中でぴたりと動きをとめた。

「六機？　六機のマスタング？　いったいどこに――？」

　ユージーンはふたたび、にいっと笑った。

「うちの飛行クラブに、六機、あるからさ」

わたしは文字どおり、あんぐりと口をあけた。

「本気？　わたし、ありとあらゆる飛行クラブに電話を――いいえ。待って」鼻梁を押さえる。「神さまに誓うわ、こんどこそ、このことを憶えておきますって。わたしが電話したのは、ぜんぶ白人系の飛行クラブだったのよ」

「ほうら、ごらん！」マートルが飛びあがった。すべてのピンがふっとんでいた。ストライクだ。マートルはくるりとこちらにふりかえった。「それなのに、だあれもわたしの快挙を見てなかったのね」

わたしは肩をすくめて、

「だって、マスタングよ？　六機もよ！」

マートルとナサニエルは視線を交わしあい、ゆっくりとかぶりをふった。

「ほんとにもう、パイロットというやからは」

ナサニエルはためいきをつき、マートルにビールをかかげてみせた。

「きみもたいへんだな」

いっしょになって笑うふたりをよそに、わたしはユージーンにほほえみかけた。

六機のマスタング。六機あれば、ちゃんとした編隊を組めるし、カラースモークも披露できる。それに……。

「あなたのクラブ、女性パイロットはいるの？」

「いるとも。クラブにきてくれれば紹介するよ」そういって、ユージーンはウインクしてみせた。「そうだ、こんど、空のドライブとしゃれこもうじゃないか。こんなふたりは地上に放りだしてさ」

14

IAC、有人宇宙基地打ち上げへ
素材は膨張可能なファブリック

ビル・ベッカー
ザ・ナショナル・タイムズ特電

［カンザスシティ（カンザス州）発　一九五六年四月二十一日］世界初の宇宙ステーションは、回転する巨大な車輪型で、湾曲したソーセージ型の躯体を四本連結したものになるという。

〈カンザスシティ黒人航空術クラブ〉は、わたしたちの女性フライトクラブよりも設備が充実していた。格納庫のとなりには小さな会館があり、どちらも目が痛くなるほど鮮烈な白が基調で、シャッターとクラブ名の標識は真っ赤だった。

会館の談話室に入っていくなり、わたしは自意識過剰になり、ユージーンの存在が盾になってくれることに感謝した。室内に白人はわたししかいない。茶色い顔の色味は、赤みがかった褐色から濃いブルーブラックまでさまざまで、マートルのように浅い茶色の肌色はひとつもなかった。

この中では、わたしはひときわよく目だつ。きれいなテーブルの上に落とした、汚れたハンカチも同然の状態だ。ハンドバッグをいっそうしっかりと握りしめ、戸口で足を踏んばったのは、あとずさらないようにするためだった。だれもがこちらを見つめている。わたしはほほえもうとした。そこで、こんなふうに強くバッグを握りしめていると、盗まれるのではないかと警戒しているように見えることに気がついた。手の力をゆるめる。それはそれでまた、同じくらい深い疑念を招いたかもしれないが。

ユージーンがふりかえり、笑みを浮かべ、ついてくるように差し招いた。向かっていく先のテーブルには、三人の黒人女性がついていた。途切れていた談話室内の会話が再開されたが、〝なにしにきたんだ〟とか、〝白人〟とか、〝じゃま〟だとかいうことばが断片的に聞きとれた。なかには声をひそめようとしない者たちもいたと思う。

　わたしたちがテーブルに近づいていくと、女性のうちふたりが立ちあがった。三人めはすわったままで、無表情にわたしを見つめている。鼻をつまむしぐさをしたのは、侮蔑（ぶべつ）の表われだろう。

「こちらはミス・アイダ・ピークス……」

　ユージーンは、立っているふたりのうち、若いほうを指し示した。背は低く、豊満で、頬は赤みがかった茶色をしている。立っているもうひとりは、髪をエレガントな夜会巻き（フレンチロール）にまとめ、緑のベークライトの櫛（くし）でとめていた。

「……こちらはミス・イモジーン・ブラッグス。そして……」

　すわっているひとりを指し示した。オレンジ色のドレスと細い白の襟は、表情とは裏腹に、あたたかみを感じさせた。

「……ミス・サラ・コールマン。これほどの名パイロットには、なかなかお目にかかれるもんじゃない」

「会ってくださってありがとう」わたしは手袋をはずし、ミス・ブラッグスの手ぶりに勧められるまま、椅子にすわった。「リンドホルム少佐から、わたしたちの目的については聞いてらっしゃると思うのだけれど」

　ミス・コールマンが会釈した。

「あなた、宇宙飛行士になりたいんですって?」

「わたしは——ええ、そう。でも、ほんとうの目標は、女性を宇宙機の操縦者にするよう、国際航空宇宙機構(IAC)に認めさせることにあるの。いまの宇宙飛行士チームはぜんぶ男だけで独占されているから」わたしは好意的な態度の女性ふたりにほほえみかけた。「それで、みなさんに、わたしたちといっしょに飛んでもらえないかと思って」

ミス・ピークスが小首をかしげ、しげしげとわたしを見た。

「あたしたちの機を利用するってのかい?」

このやりとりにはどこか不穏当なところがあった。わたしはユージーンを見やったが、すでにすこし離れたところへあとずさったあとだった。

「それは……それはまた別の話でしょう」

こんどはミス・ブラッグスがいった。

「それで、もしだめだといったら——つまり、マスタングを使わせないということよ——それでもまだ、わたしたち黒人の女パイロットにいっしょに飛んでほしいのかしら?」

ミス・ブラッグスの口調はおだやかで、ほのかに好奇心もうかがえたが、ことばの内容自体は挑戦的なものだった。

「それはあなたがたがマスタングを断わる理由しだい……だと思うわ」この返答を聞いて、

ミス・コールマンが鼻先で笑った。わたしは語をついだ。「わたしのパイロットとしての技倆に疑問があるというなら、どのみちいい関係は築けないでしょう。でも、それ以外の理由でなら、ええ、ぜひいっしょに飛んでほしいと思うわ。リンドホルム少佐は、ここの飛行クラブであなたがたが披露したエアショーを高く評価しているの。そしてわたしには腕利きのパイロットが必要なのよ」

「いいじゃん！　あたしは乗った」ミス・ピークスがわたしを見やり、顔をほころばせた。「また編隊が組めるんなら、あたしはオッケー。あんたたちも……あんたたちのクラブも、編隊を組んでかまわないんだよね？」

「もちろんよ。そもそも、編隊を組んでもらうつもりできたんだもの」

リハーサル全体では一トンもの燃料を使うことになるだろうが、女性パイロットが男性パイロットに劣らないことを世人に確信してもらうためには、精密な飛行ができるようになっていなくてはならない。

ミス・コールマンがかぶりをふった。

「参加する意味はないわね」

「サラ――」

「おだまり。横から口をはさまないで。あなただってよくわかっているはずよ、わたしたちの立場はね。たとえこのエアショー作戦がうまくいったとしても——わたしたちが宇宙飛行士チームに入れてもらえるわけじゃない」ミス・コールマンはじろりとユージーンをねめあげた。「そうでしょう、少佐？」

　ユージーンは咳ばらいをした。

「うーん、いまのところは……宇宙飛行士は七人だけで、各国から代表が選ばれた形だからなあ……」

「その各国のなかで、白人以外を選んだ国はないわよね？」

「選考基準にはおれも思うところがある。だからエアショーで流れを変えようとしているんだ。きみたちがパイロットとして充分な資質を持っていることを見せつければ——」

　ミス・コールマンはテーブルに身を乗りだし、ぐっとわたしをにらみつけた。

「わたしはね、二次大戦中、婦人操縦士隊(WASP)の一員に採用されたの。ところが、黒人だとわかったとたん、志願を取りさげるようにいわれたわ。ＩＡＣが同じことをしないとどうしていえるの？」

「わたしは——つまり……つまりその、コロニーの話をしているのであって、そして……そしてね……」ここでわたしは、〈巨大隕石〉落下のあと、ユージーンとマートルがビラを撒くまで、黒人居住地区の人々が死んでもかまわないとばかりに放置されていたことを思いだした。「……そして、コロニーは絶対に建設しなくてはいけないのよ。でも、そのためにはまず、女が的確に飛行機を飛ばせることを誇示してみせる必要があるの」

ミス・ピークスが肩をすくめた。

「あたしはもう、乗るといっちゃったからね。好きなだけ議論すりゃいいわ。だけどさ、ここにじっとすわってたって、なんにも変わりゃしないよ？」

ゆっくりと、ミス・ブラッグスがうなずき、賛意を示した。

「なにはともあれ、おもしろそうではあるわね」

ミス・コールマンが勢いよく立ちあがった。

「わたしには、しなきゃならないことがいろいろあるのよ。こんなところで、ハクジンの淑女さまに食いものにされてるひまはないわ」

「食いもの？」わたしも立ちあがった。「そんなこと、しやしないわよ。わたしはいっしょに飛んでといっているのよ？　床をモップがけしたり、ディナーの給仕をしたりしろといってるんじゃないのよ？」

ミス・コールマンは、そら見たことかといわんばかりに薄笑いを浮かべた。

「ほらごらん。わたしたちのことをどう思っているか、本音が出たわね。わたしは数学者であり、化学者であり、製薬会社に勤めている。それなのに、あんたたちときたら、わたしにあてがおうと思いつくのは使用人の仕事ばかり。だから、ごめんこうむりましょう、マム。その調子で、せいぜいわたしたちを助けるためにがんばってると思いこんでいるがいいわ。ただし、そういうのは、わたし抜きでやって」

それだけ言い残し、ミス・コールマンは足どりも荒く歩み去っていった——あんぐりと口をあけるわたしをあとに残して。顔がほてっているのがわかった。怒りと恥ずかしさで、わたしの顔は真っ赤になっていたにちがいない。われながら考えなしだった。そういえば、はじめてマートルに会ったとき、ただの主婦だと思ったものだが、あれと同じあやまちをまた犯してしまったことになる。マートルは以前、縮毛矯正の化学薬品を開発する黒人系企業に籍を置き、計算者を務めていたのだ。そもそもわたしは、そんな会社が存在することさえ知らなかった。

「わたしがバカだったわ……わたしの謝罪、伝えておいてくださる？　一〇〇パーセント、あのひとのいうとおりだもの」わたしはテーブルに置いてあったハンドバッグを手に取り、手袋をはめにかかった。「時間を割いてくださってありがとう」

「編隊飛行をするといったよね？」

去ってゆくミス・コールマンを目で見送りながら、ミス・ピークスがいった。

片方の手袋をはめかけたところで、わたしは動きをとめた。

「ええ」

マスタングを使わせてもらえばね、とは思ったものの、さすがに口には出さなかった。

「最初の練習はいつ？」

「わたしは――それ、わたしたちと飛んでくれるということ？」

ミス・ピークスはわたしに視線をもどし、片方の口角を持ちあげて薄く笑った。

「さっき、乗るといったろ？」そこで彼女はウィンクをして、「ただね……思ったよりも地が固まった感はあるね」

わたしは笑った。安堵のあまり、思いがけず、大きな笑い声が出てしまった。

「意味がわからないんだけど」

ミス・ピークスは小首をかしげた。片頬をよどませた薄笑いは変わっていないが、その笑いの意図は明らかに変わっていた。

「だってあんた、あやまってくれたろ？」

望みのものを手に入れたのはいいが、思惑を超えた結果が待っていた――そんな経験はないだろうか。今回のわたしがまさにそれだった。エアショーは開催できる運びとなった。しかし、その予想を超える盛りあがりたるや……。出場者名簿には、ニコール・ウォーギン上院議員夫人ばかりか、アン・スペンサー・リンドバーグ（そう、あのアン・リンドバーグだ！）、第二次世界大戦で女性戦闘機パイロットとして名を馳せたトルコのサビハ・ギョクチェン（しかも彼女は、トルコの初代大統領を務めたケマル・アタチュルクの養女だ）、さらには、ロシアから脱出するに先立ち、第一次世界大戦で活躍した、プリンセス・シャホフスカヤの名前までもがならんでいたのである。

本物の戦闘機パイロットであり、プリンセスでもあるシャホフスカヤの存在は、きっと人々の耳目を集めるうえでおおいに貢献してくれただろう。ベティはすっかり舞いあがっている。プリンセスともなれば格好の広告塔だ。

しかもニコールは、ありがたいことに、政治的なつてを駆使し、錚々たる――すくなくとも、わたしにはそう思える――招待客を集めてくれていた。イグリン副大統領夫人、チャーリー・チャップリン、さらにはエリナー・ローズヴェルトの姿まで見える。

それやこれやの結果が、この大盛況だった。わたしはいま、借りたマスタングのコックピットにすわっているところだ。飛行場の周囲には観覧席が設けてあった。カメラクルーもひとりだけではない。たくさんいる。わたしとしては、〝世の中のすべてのプリンセスに感謝を〟という思いでいっぱいだった。たとえご高齢で、自分の国がないプリンセスであっても、こんなに霊験あらたかなのである。物理学者の主婦にインタビューをするか、ティアラをかぶって飛行機を駆るプリンセスにインタビューをするかといわれれば、当然、だれもがティアラを選ぶに決まっている。

それはむしろ、とてもありがたいことだった。

いよいよ自分が飛ぶ番がまわってくると、高揚感はいや増した。ニコール、ベティ、わたしの三人は、これから〈カンザスシティ黒人航空術クラブ〉のミス・ピークスおよびミス・ブラッグスと編隊飛行を行なう。あちらのクラブはマスタングを貸し出してくれたし、ユージーンが請けあったとおり、ふたりとも非常に優秀なパイロットだった。しかも……彼女たちの働きかけで、マーティン・ルーサー・キング・ジュニア博士が観覧してくれている。

それもあって、見物は押すな押すなの大盛況となったわけだが――これはもう言及しただろうか。

列を作った各機は、順次、軍隊並みに整然と離陸していった。先頭を飛ぶのはミス・ピークスだ。編隊飛行の最初の部分では、なんの変哲もないタイトなV字フォーメーションを作り、飛行場の上を低空で通過した。〝なんの変哲もない〟とはいったが、二度めの通過では、タイトなV字隊形を維持したまま、一八〇度の垂直旋回を行なってみせている。もう何年間もセスナでのんびり飛んできたわたしだが、マスタングのスピードで、それもとびきり凄腕のパイロット集団といっしょに飛ぶことで、過去の自分が部分的によみがえってくるのを感じた。その部分は、〈巨大隕石〉落下の前でさえ、すでに萎縮し、死んでしまっていたのかもしれない。

旋回で猛烈なGがかかり、太腿の下側が座面に押しつけられた。周囲の機体が巻き起こす小さな乱流からは、僚機の存在感が伝わってくる。女性パイロットたちのみごとな飛ばしっぷりに、わたしの心は激しく打ち震えた。

観覧席の観客たちはどうだろう？　いまこのとき、それぞれにどんな問題をかかえているにせよ、目が覚めるような思いをしているのではないだろうか。編隊は轟音を発して観客の上を通過し、急角度で機首を起こして天に駆け昇ると、いきなり五方に分散した。

つぎのステージはウォーギン上院議員のアイデアだ。ここからはとんでもなく見栄えのする展開が待っている。早く披露したくてしかたがない。五機のマスタングは、一見、編隊を解いたように見える。しかしじつは、それぞれが完璧にシンクロしていた。おりしも、無線からミス・ピークスの声がいった。

「さあやるぞ、淑女諸君」

これはたんなる儀礼にすぎない。というのは、この時点で各機はすでに、所定の位置についていたからである。間髪を容れず、ミス・ピークスの指示がつづいた。

「開始」

ただちにボタンを——カラースモークを放出するボタンを押した。タイミングは僚機と完璧にそろっていたはずだ。全機、各個に弧を描きながら降下し、相互に交差する、複雑かつ華麗な舞踏を披露した。たがいのスリップストリームがもたらす乱流を避けるよう、これは入念に計算されたものだ。

背後にスモークで文字が描かれていく。銀色の空に赤いスモークで描かれるその文字は、MARS——火星。

わたしの機はMの右端のストロークを上に向かって描きおえた。肩ごしにうしろをふりかえると、赤い靄の後方に大地が広がっている。角度的に、わたしが描いたストロークは見えない。が、各機の描いたストロークがきちんとつながっていることはわかる。これはすごい。なんてみごとなんだろう。

前に向きなおった。一羽の鳥に激突したのはそのときだった。

さらに三羽がたてつづけにぶつかってきた。激突の衝撃とともに、一瞬、無数の羽根と血飛沫(ちしぶき)が視界をおおったが、すぐにうしろへ飛び去った。ウインドシールドは血にまみれ、惨憺(さんたん)たるありさまだ。前を見るには、頭をいっぽうへかたむけねばならない。さいわい、僚機との位置関係は維持できている。

このとき冷却液の減少に気づかなかったのは、そんな体勢のためだ。同じ理由で、急にエンジンの温度があがったことにも、濃密な黒煙が機体後方から洩れだし、せっかく描いた赤いスモークと混じりはじめたことにも気づかなかった。

バードストライクを無傷でしのげたと思ったが、そうではなかったようだ。それとわかったのは、プロペラの回転が乱れだしたことに気づいてからだった。鳥がラジエーターに吸いこまれ、冷却液のパイプを破断したのだろう。切断が起きた瞬間は問題がなかったのだろうが、もはやエンジンは使えない。

乗機は真上に飛びつづけている。エンジンは停まった。この姿勢では、翼による揚力も発生しない。

頭の上に大地が広がった。機は旋転のとば口にある。機が失速し、つかのま無重量状態になって、なにもかもが浮かびあがるように感じられた。

つづいて、本格的なスピンがはじまった。

操縦桿を引きたい気持ちがこみあげてくる。だが、ここで操縦桿を引けば、確実に死ぬ。機がまたもひっくり返り、上に空が広がったかと思うと、また反転して大地が広がり——下のエアショー会場がおもちゃのようにくるくる回転しだした。赤いスモークと黒い煙、それと入り混じる鳥の血飛沫の中を、ウインドシールドが突っきっていく。

スピンによるGで全身が機の左側に押しつけられ、肺から空気が絞りだされていった。右回転のスピンだ。両手で握りしめていた操縦桿から、つかのま片手を離し、スロットルレバーを思いきり手前に引く。Gで脳への血流がとどこおり、視界が縁のほうから暗くなりだすなか、錐揉(きりも)み状態から脱出すべく、懸命に抵抗した。操縦桿は中央のまま、ニュートラルを保つ。

腕の筋肉が燃えるように熱い。それでも、操縦桿が右にもどろうとする力に抗(あらが)って懸命に足を踏んばり、全力で押さえこんだ。重たい。だが、錐揉みからの脱出法は知っている。この状態を脱するには、まず機体の制御を取りもどさねばならない。高度がどんどん落ちていく。垂直尾翼の方向舵(ラダー)は頑としていうことをきかないが、機体が左を向くようにと、必死に左のペダルを踏みつづけた。

ようやく機体の回転速度が落ちた。が、降下は依然としてつづいている。ウインドシールドは血と羽根まみれだ。これでは計器飛行をするほかない。

その計器によれば、機はまだキャノピーをあけ、パラシュートで脱出できるだけの高度をたもっていた。しかし、錐揉みを終わらせられる余地があるうちは、借りた機を墜落させるわけにはいかない。Gに抵抗して大きく息を吸いこむと、錐揉み降下を脱するため、操縦桿をぐっと押した。視界を縁どる暗黒のトンネルが一段と悪化した。すくなくとも、三Gはかかっているだろう。これに耐えるか、機を捨てるかだ。

わたしは。けっして。機を。捨てる。つもりは。ない。

両脚と腹筋に力をこめ、Gが大きくなるにつれて下半身にたまる血液を脳に押しもどそうとした。ブラックアウトしてはならない。目はしっかり計器パネルにすえている。そうやって踏んばりつづけ、計器をにらみつづけるうちに、やっとのことで機体の向きが正常になり、どうにか水平になった。

視界が鮮明になってきた。大きく深呼吸をし、滑走路を探す。まだ着陸という仕事が残っている。しかしそれは比較的簡単な部類だ。たとえ前が見えなくとも、なんとかなる。マスタングはグライダーとしても非常に優秀な機体なのである。それなりの高度を維持したままバンクして旋回し、滑走路へ向かった。その全長を体感するため、いったん滑走路にそって真上を通過し、そこから大きく三六〇度旋回したのち、着陸コースに乗る。旋回したのは速度を殺すためもあった。バードストライクで翼のフラップが使えなくなっているので、減速したとはいえ、かなりの速度で降りることになるだろう。左右に目を配り、ウインドシールドの血で汚れていない部分を通して地面と機体の相対位置を測った。

滑走路がぐんぐんせりあがってくる。引込脚を展開した。スピードが出ているため、やけに大きくバウンドしたが、着陸はうまくいった。その後は車輪ブレーキをかけつづけ、ようやく停止したのは滑走路の端に達してからのことだった。エンジンを修理するさいは、あとでだれかに引っぱっていってもらわねばならない。

それにしても、鳥か……。まったくもう、鳥なんて大きらいだ。すくなくとも、飛行機を飛ばしているときは。もっとも、公正にいって、あのいまいましい鳥たちは、わたしよりもずっと悲惨な目に遭ったわけだが。

思わず笑ってしまった。いまいましい（ブラッディ）鳥。血まみれの（ブラッディ）鳥。

これで笑うとは、ひどい人間もいたものだ。それでもわたしは生き延びた。

キャノピーをうしろにスライドさせ、コックピットから上体をつきだす。おりしも、ほかの四機が頭上を音高く通過していった。ふたたび編隊を組んでいる。わたしが錐揉みを脱するだけの空間をあけて待機してくれていたようだが、そろそろ僚機も着陸しなくてはならない。着陸のじゃまにならないよう、滑走路はちゃんとあけておいた。でしょう？

肩ごしにうしろをふりかえった。

驚いたことに、滑走路は人であふれていた。カメラマンとレポーターの群れはもとより、一般の観客も含めて、飛行場じゅうの人間がこの機に向かって駆けてきている。全員がだ。わたしはコックピットから手をふった。無事であること、助けはいらないことを示すために。

無事なのだから、全員でここへ駆けてくる必要はない。あんなにおおぜいでやってくる必要はない。

航空ヘルメットのストラップがのどを締めつけるように感じられた。ろくに息ができない。手さぐりでバックルを探しあてたが、どうしてもはずせなかった。手袋がかさばるためだ。といって、手袋をはずすこともできない。

「ミセス・ヨーク！　ミセス・ヨーク！　だいじょうぶですか？　上空でなにが起きたんです？　あれもショーの一部ですか？　それとも、機のコントロールを失った？　降りてきてください！　ミセス・ヨーク！　降りてきて！」

いましゃべっているのはだれだろう？　あまりにもおおぜいが詰めかけていた。コックピットを降りていたら、きっともみくちゃになり、押しつぶされていただろう。機のまわりにはおおぜいが群がっている。どこからだれの声が飛んでくるのか、まるで区別がつかない。おおぜいの人の集団が何度も何度もわたしの名を叫んでいた。

とうとう、ひとりの男が翼の上に攀じ登ってきて、マイクに状況を説明したあと、わたしにマイクを突きつけた。

「わたしはいま、ミセス・ナサニエル・ヨークが操縦するマスタングの翼に立っています。ミセス・ヨークはたったいま、空中で命にかかわる事故に遭遇し、ぶじ生還してきました。

ミセス・ヨーク、なにが起こったのか話してもらえますか？」

機の反対側では、ひとりの男がテレビカメラを載せた三脚を地面に立てようとしていた。レポーターらしき別の男がその前に立ち、わたしを指さしてなにかいっている。どうやらコックピットから出す気はないらしい。わたしは必死に手袋をはぎとった。

「降ろしてください。おねがい」

「かわいそうに！　見ろよ、震えてる」

まわりではさらにおおぜいがわたしの名を呼んでいる。

翼上の男がふたたびわたしにマイクを突きつけた。

「いまの気分はどうです？」

わたしはコックピットの反対側をまたいで飛びおり、翼をすべりおりた。われながら、バカみたいなまねをしたものだ。なぜなら、着地した場所のすぐ前には、例のテレビ・レポーターがいたからである。

「おっと！　ご当人みずからここにきてくれました。ミセス・ヨーク、あんなことになるなんて、たいへんなフライトでしたね。生還できて幸いでした」

「幸い？」この男、わたしが錐揉み程度で怯えていると思ってるの？　この連中はみんな、わたしがあの事故の恐怖で震えていると思ってるんだ。わたしは翼に手をつき、からだを支えつつ、こう答えた。「生還したのは、戦時中、陸軍航空軍婦人操縦士隊(ウイメン・エアフォース・サービス・パイロット)で受けた訓練の賜物ですよ」

「もちろんそうでしょう。しかしですね、やはり怖かったのではありませんか？」

「そんなことはありません。空中で鳥と衝突したときには、もちろん驚きはしましたが、そういう想定外の事故があるからこそ、わたしたちはＷＡＳＰできびしい訓練を受けたんです」わたしは上空を指さした。ほかの四機はいまも空中を華麗に旋回している。あんなふうに鮮やかに自分への注目をそらせられたら、どんなにかいいだろう。「わたしたちのグループに属する女性パイロットであれば、だれであれ、わたしと同じようにやすやすと、あの程度の錐揉みは脱け出せたはずです。じっさい、女性というものは、ああいう状況下においては、男性よりも対処がしやすいんです。女性のほうが小柄ですからね、スピンのさいにかかるＧが男性の場合ほど大きくないんですよ」

「どんな気分でしたか、〝死の螺旋(らせん)〟の最中は？」

「ええとですね……死の螺旋というのは、まったく種類のちがうスピンを指します」わたしはニコールがいつも大きな効果をあげている、〝社交場での微笑〟をまねようと試みた。「錐揉み降下に陥ったとしても、訓練を受けてさえいれば対処法はちゃんとわかります。パニックを起こす機会は、安心してください、こうしてレポーターのみなさんに質問されるときのためにとっておきましたから」

　群衆のあいだから笑い声が起こった。わたしは手を乗機のあたたかい翼にあてがったままにしておいた。こうしていれば力が湧いてくる。あのいまいましい鳥たちとの顚末があったあとでもだ。

「月と火星の探査ミッションについて、宇宙機を操縦するパイロットに有利な点がひとつあるとすれば——飛行機とちがって、鳥にぶつかる心配をしなくてもすむことですね」

　ふたたび、笑い声。

「観客のみなさん、どうぞ以後のエアショーも楽しんでください。そして、わたしたち女性パイロットが宇宙ミッションでもどれほどのことができるのかを、じっくりと考えていただければさいわいです。もし地球外コロニーを建設するのであれば……宇宙には女性が不可欠ですから」

「興味深いお話です。宇宙に女性が不可欠なわけを教えていただけますか？」

「これは困りましたね……赤ちゃんがどこからくるのか、テレビでご説明していいものかどうか」ふたたび笑う群衆の中に、ナサニエルの姿をとらえた。じっさいにはまだ、〝目が合う〟ほどの距離にはきていない。群衆をかきわけかきわけ、必死になってこちらに向かってくる最中だ。夫の心の内は手にとるようにわかった。ここへ駆けつけようと、懸命に群衆を押しのけているあの姿からすると、そうとうに肝が縮んだことだろう。「さて、よろしければ、そろそろ失礼させていただきましょう。夫を安心させてやらないといけませんので」

群衆がいっそう大きな声で笑った。もっとも、最後のひとことは、笑わせようと思っていったのではない。ほんとうにナサニエルを安心させてやらなければならないと思っていたのだ。それも、できるだけ早急に、たっぷりことばをかけて落ちつかせてやらないと。

群衆にまぎれこんだわたしは下を向き、硬いアスファルトを見つめるようにして進んだ。男の靴、女のヒール、グレイのズボンの折り返し、縫い目(シーム)が歪んだストッキング、そして、手――わたしの肩や腕や背中に触れてくる、いくつもの手――おおぜいがわたしの姓を呼んでいる。〝ミセス・ヨーク！〟と。

そんななか、ようやく自分のファースト・ネームを呼ぶ声が聞こえた。

「エルマ！」

つぎの瞬間、ナサニエルの両腕がわたしを抱きしめ、群衆から護る盾となって保護してくれた。本音をいえば、このまま夫に身を委(ゆだ)ねてしまいたいところではあった。しかし、夫の存在を支えにして、懸命に自分を鼓舞した。わたしはおおぜいに見られている。姿を消せるわけではない。わたしはおおぜいに見られている。そう思ったところでなにかが変わるわけもなく、満足に息もできないのだが。

それでも夫は駆けつけてくれた。わたしはこうべをかかげ、夫の目を探した。魂の誘導線にするためだ。澄みきったブルーの目は涙の膜でおおわれていた。縁は真っ赤になっている。わたしの背中を押さえる夫の手はわなわなと震えていた。

そんなナサニエルの頬に片手をあてがう。

「わたしはだいじょうぶ、愛しいナサニエル。わたしはだいじょうぶよ。あれはね、ただの錐揉みだったの」

「航空死亡事故の三〇パーセントは錐揉みが原因なんだ」わたしをぎゅっと抱きしめて、頬をわたしの頬に押しつけながら、ナサニエルはいった。「生きた心地がしなかったぞ。ぼくにとっては、あれは〝ただの錐揉み〟なんかじゃなかった」

ここでどうして笑いがこみあげてきたのかはわからない。自分が死ななかったから？パニックとヒステリーはコインの裏表だから？わたしをどれだけ深く愛しているかを表わすのに、夫が統計学なんか持ちだしたから？

「その統計は修正してもらわなくちゃね。だってわたしは、死ななかったもの」

ナサニエルは泣き笑いしながら、わたしを抱きあげた。群衆が周囲に引いたのは、夫がわたしを抱いたまま、ぐるぐる回転しだしたからだ。

その光景はザ・ナショナル・タイムズに掲載された。いちばん大きく載ったのが、コントロールを失ってスピンするマスタングの写真。そのとなりに載ったのが、群衆に囲まれたまま、夫に抱かれて笑み崩れるわたしの写真だった。

飛行場で撮られた写真はほかにない。というのは、エプロンをあとにしてすぐ、わたしはトイレに閉じこもったからである。どうやら吐き気は収まった、もう表に出てもだいじょうぶ——と思うたびに、廊下からレポーターたちの声が聞こえてきて、また気持ちが悪くなる。だからわたしは、エアショーがすっかり終了するまで待った。胃の中にはもう、吐くものがなにもなくなっていた。とうとうナサニエルが心配してドアをノックしにきたときには、さすがに出ないわけにはいかなかった。

怖がるのであれば、墜落を怖がるほうがふつうに思えるかもしれない。しかしわたしは、レポーターのほうが怖い。

そんな弱い自分が、なさけなくもあった。

15

女性パイロット集団、航空ショーで観衆を魅了

エリザベス・ロールズ
ザ・ナショナル・タイムズ特電

［カンザスシティ（カンザス州）発　一九五六年五月二十七日］昨日、地方飛行場において、詰めかけた何百人もの熱心な航空ファンが見まもるなか、各国の女性パイロットによる初の航空ショーが開催された。ひときわ観衆を沸かせたのは、旧ロシア王朝の血を引くプリンセス・シャホフスカヤ。貴重なヴィンテージ複葉機を駆っての連続宙返りに、観客席からは大歓声があがった。

大蒜（ニンニク）と生姜（ショウガ）のにおいがヘレンのキッチンにただよっている。よだれが出てきた。わたしの受け持ちはカクテル作りだ。全員ぶんのマーティーニをもういちど作らねばならない。あいている椅子はすべて女性パイロットで埋まっていた。戸口にもたれかかっている者もいれば、なかには——これはベティのことだ——キッチンのカウンターにすわっている者もいる。

ベティは左手で新聞の切り抜きを持ち、右手でマーティーニを飲んでいた。

「読みあげるわよ、いい？　〝女性パイロットたちは圧倒的な技倆を発揮し、詰めかけた観衆を魅了した。くりひろげられる妙技のなかでも、とりわけ圧巻だったのは、カンザスシティのミス・アイダ・ピークス率いる、正確無比な編隊飛行である」

アイダは一角のテーブルで、イモジーンのとなりにすわっている。その向かいにはパールがすわっていた。集まった面々をしきりに見まわしているのは、三つ子を見てくれるベビーシッターが見つかって、暗くなってから家を出るのがひさしぶりだからだろう。パーティーにはサビハ・ギョクチェンも出席してくれていた。トルコに帰る前に顔を出してくれたのだ。ロシアのプリンセスは〝お招きいただいてうれしく思いますが、残念ながら欠席させていただきます〟とのことだった。

ベティは朗読をつづけた。

「〝ひときわはらはらさせたのは、ナサニエル・ヨーク夫人の――〟」

「どうして本人の名前が出てないのよ？」

ヘレンが眉根を寄せ、かきまぜている野菜の大鍋をにらんだ。新聞の切り抜きをにらむかわりに、鍋をにらんでいるように見える。

「ふつうはそう書くものなのよ」わたしは曇ったベルモットをジンのピッチャーにそそいだ。「ナサニエルと結婚していて幸せだしね」

「あんたも待ってなさいよ、デニスに求婚されるのをさ」ベティが新聞の切り抜きをヘレンに突きつけた。「そしたらあんた、デニス・チエン夫人になるのよ」

「え、なに、ちょっと待って」わたしはマーティーニから目を離し、ヘレンに顔を向けた。

「あなた、ボーがいたの？」

ヘレンは中華おたまを片手にけげんな顔でわたしを見て、意味がわからないのだろう、口だけを〝ボー〟という形に動かした。

「B、E、A、U。フランス語でボーイフレンドのことよ」パールがいった。「だけど、そのひとのことはわたしも初耳だわ」

ヘレンはあきれはてた顔になり、野菜の鍋に視線をもどした。

「デニスが中国人だからって、わたしがデートするとはかぎらないでしょ」

わたしは目をしばたたいた。

「待って、デニス・チエン？　エンジニアリング部の？　彼、すごい奥手じゃないの」

「わたしたちはね――デートなんてね――してないの！」ヘレンはくるりと向きなおり、スープのしたたる中華おたまをベティにつきつけた。「それより、続き。読んで」

「アイアイ、マム」ベティはマーティーニをたっぷり口に含んでから、朗読を再開した。

「〝ひときわはらはらさせたのは、ナサニエル・ヨーク夫人の機が雁（ガン）の群れに突っこみ、エンジンが停止したときである〟」

わたしは顔をしかめ、イモジーンを見やった。

「あれはほんとうに申しわけなかったと思ってるわ」

「わざわざ雁を誘導したのかと思うくらい、みごとな突っこみぶりだったわ」イモジーンはかぶりをふった。「まあ、修理代は払ってくれたことだし……チャラということで」

ヘレンが鼻を鳴らした。

「このひとが気がとがめないようにするためだから、いいのよ、払わせとけば」

片手をあげて、わたしはヘレンにいった。

「そこはユダヤ人だもの」貯金をはたく結果にはなったものの、ナサニエルとわたしが修理代を払うといって譲らなかったのは、人からしみったれだと思われたくなかったためだ。

「おまけに、南部人でもあるしね。DNAに刷りこまれてるのよ」

ヘレンがレンジ台の前で、

「そんなことといってたら、カトリックなんてどうすんのよ」

「同感だわ」パールがうなずいた。「カトリックだとね、ただこうしてすわってるだけでも気がとがめるくらいなんだから」

「要点は――」ベティが新聞の切り抜きを頭の上でひらひらさせながら、口をはさんだ。

「――わたしが書いた記事がAPに取りあげられたということよ。ということは、全国の主要紙に取りあげられて、何百万人にも読まれたということじゃない。というわけで――そろそろつぎの一手を話しあったほうがいいんじゃないかと思うんだ」

サビハ・ギョクチェンが手をあげた。

「またエアショーをやるというのは？　人気があるんでしょう？」

「ほかの都市でやるのはアリかもね」アイダがいった。「シカゴとか、アトランタとか」

わたしはうなずきながら、マーティーニのピッチャーに氷を入れた。

「でなければ、シアトルか。シアトルにはボーイングがあるでしょ。ナサニエルがボーイングとKC-135空中給油機の件で話をしてるのよ。もちろんあれは、わたしたちには飛ばせないけど……」ボーイングを巻きこんで、KC-135の最初の量産モデルを借りだせれば、飛行場に置いておくだけでも大きな宣伝になる。「シアトルには、仲間に引きこめそうな地元のパイロットがいるはずだわ、きっと」

ベティがかぶりをふった。

「意思決定はここで——首都でなされるのよ。なにをするにしても、ここでやんなきゃ。たとえばエアショーをテレビで流すとかね。生中継で」

もうすこしで製氷皿を落としそうになった。おおぜいのレポーターに囲まれただけでも、あれだけ緊張したのだ。それが、生放送？　そのうえ、国じゅうに放送？　冗談じゃないわ。

「そうだ！」パールがぴしゃりと手をたたいた。「ねえ、『ダイナ・ショア・ショー』に出るのは？　ときどきゲストを呼んでるでしょ？」

「しかも彼女、ユダヤ系よね」ベティがカウンターごしにわたしのほうへ身を乗りだしてきた。「その点についてはいかがですか、ナサニエル・ヨーク夫人？　番組に出られるように手配してほしいと思われますか？」

「あの番組は歌を歌えなきゃだめでしょう」すべてのユダヤ人が知りあいだという思いこみにはあえて触れぬまま、わたしはマーティーニをかきまぜ、あたかもその行為に命がかかっているかのように、ピッチャーを冷やすことだけに専念した。ジンが冷えるにつれて、ピッチャーの表面が結露しはじめる。「わたし自身は、エアショーで飛ぶだけでいっぱいいっぱい。それより、アイダが出るのは？」

「あたしが黒人だから歌が歌える、とか思ってんじゃないよね？」

「記事にはあなたが編隊飛行のリーダーだって書いてあるからよ」

「ダイナ・ショアが黒人のゲストを呼んだことなんて、あった？」

わたしはピッチャーからスプーンを引き抜いた。

「それよりも、差し迫った質問があるわ……マーティーニのおかわりをするのはだれ？」

全員が手をあげた。わたし？　わたしはダブルでいただきます。


国際航空宇宙機構（IAC）では、月面をめざす計画が続行していた。わたしはずっと、軌道上でランデブーを行なうのに必要な一連の計算にかかりきりになっていた。理屈のうえでは、軌道上の宇宙飛行士は、必要に応じて地球上の計算者（コンピューター）に計算を依頼できる。しかし、場合によっては、無線が届かない位置にいるときもあるだろうから、宇宙飛行士が管制センターから独立した状態でランデブーを行なえるよう、お膳立てをととのえておかねばならない。ＩＢＭがもっと小型でもっと信頼性が高ければ、宇宙に持ちだすのも一案だが、その場合にも、やはり事前に予備計算をすませておく必要がある。

わたしのデスクに背後から影が落ちた。ふりかえって見あげると、ミセス・ロジャーズ計算室長だった。なにやらむずかしい顔をして立っている。スティール・グレイの髪をひっつめ、うしろでまとめているため、じっさい以上にきつい印象を与えた。

「エルマ？　わたしのオフィスに電話。あなたを名指しで」

勤務時間中に？　勤務時間中に電話してくる人間は、たったふたりしか思いつかない。ひとりはナサニエルだが、いまは廊下を進んですぐのオフィスにいる。もうひとりは兄のハーシェルだ。胸騒ぎをおぼえた。ごくりとつばを呑みこみ、椅子をうしろに引く。

「ありがとう、ミセス・ロジャーズ」

共有するデスクの向こうで、バシーラが顔をあげた。

「だいじょうぶ？」

わたしは不安な思いを押し隠し、肩をすくめてみせた。

「なにかあったら、すぐ教えるわ」

もうハリケーンの季節がはじまろうとしているのだろうか。でなければ、ハーシェルの子供のどちらかが怪我をしたの？　それとも、義姉（ドリス）が？　いえ、まさか——電話してきたのがドリスだったら？　ハーシェルになにかあったとかで？　ポリオが再発したのかもしれない。倒れて怪我でもしていたらどうしよう。

はらはらしつつ、ミセス・ロジャーズのあとにつづいて計算室長のオフィスに向かった。

ミセス・ロジャーズが中に入るようにというしぐさをした。デスクの上には、フックからはずした状態で受話器が置いてあった。

「プライバシーがたもてるよう、すこし席をはずします。でも、あまり長くはだめよ？」

「わかっています」室長室に入ろうとして、遅まきながら、いうべきことを思いだした。

「ありがとう」

深呼吸をし、汗ばんだ手の平をスカートでぬぐってから、受話器をとる。

「エルマ・ヨークです」

男性の渋い声が――知りあいの声ではない――いった。

「勤務中、申しわけありません。ドン・ハーバートです」

ドン・ハーバート？　どことなく聞き覚えのある名前だが、どこで聞いたのかは思いだせない。とくに手がかりもなかったので、母親仕込みの基本的な対応をした。

「はじめまして」

相手はおだやかに笑った。では、悪い知らせではないのかもしれない。そうでありますように。

「ご健勝のようで、なによりです」

「おかげさまで」

受話器のコードをひねくりながら、わたしは相手の反応を待った。

「ご記憶にないかもしれませんが、じつは戦時中、二回お会いしてるんですよ。あなたが爆撃機を操縦してわたしのところへ運んでこられたときに。二機、つまり二回です。そのときわたしは、在イタリアの第七六七爆撃飛行中隊に所属していました」

「まあ！　あのハーバート大尉！　ええ、ええ、憶えていますとも」〝お会いした〟というのは、具体的には、わたしと副操縦士が現地の戦闘機パイロットたちにしつこくナンパされたとき、さっそうと現われて叱りつけ、追いはらってくれたことを指す。こんどの用件がなんであれ、兄のことではないとわかり、わたしはほっとして椅子に腰を落とした。

「それで、どういったご用件でしょう」

「それが……妙な縁があって、大戦後、わたしは少々毛色のちがう道へ進んだんですよ。それで、たまたま新聞を読んでいたら、目に入ったんです、あなたのことが――あなたが錐揉み状態からみごとに脱したこと、宇宙飛行士にかかわる活動のことなどが。その……『ミスター・ウィザード（ワッチ・ミスター・ウィザード）の科学教室』という番組名を聞いたことはおありですか？」

「え？――」この会話がどういう方向へ進もうとしているのか、さっぱり見当がつかない。この時点では、もしかして宇宙飛行士になるように誘われているのかもと、あらぬことを考えたりもしていた。もちろん、声がかかるとしたら、クレマンス本部長からであることは百も承知だ。「ええ、ええ、ありますとも。姪が大好きなんですよ。もっとも、わたし自身は見たことがないんですが」

「その点はだいじょうぶです」

「なにしろ、テレビがないものですから」

ハーバートは笑った。

「だいじょうぶですよ。じつをいいますとね、その番組で科学解説をしているのは、このわたしなんです。あなたには基本的すぎて、退屈このうえないでしょうが」

「ちょっと待って。あなたが……ミスター・ウィザード？」

「いったでしょう、毛色のちがう道に進んだと」ハーバートの笑いかたは変わっていなかったが、わたしは唐突に、番組を見ておけばよかった、いまどんな外見かを見てみたいと思った。「じつをいいますと、うちのプロデューサーの娘さんが、テレビであなたが錐揉み状態から脱するところを見ていましてね。自分もあなたみたいなパイロットになるといいだしたんですよ」

「それは……それはとても光栄です」

「ですので、いちどお話しできないかと思いまして。できれば、番組にも出ていただけないかと思ってるんです」

　反射的に電話を切り、椅子をうしろに押しやった。勢いがつきすぎて、椅子がうしろにひっくり返りそうになった。冷や汗が背中と二の腕の下側を流れていく。これは理性的な反応だったろうか？　もちろんちがう。断じてちがう。でも、テレビに出るですって？　生で全国中継されるテレビに？　むりよ。むり。そんなの、絶対むり。ものすごい人数がわたしを見るのよ？　そんなところでミスをしたらどうするの？　しかねないでしょう？　人さまにどんな目で見られると思ってるの？

　いきなり電話が鳴り、わたしは打ち上げ試験に失敗したロケットのように飛びあがって、どすんと椅子に落ちた。このとき、悲鳴もあげたと思う。片手を胸にあてた。手の平に感じられる鼓動がふだんの倍は速い。ふたたび、ジリリリリン。

　理性的に対応しなくては。理性はすでにどこかへ飛んでいた。しかし、理性があるかのようにふるまわなくては。唇を舐め、湿らせてから、受話器を取る。

「こちらはミセス・ロジャーズのデスクです。エルマ・ヨークが承ります」

「ドン・ハーバートです。さきほどは失礼しました。回線が切れてしまったようで」

「はい、あの……なにがあったんだろうと思いました」うそつき。わたしは両目を片手でおおい、デスクに前のめりになると、両ひじで上体を支えた。「それで、お話のつづきですけれど……」

「あなたに番組に出ていただけないかということです。空を飛ぶことにかかわる物理学を話題にできればいいなと。簡単な揚力の実験をするのもいいかもしれません。構成はきわめてシンプルなものです」

「出演させていただきたいのは山々ですが、つぎの打ち上げに向けて、計算が立てこんでおりまして。それだけの時間をとれますかどうか……」

「こちらはいくらでもご都合に合わせられますよ」

「ご配慮痛みいります。ですが……ほかの女性パイロットをご紹介するというのはいかがでしょう?」

ベティならそつなくこなせるだろう。

「それがですね……うちのプロデューサーの娘さんは、あなたにご執心なんです。すぐにお返事をとはいいません。ちょっと考えてみてはいただけませんか」

「はい。はい。わかりました。考えてみます」

考えてみるというのは、もちろん、波風を立てずに断わる口実だ。

それから二週間は仕事に忙殺された。まったく余裕のない状態がつづいたので、前の電話から一週間後、なにかききたいことはありますかとドンがふたたび電話してきたときも、うそをつかずにすんだ。とんでもなく忙しいふりを装い、打ち上げのこと、人類の運命のことなどを引きあいに出し、なかなか時間がとれない旨を伝えたのだが、ドンは自分の電話番号を伝え、気が向いたら電話してくださいというばかり。もちろん、こちらから電話はしない。しかし、世の中はＩＡＣの外でも動いている。

　きょうの終業後は、マートルといっしょに、アーミッシュのマーケットの前で路面電車を降りた。このマーケットは、ナサニエルとわたしが借りているアパートメントへ帰る途中にあり、ここの店主たちのことは近所の食品雑貨店（グローサリー）の店主たちよりも気にいっている。

　マートルが水たまりを飛び越えて歩道に移り、わたしにいった。

「だんなさん、きょうはいつまで仕事をしてると思う？」

「わたしが家でクッキーを焼いて、ＩＡＣに持っていけるくらいの時間までね」

　やや離れたバス停付近の歩道には、ホームレスの男がひざをかかえてすわりこんでいた。その横に、小さな女の子がぼろぼろの毛布を握ってもたれかかっている。わたしはふたりに歩みより、男の前に置いてあるカップに一ドル貨を入れた。慈善（シェダカ）にしては多い額だが、ナサニエルとわたしだってああなっていたかもしれない。

　うしろからマートルもついてくる。カップに硬貨を何枚か入れる音がした。一拍置いて、当人がわたしに追いついてきた。

「だったら、わたしとあなたで話をする時間が持てるわね」

　わたしはマーケットのドアを押し開いた。

「もう、あなたまで」

「なにいってるの」マートルは目を大きく見開いて、邪気のない表情をわたしに向けた。「今夜はガールズ・トークを楽しみましょう。ユージーンは輪番でエドワーズ空軍基地にいってるから、今夜はひまなのよ」

「そうねえ……」買い物カゴを取り、ミスター・ヨウダーに会釈した。彼はこのアーミッシュ・マーケットを運営する人物だ。つばの広い麦わら帽子をかぶってはいるが、いつも着ているダークスーツには、実家があったD.C.で馴じみの、ユダヤ教の敬虔主義者（ハシッド）たちを連想させるものがある。もっとも、あの一派の系統は〈巨大隕石〉で根こそぎ失われてしまったが……。

　わたしはハンドバッグをあさり、配給手帳を取りだした。

「あらやだ、肉の配給、使いきっちゃってた」

「それより、ねえ、『ミスター・ウィザード』には出るべきだと思うのよ？」

　マートルはラディッシュの束を取り、カゴに放りこんだ。

番組名を聞いただけで、急に心臓が動悸を打ちだした。計算室の女性陣にこの話をしたのは失敗だった。てっきり笑い話ですませてくれるだろうと思ったのに。まさか、みんなから〝出ろ出ろ〟と背中を押されるはめになるなんて。いまにしてふりかえれば、なんてバカなまねをしたのだろうと思う。わたしはいった。

「野菜を選ぶのとはわけがちがうんだから。前置きなしに、無造作に切りださないでよ」

レタスはものがよさそうだ。しかし、レタスならアパートメントの窓台に置いたプランターで育てている。あそこを借りたとき、非常階段側の日当たりがいいことには気づかなかったが、結果的には正解だった。もっとも、わたしたちのうちのどちらもプランターの水やりを忘れなければだが。

「ちゃんといったでしょ、今夜はガールズ・トークだって。忘れた？　だからね……」

マートルはブドウの房を取りあげ、手で重さを量ったが、値段を見て舌打ちし、棚にもどした。

「さあ、そうだったかしら……」自分がパニック体質であることをどう説明したものか。それも、マートルが納得する形でだ。マートルだけじゃない、ほかのだれに対しても。自分自身に対しても、きちんと説明できるだろうか。「そこのトマトはどう？」

葉物のあいだに薄い緑のトマトを詰めた箱が置いてあった。ほんのりとピンクを帯びた部分はわずかしかない。年を通して、もはや露地もののトマトが熟す気温ではなくなっているのだ。たしかに、もっと南にいけばハウス栽培のトマトが手に入る。だが、その手のトマトは、カンザスシティまで運ばれてくるころには色合いも味も落ちてしまっている。

うしろからミスター・ヨウダーがいった。

「時間の早いうちは熟したトマトがあったんだがね。あっという間に売り切れたよ」

「これでいいわ」わたしは三個を取り、マートルにほほえみかけた。「しかたないわね、それじゃあ、うちにいらっしゃい。わたしは青もぎトマトの炒めものでもてなしたげる。あなたはマーティーニを作って、『ミスター・ウィザード』に出演するようわたしを説得する。それでどう？」

16

パンジャブ州食糧危機に

ザ・ナショナル・タイムズ特電

［カラチ（パキスタン）発　一九五六年六月二十六日］　パキスタンの穀倉地帯であるパンジャブ州の知事、ミアン・ムンターズ・ドルタナは、立法府に対し、以後も〈隕石の冬〉がつづけば、パンジャブ州は来年、深刻な食糧危機に見舞われると訴えた。

吐きたくはなかった。きょうはこれが二度めの嘔吐（おうと）だ。朝に飲んだコーヒーの味がのどの奥にこびりついている。

なんてなさけないの。またメイクをやりなおさねばならないなんて。あんなにすてきなメイクアップ・アーティストの女性たちが、あれだけ苦労して、なんとかテレビカメラの前に立っても見られるように仕上げてくれたというのに。自分の肉体にこんなふうに裏切られるとき、ほんとうに腹だたしいのは——吐き気を抑えるために、わたしはその腹だちに集中しようとした——群衆がかならずしも自分を傷つけようとしてくるわけではないのに、そんな恐怖に取りつかれてしまうことだ。

頭でそうとわかってはいても、大学時代、若い男子学生たちにじろじろと見られたときの記憶は払拭できなかった。そしてあの嘲笑(ちょうしょう)も、さんざんからかわれたことも。さらに、男子学生たちの……憎悪も。彼らが筆算をしても解けない問題を、わたしは頭の中でやすやすと解いてしまう。それが憎しみを買ったのだ。それにあの、ろくでもない教授や講師たち。あの連中は男子学生たちの嫌悪をあおり、わたしを徹底的に追いこんだ。わたしが大学をやめようとまで思いつめ、内にこもる状態にいたるまで。だが……わたしは父の娘でもある。父はわたしを深く信じてくれていたので、手をこまぬいていることで父に恥をかかせるわけにはいかなかった。いまになっても、父にわたしを誇りに思ってほしいという気持ちは強い。たとえ父も母も、四年前に〈巨大隕石〉の落下で亡くなってしまっていてもだ。

この場では、以前、人目を忍んで吐く方法を身につけたと打ち明けるだけにとどめよう。それでも、吐くのはきらいだ。

だれかが楽屋のドアをノックした。

「ミセス・ヨーク？」

便器の縁をつかんだ。胃がふたたびひくついたからである。吐き気をこらえ、トイレット・ペーパーをちぎる。

「ちょっと待って」

時間をかけずに口のまわりをぬぐい、赤いリップを部厚く塗りなおした。楽屋のドアに向かいながら左右の頬を刺激し、赤みを取りもどそうと試みる。両手はまだ震えていたが、下に降ろしているかぎり、そう目だつことはないだろう。大学時代、震えを抑える効果があるかと思って、タバコを試してみたことがある。しかし、震えがいっそうひどくなったうえ、豚小屋の横で燃料を注入しているロケットのようなにおいに閉口したものだった。

「お待たせしてごめんなさい」

わたしの声は落ちついて聞こえたはずである——わたしのことをよく知らない相手には。よく知っている相手には、気息まじりの低い声で、わたしの声というよりも、マリリン・モンローの声のように聞こえただろう。

ドアの外で待っていたアシスタントが、クリップボードごしにほほえんだ。

「だいじょうぶですよ、ミセス・ヨーク」

だが、アシスタントは急ぎ足で廊下を進み、わたしをスタジオへ先導しだした。またしても胃が大きくひくついた。

3・14159265358979323384……

さいわい、『ワッチ・ミスター・ウィザード』は子供向けの番組だ。見ている人数は、そう多くはないだろう。たった九一局ネットでしかないのだから。視聴者の数はせいぜい二〇〇万人。いや、もっとだろうか。

こんなに真新しいスタジオなのに、空気の循環がこんなに悪いのはなぜなんだろう。

こんどは心の中で素数をならべた。
2、3、5、7、11、13、17、19、23、29、31、37、41……
防音スタジオは煌々（こうこう）と照明されていた。ここはさっき、簡単に案内された場所だ。わたしはアシスタントに導かれて、ミスター・ウィザードの家のセットの、裏口側のポーチへ連れていかれた。
43、47、53、59、61、67、71……
これから行なうのは、戦時中に知りあった男性と話をすること、それだけ。ミスター・

ウィザードだと思いさえしなければ——ドン・ハーバート大尉であることを憶えてさえいれば——だいじょうぶ、なんとかやれる。昔なじみのドンと話をするだけ。昔なじみと。

ドアの向こうで、だれかがいった。

「本番、入ります、5、4、3……」

生放送がはじまろうとしている。

生放送開始準備、確認。

片手で胃を押さえ、口で呼吸をした。ドンは気のいい男だ。スタジオに観客はいない。ただドンと、もうひとり、子役の子と話をするだけ。ああ、もう。なんで出演するなんていってしまったのよ！

アシスタントが——聞いたはずなのに、知っているはずなのに、名前が出てこない——クリップボードをかかげ、ステージへあごをしゃくった。これがわたしへの合図（キュー）だ。

セットの外壁の向こうで、ドンがしゃべっている。わたしがドアをあけて入っていくのを待っているのだ。わたしはドアをあけるだけでいい。ドアノブは目の前にある。

（勇気をふりしぼりなさい、エルマ。とうさんにこんなところを見られたら——暗がりで震えながら立ちつくしているところを見られたら——どう思われるか……）

アシスタントが問題を解決してくれた。ドアをノックしたのだ。

セットの外壁の向こう側で、ドンがいった。

「どうぞ」

母の声が頭の中でこだました。あなたは若き淑女なのよ、ラクダではないの)

(背筋を伸ばして。こうべをあげて。

背筋を伸ばし、こうべをかかげ、わたしはドアを開いて、ステージに足を踏み入れた。

ドンはキッチン・カウンターのそばに立っていた。ワイシャツを腕まくりしている。カウンターの前には、一〇歳より上には見えない女の子が立っていた。チェリー・レッドのスカートに、こざっぱりしたピンクのカーディガンという服装だ。艶(つや)のある茶色の髪はうしろになでつけて留めてあった。おてんばだった自分の子供時代なら、こんなヘアスタイルは五分ともたなかったろう。

わたしは奥まで入っていった。ドンは両手で模型飛行機を持っていた。

「おやおや、だれかと思えば!」ドンは模型をカウンターに置くと、女の子に顔を向けた。

「リタ、このひとはぼくの友人でね、エルマ・ヨークというんだ」

「はじめまして、ミセス・ヨーク」

ドンは指を一本立ててみせた。

「正しくは、ドクター・ヨークと呼ぶんだよ。博士(ドクター)だからね。医者の意味のドクターじゃなくて」

「わあ、ほんとうに？」

ちょっぴり涙が出そうになった。こんなふうに振られるなんて、聞いていなかったのに。

「ええ、そのとおりよ。スタンフォード大学で物理学と数学の博士号をとったので。でも、たいていの人からは、ただミセス・ヨークと呼ばれるわね」

「きょうのところは、ヨーク博士と呼ばせてもらうよ。すこし物理学の実験のお手伝いをしてほしいのでね」ドンはふたたび模型飛行機を手にとった。「いま、リタに空気力学の説明をしようとしていたんだが……」

「喜んでお手伝いしましょう」

あらかじめ指示されていたとおり、わたしは床にチョークで記されたマークのところへ歩みより、立った。ミスター・ウィザードはふたたびリタに身をかがめた。

「じつはね、ヨーク博士は、パイロットでもあるんだ」

リタの笑顔は、優秀な子役ならではのそれだった。

「すっごーい！　最高の先生ね、飛行機がどうして飛ぶのか教えてもらうのに」

「ロケットについてもだよ」ミスター・ウィザードはにっこりと笑った。「ただし、それはもうすこしあとで。いまは……飛行機の翼について見ていこうか」

小旅行用のバッグを片手で持ったナサニエルが、わたしたちのアパートメントに向かって階段をあがっていく。わたしもそのすぐあとからつづいた。途中、3Bに住んでいる、髪をブロンドに染めた女性と鉢合わせをし、ナサニエルがバッグを脇によけた。ハイヒールを履いた足で、階段を危なっかしげに降りてくる。唇に真っ赤なリップをつけているところを見ると、夜のお出かけだろう。わたしを見たとたん、彼女は顔を輝かせた。

「あっらあ、見たわよ、ゆうべのテレビ！」

「え。ああ」

わたしは手すりをつかみ、あいまいな笑みを返した。お礼をいうべきだろうか。

「あんなにすごい人だなんて、知らなかったわあ！」

女性の前歯はタバコのヤニで汚れていた。家賃を払い、そのうえタバコも喫えるなんて、このひとのところには、いったいどこからそんなお金が入ってくるんだろう。

「ありがとう……？」

ここでナサニエルが、わたしのほうへ一段階段を降り、ことわりを入れた。

「悪いけど、早く家に入れてやりたいんだ。シカゴから帰ってきたばかりでね」

「シカゴ！　いいところだったでしょう、あそこ」

わたしは彼女の横をすりぬけながら、

「それが、ぜんぜん街を見てないの。テレビ局のスタジオにいって、とんぼ返りしてきただけだから」

女性は階段でふりかえってわたしを見あげ、両手を組み合わせて顔を輝かせた。

「すっごいわよねえ、テレビに出る人と知りあいなんて！」

知りあい？　同じフロアに住んではいる。だが、こちらは名前も知らない。ときどき、階段ですれちがうだけだ。わたしは答えた。

「自分でも信じられないわ」

「どんな感じだった？」女性は階段を昇り、わたしについてきた。

ナサニエルがすかさずわたしの腕を取り、引きよせた。

「すまないね、女性同士、ひと晩じゅうでも話はつきないだろうが、ぼくも妻の顔を見るのは二日ぶりで。またあとで話せるかな？」

「あ、そりゃそうね！」女性はくすくす笑った。「それがいいわ。じゃ、おやすみ！」

こちらからも、ふたりで〝おやすみ〟と答え、階段から三階フロアに逃げこんだ。ナサニエルは肩ごしにふりかえり、あきれはてた、という表情をしてみせた。

「助け船を出したけど、よかったかい？」

「もちろんよ、助かったわ」わたしは声を落とした。階段吹き抜けは音が伝わりやすい。「あのひとの名前、知ってる？」

ナサニエルはかぶりをふって、

「きみが知っていればいいがと思ってたんだが。あした、郵便受けで調べておこう。ともあれ、今夜のところは……きみがいなくてさみしかったよ、とても」

「わたしもよ」ナサニエルが鍵束を取りだすあいだ、わたしは背伸びをし、頬にキスをした。「どうすれば留守にしていたことを埋め合わせられるかしら」

「そうだな……」ナサニエルは鍵を鍵穴に差しこんでまわし、ドアを押し開いた。「きみに二度と遠出をさせないよう、あの手この手を考えてみたんだがね」

「たった二晩じゃないの。そのくらい――」おりしも、電話が鳴った。「タイミング悪いわね、もう」

ナサニエルが壁を探り、照明スイッチを入れた。カチリと音がしたものの、室内は暗いままだ。

「悪い――電球が切れたみたいだ」

電話は部屋の奥で鳴りつづけている。

「しかたないわ」

部屋を横切っていった。廊下からの明かりと街の灯とで、そう暗くはない。オレンジ色のナトリウム灯に照らされるなか、もういちど電話が鳴った。

「ヨーク家、エルマ・ヨークです」

「あー、そちらさまはご高名なるエルマ・ヨーク博士さまでいらっしゃいますか？」

笑いを含んだ兄の声。暗がりに兄の顔が見えるようだ。目の端にはいつも笑いじわが寄っている。

「ちょっと、やめてよ。だれにもそんなふうに呼ばれたことないんだから」

「ミスター・ウィザード以外にはな。いやー、エルマ、立派だったぞ、うん」

わたしは顔をほころばせながら、受話器のコードを指にからませ、ソファに腰をおろした。

「なあに、お世辞なんかいうようになったの？　齢をとったら丸くなるものなのね」

「いやはや、いい番組だったよ。見られてよかった。なんといっても、妹の晴れ舞台だ。送ってくれた新聞の切り抜きにも感心したが、こんどはテレビとはなあ。それに、ドリスに聞いたぞ、あれに呼ばれたんだって？――あれ、なんていうんだっけ？」義姉（ドリス）が背景でなにかをいうのが聞こえた。「ああ、〈女性の日（デー）〉か。親父もおふくろも、生きてたら誇りに思ったはずだ」

わたしは手の甲で涙をぬぐった。

「じっさいには、セットで吐きそうになったけどね」

「とてもそうは見えなかったぞ」そこですこし、ためらいがあった。なにかききたいような感じだったが、結局、こういっただけだった。「立派だったよ、とにかく、立派だった。こっちじゃファンクラブまでできたくらいだ。ファンクラブといえば……そのファンのひとりがお話ししたいといってる」

電話口の向こうでガサガサという音がした。だれかに受話器をわたしたようだ。ナサニエルは暗がりの中で工具類の引きだしをあさっている。わたしはからだを伸ばし、ソファの反対端にあるテーブルランプをつけようとした。

「こんばんは、エルマおばちゃん」

受話器からあふれでた、気息まじりの愛らしい声。これは姪の声だ。

「レイチェル！　わたしの可愛い可愛い姪っ子は、このごろどうしてるの？」ランプの細い鎖を引っぱった。これも点かない。わたしはバカみたいに、もういちど鎖を引っぱった。

「ちょっと待っててね、レイチェル。ナサニエル？　ヒューズが飛んでるみたいよ？」

「わかってる。いま懐中電灯を探してるところだ」

「あ――ごめん。飛行場に置いてきちゃった。安息日用の蠟燭がいちばん下の引きだしに入ってるから」わたしは電話に注意をもどした。「ごめんね、レイチェル――ナサニエルおじさんが捜し物をしてるもので」

「ミスター・ウィザード、すてきな人だった？」

「とってもとっても、すてきな人だったわよぉ。番組、見てくれたの？」

「いつも見てるんだ、『ミスター・ウィザード』。おばちゃんが出るずっと前の回から。でも、おばちゃんのほうがミスター・ウィザードより好き」

わたしは笑い声をあげ、両脚をソファの上に引きあげた。アパートメントの入口のほうで、ナサニエルが蠟燭に火を点し、わたしたちの小さなワンルームに明かりをもたらした。わたしが親指を立ててみせると、ナサニエルはにいっと笑った。ここで姪に向かって、「そりゃあね、おばちゃんのことはよく知ってるものね」

「そうじゃないの。前はミスター・ウィザードみたいな科学者になりたいと思ってたんだけど、いまはね、おばちゃんみたいな宇宙飛行士になりたいって思うの」

「わたしは……わたしは宇宙飛行士じゃないのよ」自分の頭の中をあさって、番組でいったことを思いだそうとした。「わたしはただのパイロット」

「だけど、宇宙飛行士になりたいんでしょ？　それに、博士だし。パパがいってた、おばちゃんはほんとうに頭がよくて、その気になればなんにでもなれるんだぞ、いつかきっと宇宙飛行士にもなれるんだぞって。だからわたしも、宇宙飛行士になりたいの」

思わず、口に手を押しあてた。だが、こみあげてくる嗚咽（おえつ）を抑えることはできなかった。

「おとうさんたらもう、すぐそういうことをいうんだから。なにかになりたいと思っても、そう思うだけでなれるものじゃないのよ」

「知ってる」まあ……九歳なのに、この子はなんてしっかりしてるんだろう。「すっごくがんばらなきゃいけないんでしょ？　宇宙飛行士になるには、なにをしたらいいの？」

「レイチェルがかならずしも好きじゃないことを、いろいろとやらなくちゃね。たとえば……お野菜をちゃんと食べるとか。健康で強いからだを作るために必要なのよ。それから、数学の宿題を、ぜんぶきちんと自分でやること」

「パパとおなじこといってる」

わたしは笑った。

「宇宙飛行士になりたいといったのは、レイチェルでしょ」

「ええ、そうよ」

「わたしもなりたいわねえ」番組の女の子もそういっていた。てっきり台本にそう書いてあるからだろうと思ったが、放送が終了したあと、もういちどおんなじことをいわれた。あのときは安堵ですっかり気が抜けて、ちゃんとした返事ができなかったものだ。しかしいまは、きちんと答えておきたい。「だからね、学ばなければいけないことをぜんぶ書きだして、それをかたはしから勉強していくの、一生懸命。いい？　そうしたら、いつかきっと、レイチェルとわたしとで、いっしょに火星へいけるわ」

「ほんとう？」姪の声がくぐもった。布が受話器にすれる音がしている。「エルマおばちゃんがね、いっしょに火星へいけるって！」

背景でハーシェルが笑う声がした。ついで、ふたたび兄の声が受話器からいった。

「さて、おれはいまから、あの子の模型飛行機を買いにいかなきゃならん」

「誕生日には、よさげなキットを贈るわ」

「そいつはありがたいな。ああ——そうだ。トミーの成人の儀式（バー・ミツヴァ）だが、招待状はいってるか？」

わたしは立ちあがり、電話機の基部をつかんで持ちあげた。

「ちょっと待ってて。いま調べるから」小さなアパートメントのメリットはここにある。掃除の手間がかからないのもいい点だが、部屋の反対側までコードを引っぱっていっても届くので、電話をキッチン・テーブルの上にでも載せられるのだ。「丸二日、留守にしていたものだから」

もっともらしい言い訳だったが、じつは航空（エア）ショーの準備をはじめてからというもの、郵便はほったらかしにしていたというのがほんとうのところだった。チェックしていない日数は……とにかく、何日にもなる。郵便のことまでまったく意識が向かわず、こうして調べるはめになるとは、よもや思いもしなかった。ナサニエルは分電盤からヒューズをはずそうとしていたが、暗い中でわたしが郵便を仕分けしているのを見て、もう一本、蠟燭をつけてくれた。わたしはあごと肩に受話器をはさんだまま、蠟燭を受けとった。

テーブルには郵便の束が積んである。問題の招待状を求めて、その束をつぎつぎにめくっていった。蠟燭の光で見ると、なにもかもがロマンティックに見えた。ハーシェルとの電話を切ったあとで、まだすんでいないようなら、ナサニエルにヒューズの交換を待つようにいってみよう。わたしは兄にたずねた。

「バー・ミツヴァ、いつだって?」

「十二月十五日。ドリスから伝えといてくれといわれたんだ、客室はきみたち夫婦用に用意してあるって」

「それはありがたいわね――」郵便のなかに黄色い封筒があった。表書きには、真っ赤なインクで〈未払い通知〉のスタンプが押してある。「あっ……ねえ、ハーシェル。あとでまたこちらから電話しなおしてもいい？　トミーには、夫婦で出席すると伝えておいて。きっといくからって」

たがいに別れを言いあってから受話器を置いた。だが、兄のことばはほとんど耳に入っていなかった。封筒を開き、未払い通知書をすべりださせる。何千人もの聴衆を前にしたかのように、胃がぎゅっと縮みあがった。だが、この場合の〝聴衆〟はひとりしかいない。エアショー、インタビュー、テレビ出演。あまりにも忙しすぎて、各種利用料金のことをすっかり忘れていたのである。

「わたし……わたし、電気料金を払うの、忘れてた」

自分のことばが消えたあとで、しーんと静寂がただよった。テーブルの上で蠟燭がゆらめき——そこではじめて、テーブルの花瓶に一輪のバラが挿してあることに気がついた。ナサニエルからの贈り物だ。いまはかなり高くなっているので、ひとむかしまえだったら一ダースも買ってくれたのに等しい。

「ナサニエル……ごめんね。ほんとうにごめん」

ナサニエルは作業を中断した。分電盤のふたはあけたままだ。

「おいおい、あんなに忙しかったじゃないか。気にすることなんかないよ」

テーブル上の郵便の山がわたしをじっとにらんでいる。このところ、アパートメントの掃除もろくにやっていない。そのうえ、こんどはこれだ。

「あしたぜんぶ清算してくる。ほかに忘れてることがあったら、いって」

「だいじょうぶだって」ナサニエルは手にした蠟燭を吹き消し、テーブルをまわりこんできて、わたしのそばに立った。「帰ってきてくれただけでもうれしいんだから」

そこでナサニエルは、わたしの手元の蠟燭も吹き消した。そのほうがロマンティックになると思ったのだろうが、わたしたちはふたりで立ちつくすはめになった——わたしが招いた暗闇の中で。

17

耐熱ハウスに断熱の仕組み
試験期間は二年、家賃は一カ月十二ドル

［カンザスシティ（カンザス州）発　一九五六年七月十四日］　オーエンズ＝コーニング・ファイバーグラス社は、国連気候委員会の協力のもと、合衆国、欧州、アフリカの一部について、各地域の気候に応じた住宅を百五十棟建設し、二年間の居住試験を行なう。この試験住宅は〝快適指向設計〟に基づき、庭木や格子垣（トレリス）を用いた木陰、大きくせりだした熱反射幕のひさし、屋根裏通風などを併用して、気温を低く抑えた住環境を作ろうというものである。

　ふたりでユダヤ教会堂(シナゴーグ)から家に帰りつくころには、コートを脱がずにいられないほどあたたかくなっていた。気温は二〇度以上、二五度未満くらいあるだろう。ようやく寒さを脱しつつあることを神に感謝するいっぽうで、他方では……。この気温の上昇が意味する未来がわたしにはわかっている。地球はまさに、強い温室効果のとば口にあるのだ。

　わたしがコートを腕にかけ、立って待っているあいだ、ナサニエルが身をかがめて郵便受けを開いた。郵便を取りだすため、帽子を上にずりあげる。

「ん？　なんだ、これ……」

　郵便受けの内部には、詰め物入りの大きな封筒が入っていた。大きいうえに部厚くて、郵便受けをほとんど占領してしまっている。ナサニエルは苦労して封筒を引っぱりだしにかかった。出てくるにつれ、大きく膨れあがっていくかのようだ。やっとのことで、引っかかっていた奥の角がはずれ、封筒が勢いよく外に出てきた。勢いあまってナサニエルはバランスを崩し、尻もちをついてしまった。

「だいじょうぶ？」わたしは身をかがめ、床に落ちたもう二通の封筒を拾いあげた。

「平気、平気」ナサニエルは帽子をととのえなおし、封筒を見つめて立ちあがった。「きみにだぞ」

　ほかの郵便物をハンドバッグにすべりこませる途中で、わたしは動きをとめた。

「わたしに？」

「ＮＢＣからだ」ナサニエルは郵便物を小脇にはさみ、片手で郵便受けを閉じた。ＮＢＣは『ワッチ・ミスター・ウィザード』の放送局だ。「きっとあれだな、だれかさんあてのファンレターだよ」

「ばかいわないで。たぶん出演のお礼かなにかよ」

ふたりで階段を昇りはじめる。わたしの心臓は、最初の踊り場にたどりつかないうちに、早くもどきどきしだしていた。おとなはだれもあの番組を見ていなかった——と思いたい。

アパートメントに収まり、キッチン・テーブルに大きな封筒を置く。テーブルの大半を占領しそうなほど大きい。それがコブラか同じくらい恐ろしい生きものであるかのように、わたしはテーブルのまわりをぐるぐるまわった。ナサニエルはテーブルにつき、このところ取り組んでいるロケット・ブースターの設計図を取りだしている。これはきのう、もう帰るわよとむりやりオフィスから引きずりだしたときにも見ていたものだ。

「気のせいかしら、安息日に仕事をしている人がいるように見えるんだけど……」

わたしは冷蔵庫をあけ、中をあさった。きょうのランチはなんにしよう。

「そういうきみは、安息日に料理を作ろうとしているように見えるんだけどね」ナサニエルはわたしを見あげ、ウインクをしてみせた。「結婚するときにはもう知ってたはずだぞ、ぼくが〝不届きなユダヤ人〟だってのは」

「わたしはいうべきことをいっただけよ」

「へへえ……だけどさ、安息日に料理をする以上は、安息日に仕事をする人間をとがめる資格もないいんじゃないのかな」

「いってくれるじゃない」

　わたしは冷蔵庫のドアを閉めた。夫のことばにはなににも増して、戒律を自覚し、自分がだれであるかを思いださせる効果があった。ホロコースト以降は、戒律とアイデンティティがひときわ重要に思えるようになったし、〈巨大隕石〉以降はその思いを新たにした。それというのも、祖母ならきっと、こんなときには……。

　思いがけなく、祖母を失った悲しみが強烈にこみあげてきた。

「わかったわ。料理をするのは日が暮れたあとにする。きょうの日没は九時。それまでは、あなたも仕事をしないでくれるわね？」

「ちょっと待った……きみの言い分がちゃんとわかってるかどうか確認させてくれ。仕事をやめないんなら、なにも食べさせないといってるのか、きみは？」ナサニエルは鉛筆であごをつついた。「うーん……それにはどうも、釈然としないものがあるなあ」

「あーら、ちゃんと食べさせたげるわよ。出来合いの薄切り肉の冷製（コールドカット）、罪悪感添えなどはいかが?」わたしは笑いながら、NBCからの封筒を手前に引きよせた。こういうものは、さっさと片づけてしまったほうがいい。夫の対面にすわって、大きな封筒をぽんぽんとたたく。「だいいち、わたしにはこの中身を見るという使命があるの」

ナサニエルは笑って立ちあがり、わたしのうなじにキスをした。

「わかったわかった、サンドイッチはぼくが作る。ただし、もしもぼくの読みが正しくて、それがファンレターだったら、そのときは……」

「そのときは?」

「正しかったことで報われたいな。ごほうびがほしい」

「正しかったこと自体がごほうびなんじゃないの?」わたしは大封筒をあけた。たくさんの封筒がどさどさとこぼれ落ちてきた。「あーあ」

「ほうら、な!」ナサニエルが冷蔵庫をあけた。「ほうら、な!」

「サンドイッチ、たのんだわよ、だんなさま」さまざまな封筒の宛名は、美しい筆記体で書いてあるものもあれば、クレヨンで書いてあるものもあった。とまどいながらも、クレヨンで書かれた封筒のひとつを取りあげる。その文字を見て、声を立てて笑った。「この宛名、〝じょせいうちゅうひこうし（れでぃ・あすとろのーと）〟さまになってる……正確には、〝れでぃ・あすとろのと〟さまだけど」

「こんどから、きみの愛称はそれにしよう」ナサニエルがテーブルの上にアイスティーのカップを置いた。「ライ麦パンにチキンをはさんだだけでいいかい？」

「そうねえ……オニオンもすこしはさんでもらえるかしら」〝れでい・あすとろのと〟宛ての封筒を開封し、汚れた文字練習用紙一枚に記された手紙を取りだした。「まあ……泣かせるわね、これ。聞いて。〝れでい・あすとろのとさま。わたしわうちうにいきたいです。ろけとしっぷもってますか。わたしわくりすます・ぷれぜんとにろっけとしっぷがほしいです。あなたのともだち、さりい・はあですてい〟。ロケットの絵も描いてある」

「きみが宇宙に出るまで、おねがいは待ってもらわないといけないな」背後で皿がカチャカチャ触れあう音がしだした。サンドイッチを作りはじめたのだ。「そのうち、もっと大きな郵便受けがいるぞ」

「いるかもしれない、でしょ。ハードルは高いわ。そのまえに達成しなきゃならないことがたくさんあるし」

わたしはサリーの手紙を封筒にもどし、脇にどけた。安息日が終わるまで返事は書けないが、返事を書くべき手紙はよりわけておく。すべての手紙に返事を書けるかどうかはわからない。だが、すくなくとも、サリー・ハーデスティほか、クレヨンで手紙を書いてきてくれた子供たちには返事を書くつもりだった。

夫がいった。

「そうはいうけど、絶大な信用(フェイス)を——」

「絶大な信仰(フェイス)？　あなた、不届きなユダヤ人じゃなかったの？」

「絶大な信用を置いてるんだよ、きみにはさ。信用といえば、軌道要素問題について、きみの計算力、おおいにあてにしてるぞ」

ナサニエルはパンの保存ケースから四角いライ麦パンの塊を取りだし、カウンターに置いた。

「組板(まないた)、使えば？」

「いま出そうとしてたんだ」持っていた庖丁を置き、腰をかがめてシンクの下から組板を取りだした。「思うんだが、もう月遷移軌道はいちいち計算しないで、月周回軌道の計算だけ行なえばいいんじゃないかな。そうすれば時間と資材を大幅に節減できるだろう？」

「そして宇宙飛行士の生命を危険にさらすの？　充分な試験もせずに？」

つぎの手紙を引きよせ、フラップの隙間に指をつっこんで封を切る。

〝親愛なるヨーク博士。女子でも博士になれるなんて知りませんでした……〟

「地球周回軌道の計算をスキップしようといってるんじゃないさ、月遷移軌道の計算だけスキップしようといってるんだ。いま送りだしてる無人探査機が月周回軌道に乗ったら、九月には写真を送ってくる。それがうまくいけば、月遷移軌道はもうあれでいいとわかる。しかし、有人宇宙船に月を周回させるとなると……」

〝……わたしは博士になりたいと……〟

「月をめぐるには、月周回軌道への投入と離脱も計算しなければならないのよ。これにはまったく別の軌道力学がかかわってくるわ。地球の重力圏から月の重力圏へ対処を切り替えなくちゃならないし——」

「わかってる。ぼくがきいているのは軌道力学の問題じゃない。きみはすでに、燃料消費量とフライトプランをはじきだしてくれた……ききたいのは、有人月周回ミッションを行なうにあたって、どうしても月遷移軌道を計算しなければならない理由があるのかということなんだ」

「それはパーカーにきくべきじゃないの？」

わたしはたたきつけるようにして手紙をテーブルに置いた。どうしていま、ナサニエルにいらだちをおぼえたのだろう？　自分でもよくわからない。

「しかし、あの男は物理学者じゃない。そうじゃないか？」

ああ……原因はこれね。前にも経験がある。なにかについてパーカーがまちがっていることを証明しようと助言を求められるたびに、いつもいらっとするのだ。大学時代を——

数学の授業で男子学生たちを奮いたたせるための道具に使われたあのころを——思い起こさせるからだろう。あのときの圧倒的な不愉快さをナサニエルは概念としてしか知らない。わたしが冗談めかして語る——そうでもしないと、とても口にできない——むかし話としてしか知らない。だからこういうとき、平気で助言を求めるんだわ。

わたしはゆっくりと深呼吸をして、ていねいに手紙を折りたたんだ。ついつい、親指の爪で強く折り目をしごきすぎてしまった。

「ごめん、わたしはただ……。そうね、ちゃんと答えましょう。あらかじめ月遷移軌道を計算しておかねばならないおもな理由は、軌道遷移中の燃料消費量を見誤っていた場合、クルーが地球に帰還できなくなる可能性が高くなるからよ。しかも、やりなおしはきかないでしょう」

「しかし、数学的に——」

「愛しいナサニエル……わたしは物理学者でもあるし、パイロットでもあるのよ。手順を省いてもいいといってほしいなら、わたしに持ちかけるのはおかどちがいだわ。地球に帰還するために操船する機会は一度きり。ほんのちょっとでも計算が狂っていれば、宇宙船は軌道を修正するだけの燃料が足りなくなって、地球を通り越して飛んでいってしまうかもしれないし、再突入の失敗で燃えつきてしまうかもしれない」手紙を封筒にもどした。

「そしてね。安息日には、わたしは働きたくないの」

「ファンレターの返事は書くんだろう？　字を書くのは働くことに含まれないのかい？」

ナサニエルは努めて明るい声を出そうとしていた。その気づかいに、ますますこのひとへの愛情が深まった。

「ファンレターは読んでるだけよ、返事を書いているわけじゃないわ」

ナサニエルがそばにサンドイッチを置いてくれた。パンは斜めにカットしてある。皿を置きながら、夫はわたしの頭頂部にキスをした。

「一〇〇パーセント、きみのいうとおりだな。申しわけない」

「ごめんね。ちょっときつい言いかたをしちゃったわね」

「なにはともあれ、昼めしを食おうや。そうしたら……」ナサニエルは本棚に歩いていき、一冊の本を取りだした。「きょうは読書をして過ごすことにする」

わたしは目を細め、テーブルの端に手紙の束を積みあげた。つづきは昼食のあとだ。

「表紙に〝火星〟って見えたけど」

ナサニエルは笑い、表紙をはっきりと見せてくれた。

「小説だよ。クレマンスが貸してくれたんだ。コメディだといっていた。すくなくとも、宇宙飛行の部分についてはね。これを読むだけなら、〝仕事をしない〟と見なしてもらえるかい？」

「もちろん」わたしは顔を輝かせ、夫を見あげた。「もちろんよ。ありがとう」

わたしたち全員が、なにもできないままに、〝暗い部屋(ダーク・ルーム)〟でじっとすわっていた。この二時間と二三分というもの――全員がひたすら時間経過に注目したまま、エンジニアたちが〝問題〟を解決するのを待っている――カウントダウンを再開できるようになるそのときを。ロケット自体にはなんの問題もない。だが、発射まで(T・マイナス)三〇秒の時点で自動遮断機構が働き、その状態を解除できなくなってしまったのだ。ジュピターV型大型ロケットの宇宙カプセルにストラップで固定されている三人にとっては、事態はいっそうつらいだろう。

宇宙船通信担当(CAPCOM)の部署で、ステットスン・パーカーがテニスボールを宙に放り投げた。ヘッドセットは片耳のうしろにずらしてあり、二分おきににやりと笑っては、マイクになにかを語りかけている。当面、CAPCOM(キャプコム)の仕事は、何十人もの技術者や計算者から送られてくる全情報をふるいにかけ、必要な情報だけをカプセル内の宇宙飛行士たちに伝えることだ。

いま話しかけている相手は、ジャン＝ポール・ルブルジョワだろうか、ランディ・B・クリーリーだろうか、ハリム・〝ホットドッグ〟・マルーフだろうか。三人が三人ともアメリカ人ではない。こんな組み合わせの宇宙飛行士がロケットに乗り組むのは、今回がはじめてだ。心底驚いたことに、パーカーは多国語をあやつれた。フランス語、イタリア語、そのうえなんと、ゲール語までも。

ヘレンは共有するデスクごしに身を乗りだしてきた。

「ねえねえ。今週末、〈99s〉にいく？」

わたしはかぶりをふり、デスクの自分の側に散らばったシャープペンシルをきちんとならべた。

「これが終わるころには消耗しきってるわ」

ヘレンは舌打ちし、レナール・カルムーシュと指しているチェスに注意をもどした。

ヘレンはすっかり舌打ちの達人になり、たったひとつの音で失望とあきらめを表わせるようになっている。わたしは顔をあげ、ほのかな間接光に照らされたヘレンの横顔を見た。

「なにかあるの？」

「先週、きょうの打ち上げにそなえて、英気を養いたいっていってたでしょ」

ヘレンがいいながら、ポーンを進めた。カルムーシュがフランス語で毒づいた。

「ああ、いったわね」グラフ用紙を取りあげ、デスクの縁にぴったりそろえようとした。汗で指にへばりついてしまった。「だけど、単独飛行のライセンスを取得したんだから、もうわたしがついてなくても自由に飛べるでしょう?」

　これを聞きつけて、カルムーシュが顔をあげた。

「きみ、飛べるですか?」

「飛べるですよ」ヘレンは盤面を指さした。「それより、チェスをつづける気があるの?

それとも、ただ盤面を眺めてるだけ?」

「考えています!」

　カルムーシュは盤面にぐっと顔を近づけた――駒と駒のあいだに鼻をつっこめば、局面
を打開する手が見えてくるかのように。

　ヘレンはわたしに顔をもどし、またもやデスクごしに身を乗りだしてきた。デスクライ
トは手元の紙だけを照らすように設置してあるため、デスクからの反射光を下から受けて、
その顔が不気味に見える。

「ねえ、どうして最近、〈99s〉にこないのよ?」

「わたしは――だって……新顔が増えたでしょう」中核メンバーはいまでもよく顔を出す。

アイダとイモジーンも加わってくれている。しかし、わたしの新聞記事が掲載されたうえ、

『ミスター・ウィザード』に出演してからというもの、クラブ加入者は急激に増えた。わ
たしが顔を出せば、サインを求められたり、だれかとポーズをとって写真を撮らせてくれ

とねだられたりしない日はまずない。わたしは肩をすくめ、もういちどシャープペンシルを整列しなおした。「わたしはただ……人数がすくなかったころが懐かしいかなって」

ヘレンはうなずき、指先でとんとんとデスクをたたいた。

「それは時間が解決してくれるのを待つしかないわね。あなたがこなくなったら、新参組は興味をなくすでしょう。要するに、あの連中、旅行者みたいなもんだもの」

緊張がほぐれていくのがわかった。なにもいわなくとも、わたしの恐怖を察してくれる友人たちがいるのは心強い。とくにここでは、この暗い部屋では、恐怖を口にするのに抵抗がある。ここではできるかぎり、プロフェッショナルでいたい。

やっとのことで、カルムーシュがナイトを動かした。ヘレンはゲームに注意をもどし、すかさずビショップを動かした。

「チェック」

そのとき、CAPCOMのデスクにつくステットスン・パーカーが、鋭い声で本部長に問いかけた。マイクは口から離している。

「あとどのくらいかかりそうだ？　マルーフはそろそろ祈りの時間だぞ」

「祈りたくとも、座席からは降りられまい」クレマンスがパーカーに葉巻を突きつけた。

「そんなこと、本人も望んじゃいないさ。また祈りの途中でカウントダウンがはじまるのはかんべんしてくれといってるんだ」

「カウントダウンがはじまれば、ちゃんと教えるとも」クレマンスはパーカーから顔をそらし、ナサニエルに怒鳴った。「ヨーク！　状況は！」

　ナサニエルがかがみこんでいた制御卓(コンソール)から顔をあげた。それまで受話器を耳にあて、なにかを書きとめていたようだが、よほど集中していたのだろう、眉間には縦じわが寄ったままだ。即座に手をあげてクレマンスを制し、黙っているようにと身ぶりでうながした。わたしの夫は最高だ。愛してる。

　パーカーが鼻を鳴らした。

「マルーフにはもう祈りをはじめていいと伝えておくぞ。そっちも急いでくれ」

　パーカーがマイクを口もとにもどし、宇宙飛行士たちとやりとりしだした。

　わたしは壁にかかっている大時計を見た。あと一時間もこんな状態がつづけば、今回の打ち上げ可能時間帯(ローンチ・ウィンドウ)は閉じてしまい、あすまで待たなくてはならない。打ち上げ延期は今回がはじめてではないが、けっして気分のいいものではなかった。

「チェックメイト」ヘレンが椅子の背あてにもたれかかり、腕を組んだ。「チェックメイト完了」

　フランス人は愕然として口をあけ、食いいるように盤面を見つめた。まるで敗北にいたるすべての手をたどろうとしているかに見える。わたしは立ちあがった。こわばっていた背中がバキバキいった。

「どうして負けを認めないのか、わからないわね、カルムーシュ博士」

「いつか、きっと……いつか、きっと、ヘレンを負かすこと、できるはずです。これはたんに平均の法則。ですね？」カルムーシュは盤面を見つめたまま、額をこすった。「チェックメイトを確認」

「ヨーク——エルマ・ヨーク」

そのとき、パーカーがわたしの名を呼んだ。さっきまで片手で宙に放りあげていたボールをつかみ、反対の手で手招きしている。共用デスクを照らす強い照明が、その眉の下に濃い影を作りだしていた。

ヘレンと顔を見交わしてから、わたしはパーカーのデスクをめざし、管制センターを横切っていった。ナサニエルはいまも受話器を耳にあてたまま、室内の温度があがりそうなほど熱く険しい視線をこちらに向けて、ようすをうかがっている。わたしはできるかぎり入念に無表情を装い、パーカーの前で足をとめた。

「はい？」

「すこし待っていてくれ」

　呼びつけておきながら、パーカーはわたしを待たせ、交信している宇宙飛行士のひとりのことばに耳をかたむけて、うなずきつづけた。

　わたしはその場に立ったまま、スカートのしわを直したくなる気持ちを抑え、手をもじもじ動かしそうになるのもがまんし、じっと待った。ナサニエルの燃えるような視線は、まだわたしの右半身にすえられているが、けっして夫のほうは見ないように努める。

「わかった。彼女はここにきている……うん、うん。またいっしょに乗ったときにな（エル・ス・ティヤン・イシ・ウエ・ウエ・ヴ・エ・モワ・ア・ラ・フォワ）」

　パーカーはマイクの送話ボタンを放し、椅子の背にもたれかかった。ボールを宙に放りあげてから、落ちてきたボールをぱしっとつかむ。それからやっと、わたしにいった。

「ルブルジョワ夫人がアメリカの流儀に染まっているようでな。娘さんをさるガールスカウトに入れたところ、その団体がきみに講演をしにきてほしがっているそうだ」

　わたしは二度、目をしばたたき——やっとのことで問い返した。

「わたしに？」

「そのとおり。その団体が〈レディ・アストロノート・クラブ〉を作ったそうな。たぶん、本物の宇宙飛行士（アストロノート）にきてもらいたいのだろうが、なにしろ……女の子のすることだからな。そこでかわりに、きみに講演してほしいという話になったのさ」さわやかな笑みを浮かべ、えくぼを見せた。そうすれば効果があがるかのように。「引き受けてくれるな？」

いままさに、カプセルの——本質的には巨大な爆弾と同じものの上に乗ったカプセルの——中で座席にすわる宇宙飛行士の要望とあっては、どんなことであれ、断わるわけにはいかない。たとえわたしが、フランス語をしゃべることができ、パーカーからマイクを奪う度胸があるにしても、けっしてノーとはいわなかっただろう。わたしはほほえんだ。

「いいわ。喜んでお引き受けしましょう。時期をきいてちょうだい」

パーカーがマイクに向かって、またフランス語で語りかけた。

「やってくれるそうだ（エル・ヴァ・ル・フェール）、なにを話すかは知らんがね（メ・デュー・セ・ス・ケル・ヴァ・パルレ）。たぶん宇宙の赤ん坊のことだろう（レ・ベベ・ダン・レスパス・プロバブルマン）。ご婦人らしいことじゃないか（レ・ファム・エ）？」

しばし相手の返答を聞いてから、パーカーはわたしに顔を向けた。

「夫人は屋上から見ているそうだ。詳細は打ち上げ後に夫人と相談してくれればありがたいといっている。ルブルジョワが宇宙に出ているあいだ、娘さんの注意がそっちに向いていれば、さびしがらずにすむだろうということだ」

「わかったわ。喜んで」夫人にも娘さんにも、腹はたたない。それをいうなら、ルブルジョワ本人にも。ルブルジョワとしては、夫人の気をすこしでもまぎらすために手をつくし、できるだけ安心させてやろうとするのがあたりまえだろう。わたしが同じ立場でも、やはりナサニエルに対して同じようにする。それなのに、このパーカーという男の、鼻持ちならない身勝手さときたら……。そう。わかっている。たしかにこの男は、宇宙に出た最初の人間だ。わかっている。非常に優秀なパイロットでもあり、じっさいのところ、勇敢でもある。しかし、それと同時に、自分本位の最低のクズ野郎でもある。「仕事がおわったらすぐ、家族用の見送りエリアに向かいましょう」

「それがいい」パーカーはふたたび、白い歯をきらめかせ、さわやかに笑った。「さて、ご夫君のほうはどんな状況かきいてくれるか」

「心配しなくても、問題がクリアされれば、すぐに教えてくれるわ」わたしはちらりとナサニエルを見やった。右のこめかみをさすりはじめている。よくない徴候だ。「ときに、あなたの奥さん、ぐあいはいかが？」

パーカーは下を向き、ボールをデスクの下に転がした。

「よくなった。すまんな、気をつかってくれて」

これは……これはわたしの期待した受け答えではない。

「ウォーギン家のディナーに奥さんが出席できなかったの、残念だったわね」

「ああ……まあ、つぎの機会にな」咳ばらいをした。「それより、ご夫君にきいてくれ。打ち上げ準備の進捗(しんちょく)状況を」

「もちろん、ききにいくわ」それはわたしの仕事ではない。しかしもちろん、ロケットが発射しないことには、わたしの仕事も——軌道を追跡し、計算する仕事もはじまらない。わたしはスカートのほこりを払うしぐさをし、くるりと向きを変えると、ナサニエルのもとへ歩きだした。なにはなくとも、いまのがナサニエルに話しかける口実にはなる。

夫はなにかを書きつける作業を中断していたが、シャープペンシルはまだ持っていた。ただし、強く握りしめていたため、関節が白くなっており、歯も食いしばっている。机上を見つめるナサニエルの背後では、クレマンスがいったりきたりしていた。

わたしが近づいていくのに気づいて、クレマンスが口の葉巻をとった。

「どうした？」

「パーカー大佐がききたいことがあるそうよ、クレマンス本部長」

真実ではないが、まるっきりでたらめでもない。打ち上げ状況についてパーカーがききたいことは、ナサニエルよりもクレマンスのほうが的確に答えられる。そもそも、ナサニエルはそれどころではない。クレマンスは確認することなく、パーカーのほうへ歩み去っていった。

かわいそうに、夫は手にしたシャープペンシルで自分を突き刺しそうな精神状態にある。だが、いまは手を触れることもできない。仕事中にさわろうものなら、おたがいにとり、なにもかもがいっそう複雑になるだろう。だからわたしは、しばしその場に立ちつくしていた。できることなら、電話の向こうの相手にうなずいてはうなっている夫の首をマッサージし、緊張をほぐしてやりたい。だが……。

ためいきをつき、夫に背を向け、自分の部署へ引き返した。ナサニエルにしてあげられることはなにもない。この状況では気を散らすだけだ。

カルムーシュがケースにチェスの駒をもどそうとしていた。わたしが席につき、デスクにもたれかかると、カルムーシュは顔をあげ、声をひそめてこういった。

「あのパーカー大佐……きみにあまり好意を持っていないですね」

「知ってるわ」着席するまぎわ、うしろに手をまわし、スカートをととのえた。「ねえ、ヘレン？　やっぱり、今週末、〈99s〉にいくわ。もしも――もしあなたがいっしょにきて、知らない人をセスナに乗せなくてもすむようなら」

「哎哟（アイヨ）、哎哟（アイヨ）！」

勝ち誇った笑みを見れば、訳されなくても意味はわかる。わたしも思わず、ほほえみを返した。

「よし！」ナサニエルが背筋を伸ばした。「自動遮断機構を迂回した！　カウントダウン再開だ、祈りが通じたとマルーフにいってやれ。さっそくこの蠟燭に火を点そう」

18

アルジェリアのフランス人暴動で三名死亡

マイクル・クラーク
ザ・ナショナル・タイムズ特電

［アルジェ（アルジェリア）発　一九五六年八月二十二日］　首都アルジェで行なわれたフランス人数千人によるデモは暴動に発展した。このデモは、アルジェリア市長会議長、アメデ・フロジェ氏の葬儀にともなって行なわれたもの。同議長は昨日、反宇宙計画テロリストによって暗殺された。

ルブルジョワの娘さんが所属するガールスカウトでの講演には、ベティが同行してくれることになった。これはおおいに助かった。わたしひとりでは心細くて、どうしていいかわからなかったからだ。ベティは〝最高の宣伝になる〟と大乗り気で、いったん、うちで落ちあってからというもの、大きく広げた腕でことばをすくいとるようなしぐさをしつつ、興奮した口調でさまざまな見出しを口にしつづけた。

「〝レディ・アストロノート、アストロノートの娘と対面!〟」ベティは笑いながら、路面電車内のポールを片手でつかみ、からだをスイングさせた。「カメラマンも同行させてくれればよかったのに」

わたしは停車合図のひもを引っぱった。

「ここで降りるわよ」ドアが開いた。わたしから先に、歩道へ降りる昇降段を降りていく。「まず第一に、そんなふうに呼ぶのはやめて。わたしは宇宙飛行士(アストロノート)じゃないんだから」

「だって、一般大衆はそう呼んでるのよ」

ベティは昇降段を飛びおり、わたしのとなりに立つと、コートをかきよせた。

「それはそうだけど、わたしは宇宙に出たことがないんだもの、じっさいに出た人たちに失礼だわ」

ハンドバッグから住所のメモを取りだし、歩道を歩きだす。

「ちょっとちょっと、エルマ」ベティは両手をかかげ、降参のしぐさをしながら、「女性を宇宙へ送りだすのにいちばん熱心なのは、あなただと思ってたんですけどね」

「そうよ。でも、だからといって、事実とはちがう肩書きを名乗るつもりはないの」

わたしたちがガールスカウトたちと会うカトリック教会は、わたしがふだんは訪れない、カンザスシティの新規開発地域にある。そこの談話室が対面の場だ。

幅の広いストリートの両脇には、モダンなビルが建ちならんでいた。どのビルも窓は細くて低く、壁が部厚い。このうちの半分は数階ぶんの地下階をそなえているだろう。これは〈巨大隕石〉落下のあとで普及したスタイルだ。バッカじゃなかろうか。きもしない衝撃にそなえて地下を掘るなんて。せめてもの救いは、地下階が非常に冷却しやすいことだ。

教会自体は数ブロック離れたところからでもすぐに見つかった。赤煉瓦のファサードに加えて、鐘楼がそびえていたからである。外に駐めてある車の数からすると、なんらかのイベントの最中らしい。たぶん結婚式だろう。これはいいことだ。

〈巨大隕石〉落下直後は、ある種、審判の日に対する反応に似た形で、フリーセックスが流行した。いまでもちゃんと結婚してくれる人々がいるのはすばらしい。その人たちは未来をそれほど恐れていないということだから。

その逆に、人々がこの惑星の未来に満足してしまったら、また別の問題が出てくる。

「あのね、怒らないで聞いてね」ベティがわたしの腕をとった。「にこにこしてなさい。

はい、にっこり笑って」

「いったい、なんの――?」

教会に面する歩道にはレポーターがあふれていた。背筋と腕の内側を冷や汗が流れた。ベティに腕をつかまれていなかったら、とっさに逃げだしていただろう。胃がひくついている。その場で吐かないためには、つばを呑みこむ必要があった。

「笑って、笑って、エルマ」わたしの腕をとったまま、ベティが耳にささやきかけてきた。自身も満面の笑みを浮かべている。「いまはにこにこしてなきゃだめ」

「カメラマンひとりでもいやだといったのに――あれはあなたの手配?」

わたしはベティの手をふりほどいた。心臓がパンチング・ボールのように肋骨(ろっこつ)を殴りつけている。もういまにも泣きだしそうだ。こんな不当な所業があるだろうか。腹がたつ。冗談じゃない。わたしはレポーターの群れに背を向けた。

「ここで逃げるわけにはいかないのよ。エルマ、エルマ……ガールスカウトの女の子たちが待っているんだから、エルマ、その子たちの気持ちを踏みにじってはだめ。それにね、あそこには宇宙飛行士の娘もいるのよ。その父親は、いま――」

「冗談じゃないわ」そう、ミスター・ルブルジョワの娘が会いにきてくれといったのは、父親が宇宙に出ているあいだ、心細いからだ。「冗談じゃない」

やむなくわたしは、カメラに顔を向けた。全員の期待に応えるために——そして、八人の女の子たち、厚紙とアルミ箔で作った宇宙ヘルメットをかぶっている女の子たちの気持ちに応えるために。

「エルマ……おねがいだから怒らないで」ベティはわたしのそばにとどまり、笑顔を張りつかせたまま説得をつづけた。「おねがい。事前に話せば、断わられるのはわかってたわ。だから、ないしょで手配したの。あなたはカメラ映りがとてもいいのよ。おねがいだから、怒らないで」

わたしはベティに、とびきり晴れやかな——ステットスン・パーカーもはだしで逃げだすほどの——極上の作り笑いを向けた。

「安心なさい。わたしがいま怒る理由がどこにあるの？」

ひとりの小さな女の子。たったひとりの小さな女の子のために、わたしはここへやってきた。わたしは意志の力をふりしぼり、カメラの列には目もくれず、こっちを見てと叫ぶカメラマンたちの声を無視して、ほほえみを絶やすまいと努めた。ひとりの小さな女の子。その名はクレール・ルブルジョワ。女の子の父親は宇宙にいる。

宇宙に出てから一四日後、ルブルジョワ、クリーリー、マルーフの三人は、ぶじ地上へ帰還した。すべての目的を果たせはしなかったものの、月着陸船が月面探査ミッションを行なうのに必要な期間、乗員の生命を維持できることを証明するという主目的は達した。わたしたちがなすべきつぎの仕事は、月面に人間を送りこむことだ。

　バシーラと共有するデスクについたわたしは、そばに爪先で立ったエンジニアがせわしなくからだを上下に揺すりつづけるのを無視しようと努めた。この男がやってきたとき、椅子を勧めはしたのだが、当人はひどく興奮していて、すわろうとしなかったのだ。わたしは左手で額を支え、さりげなくこめかみを押さえながら、クラレンス・〈浮き足くん（バブルズ）〉・ボビエンスキーが持ちこんできた、最新のエンジン・テストの数値に見入った。わたしはけさ、始業前にラジオ出演してきた。ふだんより二時間も早起きしたため、ずっと頭痛に悩まされている。左目に端を発して、頭全体と首の付け根にかけての筋肉が痛い。

　この頭痛が疲労によるものでないことには確信があった。問題はそこだ。

「ねえ、〈浮き足くん〉、これだと性能がよすぎるわ」

「わかってる！」ボビエンスキーは持ってきた紙を指し示した。指先の爪は嚙み痕だらけだ。「だから計算室へ検算してもらいにきたんじゃないか」

　わたしはかぶりをふり、シャープペンシルの先で計算機の吐きだした数値を示した。

「でも、計算ミスはどこにもないのよ」

「たのむよ。あの計算機、室温が一八度を超えると計算がおかしくなるんだ」ボビエンスキーのシャツのカフは、鉛筆の文字にこすりつけられて灰色になっていた。「だもんで、計算の女王（コンピュートレス）さまが必要なんだよ」

計算室の女性全員の総意として、わたしたちはこの呼び名をきらう。わたしは顔をあげ、ミセス・ロジャーズから学んだ冷徹な視線をボビエンスキーにすえた。目の隅で、ヘレンも同じようにしているのが見える。

「必要なのは計算者（コンピューター）でしょ」

ボビエンスキーは手を横にふり、わたしの訂正には気づきもしていない顔で語をついだ。

「手伝い、たのめるかい？」

「げんにこうして手伝ってあげてるじゃないの。いまいったように、この計算にはなんのミスもないわ。データセットの初期値にエラーがまぎれこんでいるんじゃないかしらね。でなければ、あなたはおそろしく効率のいい燃料充塡（じゅうてん）構造を発見したことになるわよ？」

固形燃料の中心軸に星形の溝を設けることで、燃焼効率を大きく向上させることは可能だ。じっさい……。「この構造は、前にハラルド・ジェイムズ・プールが提唱した理論を思いださせるわ」

「それ！」爪先立ちでからだを上下に揺すりつつ、ボビエンスキーは叫んだ。その背後で、マートルが口を押さえ、笑いをこらえている。この男が計算者のあいだで〈浮き足くん（バブルズ）〉と呼ばれているのには、それなりの理由があるのである。「それだよ！　だから、きみに計算しなおしてほしいんだ、ちゃんと理屈がわかってる人だからさ。あの計算機ってやつには理屈がわからない。だいたい、そうだ！――きみ、博士号持ちじゃないか！」

　ここに就職して以来、仕事場で学位を口にされたのははじめてだった。もちろん、ミセス・ロジャーズはわたしの資格を知っている。だが、面接のときを除いて、仕事場で学位を口にした記憶はない。たとえそのほうが説得に有利な場合でもだ。たぶんボビエンスキーは、『ミスター・ウィザード』を見たか、『ABCヘッドライン・エディション』を聴いたかしたのだろう。

　博士号を所有しているからといって、計算者として優秀なわけではないし、だいたい、学位をひけらかすのは虚勢に思えてならない。ちゃんとした物理学の素養がある者なら、学位のあるなしに関係なく、わたしたちがここでしている種類の仕事はできる。それに、計算室に所属する女性のなかには、大学を出ていない者も何人かいる。

「わたしの学位なんて、ここでは関係ないでしょう」わたしは〈浮き足くん〉が持ってきたプリントアウトの束をぱらぱらとめくった。「オリジナルのデータはあるの？」

「もちろん！」ボビエンスキーは、〝なんて馬鹿なことをきくんだ〟といわんばかりに、肩をすくめてみせた。わたしはほほえみを浮かべ、〈浮き足くん〉がデータを出すのを待った。ほどなく、ボビエンスキーは指を鳴らし、両手の人差し指をわたしに突きつけて、

「あっ、そうか！　きみのほうで必要なのか！　そうかそうか、わかった。データは研究室にあるんだ、とってこなきゃ。すぐもどってくる」

「よろしくねー」

　机上にプリントアウトの束を積みあげるわたしをよそに、一歩ごとにネクタイをひらひらさせながら、〈浮き足くん〉は計算室を飛びだしていった。

〈浮き足くん〉が部屋を出ていったとたん、ほとんどすべてのデスクからくすくす笑いがあがった。〈浮き足くん〉はみんなから愛されている。ただし、ときどき、あんなふうに残念しごくなエンジニアになる。わたしたちのあいだでささやかれることわざにいわく、〝エンジニアは問題を産む。計算者はそれを解決する〟。それでは、〈浮き足くん〉は？　このことわざにいうエンジニアの典型だ。

　バシーラが椅子を引き、はじけるように立ちあがると、その場で足踏みをするようにして跳ねながら、アメリカ式の英語を強調して〈浮き足くん〉のまねをした。

「ぼかー、計算の女王（コンピュートレス）さまの力が必要なんだよう。どうかお助けを！　計算の女王（コンピュートレス）さまが必要なんだよう！」

「〈浮き足くん〉の心に祝福を」これは〝クソったれ〟の婉曲的な表現だ。わたしは笑い、椅子の背もたれに背中をあずけた。「まあ、あれで悪気はないのよ」

「あんたもきついわねえ」マートルが自分のデスクを離れ、わたしのところへやってきた。

「ところで、まじめな話、あの子が持ってきたのって、どんな数字？」

わたしはプリントアウトの束をマートルのほうへすべらせた。マートルがぱらぱらとめくりだす。マートルのひじのそばにヘレンが顔をつきだし、小首をかしげてプリントアウトを覗きこんだ。

「パンチカードを穿孔する時点で転記ミスがあったにちがいないわ」

「だからオリジナルのデータを持ってきてといったのよ。どこでまちがえたか見つけだすのに、どのくらい時間がかかると思う？」

おりしも、ナサニエルが計算室に入ってきた。くすくす笑いは収まり、全員が仕事モードに復帰した。ナサニエルはわたしの夫だが、統括エンジニアでもあるからだ。わたしは自分の席に帰っていくヘレンにウインクし、夫のほうへ全面的に注意を向けた。

ナサニエルは口を引き結んでいた。あごの筋肉もこわばっている。なにかを真剣に考えているのか、眉間には険しいしわが刻まれていた。手には丸めた雑誌を持ち、歩きながらそれで太腿をたたいている。

「エルマ。ちょっとオフィスで話せないか」

「いいわよ」デスクから椅子を引きつつ、バシーラの視線をとらえ、ことづてをたのんだ。「わたしがもどってくる前に〈浮き足くん〉がきたら、オリジナルのデータをデスクに置いていってと伝えといて」

ナサニエルのあとにつづいて、計算室を出る。計算室のほかの女性陣は、わたしたちのほうを見ないようにと、むなしい努力をしていた。ナサニエルは背中をこわばらせたまま、自分のオフィスにつづく廊下を大股で歩いていく。わたしはリノリウムの床にヒールの音を響かせ、小走りにあとを追った。

わたしがオフィスに入るとき、ナサニエルはドアを押さえていてくれたが、その視線はずっと床に向けられたままだった。そのあいだも、あごの筋肉がこわばったりほぐれたりをくりかえしていた。そのリズムに合わせて、わたしの心臓もどきどきしてきた。最後にナサニエルがこうも怒っているところを見たのは、ある女性計算者に乱暴を働いたかどでリロイ・プラケットをクビにしたときだ。

ナサニエルのオフィスは、いつものように整理された混沌が支配していた。壁の一面にかけられた黒板は、月周回軌道に関係する数式らしきもので埋めつくされている。宇宙計画のつぎの段階を考えれば、これは当然だった。ナサニエルはほとんど音を立てないようにして、慎重にドアを閉めた。

それから、部屋を横切っていき、雑誌をデスクの上に放りだした。デスクに載った雑誌は自然と広がって――Ｌｉｆｅ誌の表紙があらわになった。わたしが取りあげられた号だ。表紙を飾らなかったのは幸いだが、ガールスカウト訪問の記事には一ページが費やされていた。時がたてば、わたしも自分に不意打ちを食らわせたベティのことを――おそらくは――許すと思う。わたしにとって、人の注目を浴びるのがどんなに恐ろしいことなのか、ベティは知らなかったのだから。しかし、もういちどあんな立場に追いこまれたら、パニックを起こさずにすむはずがない。そして、自分の書いた記事が全国的に注目されて有頂天になっている以上、ベティはまた同じことをやりかねない。

ナサニエルがネクタイをゆるめ、なおも床を見つめたまま、切りだした。

「エルマ。ぼくは猛烈に怒っている。きみに対してじゃないぞ。きみに怒っているように聞こえるかもしれないが、そうじゃない」

「なんだか……おだやかじゃないわね」

わたしはデスクのそばにある椅子に腰をおろした。ナサニエルも自分の椅子にすわってくれればいいのだが。

ナサニエルはのどの奥でうめき、髪をかきあげてから……依然として立ったまま、腰に手をあて、反対の手で自分の首筋をつかんだ。

「あのクソったれの（ファッキング）大馬鹿野郎め」

「ナサニエル！」

露骨なFワードに対するわたしの反応は、母からの永遠の刷りこみによるものだ。

「クソったれの。大馬鹿野郎だ」ナサニエルは顔をあげ、にらみつけるようにしてわたしを見た。「このクソったれな一時間ほど、あのノーマン・クソったれ・クレマンス本部長野郎のオフィスにいたんだがな。あのクズ野郎め、クソったれにも、こうぬかしやがった。そのまままくりかえすぞ。〝おまえの女房をなんとかしろ〟。ぶん殴られなかっただけでもありがたく思えってんだ、あのクソ野郎」

　わたしは愕然として口を開いた。ひくつきぎみの笑みが浮かんできた。

「本部長、なんといったんですって？」

「〝おまえの。女房を。なんとかしろ〟だ」ナサニエルは両手をぐっと握りしめ、こぶし同士を押しつけると、額にあてがった。「〝おまえの女房の〟――くそっ、あのゲス野郎」

「待って――それはこの雑誌が原因？」自分がじかにいわれたのなら、わたしも憤慨していたかもしれない。しかし、夫のようすを見るにつけ、これのせいでナサニエルの立場が悪くなったのではないかと気が気ではなかった。「それとも、ガールスカウトの集まりに出向いたこと自体が問題？　あそこでは、とくになにも……わたし、なにかまずいことをいってた？」

ナサニエルはデスクから荒々しく雑誌を取りあげた。

「これか？　こんなのはまるっきり問題じゃない。問題なのは、あのクソ野郎が能なしの腰抜けだということだけだ」

「まさか、本人にそういったわけじゃないでしょうね？」

朝からずっと悩まされてきた頭痛が、ここにきて一挙に悪化し、右目まで痛みだした。

「いっていない」ナサニエルは顔をしかめた。「いってはいない。ただ、きみと話をするとはいった。だからこうしてる。話をしてる」

「もうインタビューは受けないわ。今夜、家に帰ったらすぐ、話がきているところに連絡してキャンセルする」

「受けない？　そんなこと、いわないでくれ」

「だって、それであなたの仕事に支障が出るなら……」

ナサニエルの怒りは恐怖に変わった。

「いや――そうじゃない。きみのせいじゃない。きみに対して怒ってるわけじゃないんだ。心得違いはクレマンスのほうなんだから。だいいち、きみは仕事でやってるんじゃないか。

あのゲス野郎ときたら、〝わたしは宇宙計画から女性を締めだしているとの批判にさらされている、きわめて影響力の強い人々から女性を参画させるよう圧力を加えられている〟とわめくばかりだ。そして自分に批判的なのはみんな、きみへのインタビューをテレビで見るか、ラジオで聴くか、新聞や雑誌で読むかした連中ばかりだとほざきやがる」

胃がぎゅっと縮みあがった。

「ほんとうに、ごめんなさい」

「きみはまちがったことなんかしちゃいない。なにひとつ」

「でも、それであなたの仕事に支障が出るなら……わたしもね、波風は立てたくないの」

わたしは両の手の平で宥めるしぐさをした。が、その手が震えていたので、急いでひざの上に降ろした。またしても大学時代と同じパターンになりつつある。わたしがなにか目だつことをするたびに、だれかが怒るのだ。しかも今回はナサニエルにまで累がおよぼうとしている。「もうインタビューは受けない。もういいの。もうやめる」

「だれもやめてくれなんていってないだろう！」

「わかってる、そんなあなただから愛しているの。でもね――」わたしはごくりとつばを呑みこんだ。のどの奥に苦いものがこみあげてきた。この部屋は暑すぎる。頭痛が悪化し、右目に緑と白の線が何本も見えはじめた。「これは本気よ。わたしはなにかを証明したくなんかないの。このまま突き進めば機構の士気にかかわるわ。集中を削ぐことになるわ。現任の宇宙飛行士たちは、わたしを宇宙に出したくないのよ」

「きみをガールスカウトのところへ話しにいかせたのは当のパーカーじゃないか！ そのパーカーでさえも、きみが『ワッチ・ミスター・ウィザード』に出演したことに多少の嫉妬は口にしたものの、きみのすぐれた広報活動は評価していた。あの男なりの、いつもの嫌味な言いかたでだが」

「あのひとも番組を見たの？」気がつくと、わたしは立ちあがっていた。いつ立ちあがったのかは憶えていない。だれもかれもが、あのテレビでわたしを見たというの？ 緊張のあまり胃が火を噴いて、食道から打ち上げられてしまいそうだった。呼吸をととのえようとしたが、システムの全系統が異常をきたしている。「もうやめると伝えて。パーカーにそういってちょうだい、つぎはパーカーを呼んでとドンにたのむからって。ほんとうに、申しわけなかったわ。わたしが申しわけないと思っていると、あのひとに伝えて」

　ナサニエルはまじまじと、おかしなものを見るような眼差しでわたしを見つめた。わたしはなにもかもだいなしにしつつある。ナサニエルのあんぐりあいた口、左右の眉尻をさげて、はじめてわたしを見るような眼差し――。

「エルマ……」

吐いた。大きな音を立て、その場で嘔吐した。昼食に食べたわずかばかりのランチは、ナサニエルのオフィスに敷かれたリノリウムの床に消化しかけの塊となって飛び散った。ナサニエルがたじろぎ、あとずさる。またしても、胃がひくついた。こんどはかろうじてゴミ箱にたどりつき、その中に吐いたものの、運悪く、このゴミ箱は目の粗い金網タイプだった。

「なんてことだ……」

ナサニエルがうしろからわたしの両肩に手をかけ、からだを支えてくれた。また吐いた。すすり泣きながら、またもや吐いた。

「ごめんなさい。ごめんなさい。ごめんなさい。ごめんなさい」

「エルマ……エルマ、愛しいエルマ。いいんだ。あやまらなくていい。いいんだ。きみはなにもあやまるようなことをしていない」

顔にたれたわたしの髪を、ナサニエルはそっとかきあげて、小声でささやきつづけた。夫がほかになんといっていたのか、記憶にない。

それでも、やっとのことでナサニエルはわたしを落ちつかせ、自分の椅子にすわらせた。そして、わたしの目の前にひざをつき、わたしの両手を握った。このとき、ナサニエルがどんな顔をしていたのかわからない。わたしはすっかり恥じ入ってしまい、うつむいていたからだ。

脳の奥のどこかに残っている理性的な部分が、しっかりしろと叫んでいた。いや、非合理な部分だろうか。というのは、そう叫んでいるのは、いかにもいらだたしげな母の声だったからである。

〝エルマ！　人さまにどんな目で見られると思ってるの？〟

ハンカチで涙をぬぐう。いつハンカチなんて出したんだろう？　ああ、ナサニエルが出してくれたのね。布地の一角にダークブルーの糸で、〝NDY〟とナサニエルのイニシャルが刺繍してある。結婚当初、家庭的なことをしたいというめったにない発作につき動かされて入れたものだ。

「……ごめんね」

「いいんだよ。いいんだ。ぼくが悪かった。もうすこし頭が冷えるまで待つべきだった」

ナサニエルはわたしの両手をぎゅっと握った。「エルマ、きみに対しては怒ってなんかいない。ほんのすこしもだ。きみはなにひとつ、まちがったことなんてしちゃいないんだから」

「でも、仕事で迷惑をかけてばかりだし。電気代も払い忘れたし、ガス代の払いも遅れたし。家事だって、皿を洗って、ベッドメイクするくらいだし。そのうえ、仕事に集中できなくなってるし。いくら自分から進んでトラブルを招いたわけではないといっても――」

「わかった。もうやめよう。な？　たのむ……」ナサニエルはわたしの手をひときわ強く握ってから、立ちあがった。「エルマ。エルマ？　４４１掛ける４８はいくつだ？」

「２１１６８」

「割る１２は？」

「１７６４」呼吸がすこし楽になった。

「１７６４の平方根は？」

「４２」

「オーケー。だいじょうぶだな」ナサニエルはわたしの頬から涙をぬぐった。「ぼくを見られるか？」

わたしはうなずいたが、重力で引っぱられているかのように、どうしても視線が下を向いてしまう。大きく息を吐き、その息を推進剤にして顔をあげた。

ナサニエルのスカイブルーの目が、苦悩と心配とでひどく曇っていた。

「ぼくはきみを愛してる。きみを誇りに思ってる。その気持ちを疑わせるようなことをしてしまって悪かった」

「そんなこと。わたし……」手の甲で目をぬぐう。「これはただ……ごめんなさい」

「きみの〝ごめんなさい〟を受け入れたら、もうあやまるのをやめてくれるかい？」ナサニエルはほほえもうとした。だが、その声は心痛でかすれていた。「うん、このさいだ。きょうはもう仕事をやめて、家に帰ろう」

「ううん――あなたを仕事場から引き離すわけにはいかないわ。それに〈浮き足くん〉の計算もしてあげなくちゃいけないし。わたしがもどらなかったら、ミセス・ロジャーズは計算の担当を組みなおさなくちゃならないでしょう。そんな迷惑はかけたくないの」

ナサニエルはわたしの唇を指先でなぞった。

「それじゃあ、帰るのはやめにしよう。それでいいね？　だけど、以後はずっと、ぼくのそばにいてくれ。きみに計算をしてもらわなきゃならないことがあるし。いいだろう？　手伝ってもらえるね？」

わたしはうなずいた。このひとの役にたちたかった。計算なら力になれる。ナサニエルがしてほしい計算はぜんぶできる。

「よしきた。では、エルマ、ここに……」ナサニエルは立ちあがってデスクの向こうにまわりこんでいき、一枚の紙を見つけだすと、わたしのほうへすべらせてよこした。「……ここに月着陸に必要な装置のリストがある。知りたいのは、そのリストのすべてを月に送りこむのに、何回打ち上げをしなきゃならないかだ」

わたしは椅子をデスクに引きよせた。

「想定するのはどのタイプのロケット?」

「ジュピター級で。もっと効率のいいロケットが出てくれば話はべつだが」ナサニエルはわたしの背中に手を置いた。「さ、ここにすわっていてくれ。すぐにもどってくる」

19

宇宙での出産に芽
——心理学者が確信、人間は
新環境に適応した子を産める——

グラッドウィン・ヒル
ザ・ナショナル・タイムズ特電

［ロサンジェルス（カリフォルニア州）発　一九五六年九月十九日］　本日、指導的な宇宙科学者たちの会合で、科学者夫婦チームが宇宙空間を航行するさい、目的地への途上で子供を儲ける可能性について、真剣に提案がなされた。

計算の結果、月面着陸ミッションを成立させるには、ジュピター・ロケットを五回打ち上げる必要があることがわかった。これが開発中のシリウス級なら、二回打ち上げるだけですむ。計算がおわるころには、ナサニエルはわたしが吐いたものを処理し、掃除もすませ、レモネードを持ってきてくれていた。そして……。

　わたしはやっと理解した。ナサニエルが数式を与えたのは、わたしを冷静にさせるためだったのだと。

　賢明な選択ではあった。数式は例外なく、まちがっているか合っているかのどちらかだ。その確実さは生命線となり、わたしを……正気へ連れもどしてくれたのだと思う。ここまで取り乱したのは、ずいぶんひさしぶりのことだった。ナサニエルと仲よくなってからははじめてだ。すくなくとも、これほどひどく取り乱したことはない。これまではパニックを起こすといっても、かわいらしいものだった。逃げだしそうになること。どっと流れる冷や汗。テレビに出る前にひとしきり吐いたこと——せいぜいそのくらいでしかなかった。

　こんなことばかりずるずる考えていても、すこしも建設的ではない。わたしはふたたび数字をチェックした。数式は美しいほどに正しかった。ゆっくりと、大きく息を吐きだしてから、シャープペンシルを置き、顔をあげた。

ナサニエルはデスクの反対側に引きよせた椅子にすわっている。このデスクはふたりで使うようにはできていないので、背中を丸めた格好でデスクの上に身を乗りだしていた。その無理な姿勢と心配の表情は、怪物像を象(かたど)った屋根の樋嘴(ガーゴイル)を思わせた。デスクには報告書が置いてあり、ナサニエルはそれを読みながら、シャープペンシルでデスクの表面をこんこんとたたいている。

「……もうだいじょうぶだと思う」とわたしはいった。

ナサニエルはシャープペンシルを置き、わたしをしげしげと見た。

「その数式について、なにか意見はあるかい？」

「いうべきことはほとんどないわね」

ナサニエルはのどの奥でうなり、うなずくと、ふたたびデスクをこんこんとたたいた。

「ひとつ質問してもいいかな？」

「もちろんよ。どうぞ」

「不愉快になったら、すぐに話題を変えるから」

「いったでしょ、もうだいじょうぶ」

ナサニエルは両手をかかげ、降参のしぐさをした。

「オーケー。わかった」両手をデスクの上に降ろし、咳ばらいをして、「きみがなぜ自分から切りださなかったのかは理解している。だからこれは、動揺しているんじゃなくて、心配しているからだと思って聞いてほしい。その……予定日はいつかわかるかい？」

「予定日？　なんの？」わたしは数式を見返した。打ち上げ予定日？　そんなパラメータはどこにも……。そこでやっと、脳の働きが追いついてきた。わたしは声をたてて笑った。

「妊娠なんてしてないわよ」

「自分がその答えで安心したのか、いっそう心配になったのか、よくわからないんだが。たしかなんだね？」

「だって、わたし……先週はずっと、あの日だったもの。憶えてるでしょう」

「ああ、そうか」ナサニエルは自分の額をさすった。「しかし、そのあとで妊娠したなんてことは？　つまり……終わってから仲よくしたろう？」

　それも、一度ではない。

「そういうんじゃないの」

「それに、このところ、しょっちゅう吐いてるよな」

　慎重に隠してきたつもりだったが、甘かったようだ。

「ええ。気づかれてないと思ってたわ。これはね……妊娠のせいではないの。これは……そういうたぐいのものではないのよ」

ナサニエルはじっとわたしを見ている。その心の中で形をなしつつある疑問が手にとるようにわかった。それがみるみる室内の空間を埋めつくしたように感じられて、呼吸がつらくなった。

「それじゃあ、その〝これ〟は、どういうたぐいのものかいえるかい？」

深呼吸をした。これってどれ？　といって逃げたい思いが強いいっぽうで、あいまいなまま夫を悶々（もんもん）とさせておきたくはない気持ちも強い。この問いにちゃんと答えなければ、ナサニエルはいっそう心配するだろう。

「前にね……前に、わたしが大学のクラスでひときわ年齢が低かった話、したでしょう？ああ、憶えてくれたわね。あのとき、おもしろおかしく話をしたのは、そのほうが楽だったから。でも、じっさいには……かあさんは〝これ〟を〝呪縛（じゅばく）された〟と呼んでいたわ。そんなにしょっちゅう起こりはしなかったし、もう何年も起こってはいなかったんだけど。わたしはただ……ごめんなさい。あんなところ、あなたに見られたくなかったわ」

「ぼくがきみを心配していることだけはわかってくれるね？」

ナサニエルは手を伸ばし、わたしの手を握った。

「わかってる」おおむねのところは。わたしの脳の科学的な部分は、いま起こっていることをちゃんと説明できる。「ときどき不安でしかたなくなるの――それで、あんなふうに……一八のときほどひどくなったことはなかったんだけど」

わたしは男子学生のひとりに対して——指導教授の依頼で——数学を教えさせられた。その結果、〝教えかたが悪いから成績があがらないんだ〟と、半年間、責めたてられた。一八のわたしはそれを信じた。一八のわたしには断われなかった。その学生の話は、ナサニエルにもしたことがある。そのときは、冗談めかした形をとり、実情を話さなかった。ほんとうは、ことあるごとにトイレに駆けこんでは、ひとしきり泣き、顔を洗って、また個人授業をつづけるということをくりかえしていたのだが。

そして、ある晩、とうとう、それ以上はつづけられなくなった。

あのときのトラブルに関して、ひとついえることは——たぶん、すでに語ったと思うのだが——当時、やはりスタンフォード大に在籍していたハーシェルは、ほんとうにいい兄だということだ。両親にあのときのつらさを話したことはない。もっとも、あとからふりかえれば、報告しておくべきだったのだろうが。いずれにしても、そのトラブルは、まさに母が恐れていたとおりの事態だった。一四歳で入学したわたしはとても繊細で、一八になっても大学でのストレスと折りあえずにいた。ただ、自分の窮状を隠すのは得意だったので、兄から聞いていたのでないかぎり、両親が実態を知っていたとは思わない。

「わたしね……怖いの。聴衆に語りかける必要が生じるたびに、吐き気をおぼえてしまう。

母の人柄と、あの〝人さまにどんな目で見られると思ってるの？〟、憶えてるでしょう」

ナサニエルはうなずいた。しかし、それ以外にはいっさいからだを動かさず、じっとわたしに視線を注いでいた。

「たぶん……母が人の目を気にしていたのは、身分ちがいの結婚をしたからだと思うのよ。むかしは知らなかったけれど。知っていたのは、完璧でいなくてはならないということ。いつでもね。だから、だから……こんどみたいなことが起きたら――その……」

「クレマンスの反応が、すなわち世間の反応だと思ってしまうわけか」

両手で口をおおい、わたしはこくりとうなずいて、必死に泣くまいとした。泣くのは弱さだ。子供のすることだ。あるいは悲しいときにすることだ。わたしは父の娘、しっかりしなさい。ナサニエルはもう充分に心配してくれた。これ以上、涙にくれるところを見せてはだめ。

ナサニエルは立ちあがり、デスクをまわりこんで目の前にやってくると、椅子のそばにひざをつき、両腕でわたしをひしと抱きしめた。

「そんなことはないさ。いいかい？　あの野郎がきょう、ぼくを呼びつけたのは、世間がきみのことを、聡明な人、勇敢な人、楽しい人、親切な人だと見ているからだ。みんな、きみのようになりたいんだよ。ブラナン大統領がいったことば、知ってるかい？」

　わたしはかぶりをふった。両手は口にあてたままだ。

「クレマンスの話だと、ブラナン大統領はこういったそうだよ――〝娘から、どうしてわたしは宇宙飛行士になれないのときかれてしまったよ〟とね」

　わたしはすこし笑った。

「そう。それは楽しいやりとりだったでしょうね」

「そこで大統領は、娘さんに、〝なぜ宇宙飛行士になりたいんだい〟とたずねた。すると娘さんはこういったそうだ。〝ヨーク博士といっしょに宇宙へ出たい。あのひとみたいに、レディ・アストロノートになりたいの〟」

　ここにいたって、泣くまいとする必死の努力はとうとうついえた――完膚（かんぷ）なきまでに。しかし、こんどの涙は、さっきまでの涙とはまったく性質を異にするものであり、歓迎すべきものだった。ナサニエルもわたしといっしょに泣いてくれている。ああ、わたしはなんてすばらしい人と結婚したのだろう。

　このとき、わたしたちの姿を見た人がいるとしたら、悲しみにむせんでいるように思ったかもしれない。しかしそれは、この数カ月来、もっとも幸せなひとときだった。


　知らないうちに、産婦人科の予約をされていた。よほど夫を心配させていたのだろう。

夫を責める気はない。腹がたちはしたが、責める気は毛頭なかった。ナサニエルは強引にわたしをクリニックへ連れていき、待合室で待った。わたしが許可しさえすれば、いっしょに診察室まで入ってきかねない勢いだった。

さすがにそれにはダメを出したが、わたしはいま、検査着に着替え、背もたれを倒した検診台にすわり、大きく開いた脚を左右の支脚器にのせた格好で、見も知らない男により、自分の下半身に対して、およそ口にはできないことをされている。信じがたいが、これは現実だ。せめて器具を温めておいてほしいと思うのは、過大な願いだろうか。

医師がキャスターつきの回転椅子をうしろにすべらせた。

「もう起きあがってけっこうですよ、ミセス・ヨーク」

医師のことばには美しいスコットランド風のアクセントがあり、ほんのすこしだけだが、この医師の見た目がもたらす恐怖感をやわらげてくれた。細身でいかめしい感じの医師はじっとわたしを見つめている。げじげじ眉の下から覗くのは淡いブルーの目だ。女ならではの屈辱を忘れたいせいか、わたしの意識はついついそんなところへいってしまった。

医師は咳ばらいをし、カルテに向きなおった。

「拝見したところ、妊娠していないことはまちがいありません」

「知っています。でも、ありがとうございました」

「ときに、嘔吐について、もうすこしくわしく教えていただけますか」

医師の鼻はタカの嘴（くちばし）のように鋭く曲がっている。

「嘔吐？」

「予約なさるとき、ご主人がおっしゃっておられましたので」

ナサニエルときたら、よけいなことばっかり！　わたしは口を引き結び、ぎりっと歯噛みしてから、むりやり笑みを浮かべた。

「ああ、たいしたことじゃないんです、ほんとうに。世の夫というのは心配性ですから」

医師は椅子を回転させて、くるりとわたしに向きなおった。

「ご主人の干渉をお怒りになるのはご自由にどうぞ。しかし、病気かどうかを見きわめるために徴候をおたずねしているのですから、なにごともなかったかのようなそぶりで問診をかわすのはいかがなものでしょうか。医師としては、嘔吐の頻度と性質をうかがわなくてはなりません。でないと、それがなんらかの病気と関係がないという確証を持てないのです」

「ああ、なるほど」わたしは自分の額をさすった。この医師は、ナサニエルの早とちりとは無関係に、実態を確認しておきたいだけなんだ――わたしが数字を計算機にかける前に、オリジナルの数字を確認しておきたいのと同じように。もちろん、夫は機械ではないが、この場合、エラーを吐く計算機と同じ立場になったことになる。「あれは……あれは病気のせいじゃないんです。おおぜいの前で話をしなくてはならないとき、ひどくナーバスになってしまって――それだけのことです。ティーンエイジャーのころから、ずっとそうでした」

「人前で話をする前にかぎってですか？」

「ときどき……ときどきですが、あとにもあります」

わたしはうつむき、検査着の裾をもじもじといじった。

「ほかにそうなるときはありますか？」

「たとえば……それほど頻繁に起こることじゃないんですが……」あのときのことをこんなふうに打ち明ける心の準備はできていなかった。あのときのことを思いだすと、恥ずかしさで頰がほてってしまう。「……何度かあるんです……自分が、その……ひどく途方にくれた？　ように感じるときに。自分がたくさんミスをしたような、自分が……縮んでいくように？　感じるときに、吐き気をおぼえてしまって」

医師はのどの奥でうめいたが、わたしの告白そのものにはなにもいわなかった。

「いままで、そのような精神状態について、治療を受けたことは？」

わたしはかぶりをふった。ハーシェルは医師に診てもらうべきだといったが、わたしとしては、診てもらった結果、大学に不適格だと宣告されるのが怖かったのだ。あるいは、両親に報告されることが。報告されれば、結局は同じことになっていただろうから。

「呼吸がしづらくなることはありませんか？　冷や汗が流れることは？　動悸が速くなることは？　つまり、嘔吐する前にです」

みずからの意志を持っているかのように、顔がひとりでにあがった。

「ええ、ええ。あります」

医師はうなずき、処方箋の用紙を引きよせた。

「原因は不安ですね。こういう時代です、驚くにはあたりません。新聞はいまを〈隕石の時代〉と呼んでいますが、わたしが思うに、〈不安の時代〉と呼ぶほうが適切でしょう。精神安定剤のミルタウンを処方しておきますので――」

「お薬はいっさい必要ありません」

医師は処方箋の用紙からペンを離し、わたしに顔を向け、じろりとにらんだ。

「失礼、なんと？」

「わたしは病気じゃないんです。ただ、ときどき動揺するだけで」

医師に診せようとするハーシェルを断わった理由が、まさにこれだった。ここで折れてしまえば、つぎの段階では、〝神経症〟治療のためにサナトリウムへ放りこまれてしまう

――ショック療法や水治療を受ける女性でいっぱいのサナトリウムへ。

「まったく安全なお薬ですよ。じっさいこれは、わたしが処方するなかで、もっともありふれた処方箋です」

「でも、だいじょうぶです」

〝精神安定剤にたよりきる〟女性の集団に放りこまれたくはない。

医師はペン先をわたしに突きつけた。

「嘔吐の原因がインフルエンザだと診断したとしましょう。それでもあなたは、いっさいの薬を拒否しますか？」

「それとこれとは別でしょう？」

「別ではありません、まったくもって同じです」キャスターつきの椅子をわたしに近づけ、医師は処方箋を差しだした。「よく聞いてください、奥さん、人間のからだというものは、ストレスに対してそうした反応をするようにはできていないのです。厳然たる事実として、あなたは外的な要因の悪影響を受けている。悪いことはいいません、これをお服みなさい。それから、知りあいの専門医に紹介状を書いておきます。専門家として、別の治療法の相談にのってくれるでしょう」

いまここで押し問答をするよりも、処方箋の紙を受けとるほうが簡単だった。だから、わたしはそれを受けとり、医師に礼をいった。しかし内心では、薬などにたよって憂さを忘れてしまうつもりなど毛頭なかった。

ナサニエルは待合室で、わたしを診察室に送りだしたときそのままに、同じ窓際の椅子にすわって待っていた。右脚で貧乏ゆすりをしているのは、ほんとうにナーバスになっているときの特徴だ。開いた雑誌を手にしてはいるが、読んでいないことはひと目でわかる。その視線がページの同じ場所にすえられていたからである。その状態はわたしが歩みよるまでつづいた。

ナサニエルは雑誌を閉じ、立ちあがってわたしを迎えた。

「どうだった?」

わたしは待合室の中を見まわした。椅子の半分は患者で埋まっている。赤ん坊を抱いた母親、おなかの大きくなった女の人、ナサニエルと同じくらいそわそわしている男の人。咳ばらいをして、わたしはナサニエルの腕をとった。

「してなかった。いったとおりよ」

ナサニエルは片手をわたしの手にかけた。工学上の問題を解こうとするかのように、眉根を寄せている。

「ほっとすべきなのか、がっかりすべきなのか、よくわからない」

わたしは小首をかしげてみせた。

「ごめんね」

ナサニエルはわたしの額にキスをしてから、手を離し、クリニックの外に出るわたしのためにドアを押さえてくれた。ひんやりした空気が屋内に流れこんできた。それとともに、カンザスシティのダウンタウンの喧噪も。ナサニエルがいった。

「きみには幸せな気分でいてほしいんだ」

「幸せよ、とても」医師の具体的な診断内容のことは話さなかった。話せばまた言いあいになってしまう。それに、幸せというのは、おおむねほんとうでもある。わたしは夫にもたれかかり、頬にあたるウールのコートの感触を味わった。「心配かけてごめんなさい」

「なあ。考えてたんだけど。休暇をとるのはどうだろう」

わたしは笑って、

「あなたが？　夢にまでロケット・エンジンが出てくるあなたが？　まずむりよ」

「長くなくたっていいんだ。それに、ほら――おっと危ない」ナサニエルがわたしを横へ引っぱった。紙のショッピングバッグを握りしめた女が歩道を走ってきたからだ。女はそのまま、足をゆるめることなくすれちがっていった。ナサニエルは険しい目で女の後ろ姿を見送ってから、いいかけていたことをつづけた。「きみの甥っ子の成人の儀式（バー・ミツヴァ）で、カリフォルニアにいくだろ？　このさい、ちゃんとした休暇にしようや。カリフォルニアにいってるあいだ、JPLに立ち寄ってもいいし」

まるでジェット推進研究所（JPL）に立ちよることが休暇みたいな言いかたをする。

「よくわかったわ、あなたの……」別の女が歩道を走ってきた。こんどは小麦粉の袋をかかえている。「……休暇の概念には、ロケットを見ることが含まれてるのね」

「効率的でいいじゃないか」

「そうねえ……〝効率〟というのは、ふつうは休暇と結びつかないことばだけれど」

進むにつれて、人通りがすくなくなっていった。それなのに、カンザスシティの喧噪はいっそう大きく、剣呑（けんのん）な感じになっていく。

「なにいってんだ！　そういう自分だって、車に乗ってるときでさえ燃料消費量の計算をしてるくせに――ん？　なにごとだ……？」

わたしはすでに、ナサニエルの腕をぐっとつかんでいた。そこの角を曲がれば、路面電車の停留所はすこし先だ。とうとう角をまわりこんだ。

歩道はレポーターであふれていた。即座に、胸の中で脱出ロケットが点火し、わたしはあとずさった。たくさんのカメラとマイクが見える……だが、わたしたちに向けられているものはひとつもない。歩道を横断して、警官隊の列ができていた。その列の向こうに、群衆がひしめいている。レポーターたちはピケラインの手前にいて、警官たちの頭ごしに、群衆にカメラを向けていた。ときおり、警官隊の列が分かれ、民間人がひとり通される。

　そのつど、レポーターがその民間人に群がっていく。

　わたしはナサニエルの腕を引っぱった。

「引き返しましょう」

「待った。なにがあったのか知りた――」そこでわたしを見おろし、ことばの途中でその先を呑みこんだ。わたしがどんな表情をしていたのかはわからない。だが、ナサニエルはいった。「そうだな。悪かった。そのとおりだ」

　急に腹がたってきた。わたしはそんなに弱くない。夫の腕をつかんだ手の力をゆるめ、警官隊の列のほうへあごをしゃくった。

「いいわよ、いきましょう。なにがあったのか知りたいんでしょ？」

　ナサニエルはかぶりをふった。

「いいや。あれは警察にまかせておいたほうがいい。なにがあったのかは、あすの新聞を見ればわかることだから」

20

合衆国首都、食料暴動で騒乱

グラッドウィン・ヒル
ザ・ナショナル・タイムズ特電

［カンザスシティ（カンザス州）発　一九五六年九月二十二日］首都周辺地域が封鎖された。主婦層を中心とする暴徒が、本日、物価高騰に抗議し、食肉店や食品雑貨店に略奪を働いたためである。暴徒は多数の店舗に押し入り、商品を路上に投げだした。負傷者はすくなくとも五十名を数え、逮捕者は二十五名にのぼった。

わたしたちのアパートメントの建物で贅沢な点のひとつは、地下にランドリー設備があることだ。おかげで屋外に出ずに洗濯ができる。きのう見たような暴動が起きたあとでは、ナサニエルもわたしひとりではコインランドリーにいかせてくれなかったかもしれない。いまにも洗濯暴動が起こるような状況ではないが、それでもだ。夫はときどき、過保護の度合いが過ぎるきらいがある。

もっとも、いくら建物の中ですむとはいえ、洗いあがった衣類の袋をかかえて地下から階段を昇るのはひと苦労で、わたしたちの部屋がある三階まであがってきたときには、さすがに息が切れていた。袋を床に引きずっていこうという誘惑に何度駆られたことだろう。それでも、なんとか袋をかかえたまま、部屋の前まで帰りつくと、ひざで袋を壁に押しつけつつ、ドアの鍵をあけた。

肩でドアを押して開き、袋をつかんでワンルーム・アパートメントに運びこむ。ナサニエルはソファにすわり、コーヒーテーブルの上に両脚をのせ、電話でだれかと話をしているところだった。

「ふんふん。あ、ちょっと待った。いま帰ってきた」ナサニエルは受話器をテーブルの上に置き、勢いよく立ちあがった。「エルマ、それはぼくがやるから」

わたしは安堵の吐息をつきながら、袋を夫にわたして、

「だれ？」

「ハーシェル」ナサニエルは袋をドレッサーの前に持っていき、床に降ろした。

「なにかあったの？」きょうは電話してくる日じゃないのに。

ナサニエルはかぶりをふり、洗濯袋の口のひもをほどこうとしながら、

「きみと話したかっただけじゃないのかな」

わたしはソファにすわり、受話器を取りあげた。

「もしもし？　お電話ありがとうございます。ご用件を承ります」

兄の笑い声が受話器から響いた。

「ちょいと頼みごとがあってな」

「数学の宿題なら、やったげないわよ」

「もっとヤバいことさ」ハーシェルはそこで、ラジオ・スター（レイディオ・スター）ばりの、大仰で深刻な声を出した。「それは人が直面して生き延びられる悲劇のなかで、もっとも恐るべきものであった」

「恐ろしいことって、ダンス？」

兄は声を立てて笑った。目尻にしわを寄せ、瞑目（めいもく）しているのかと見えるほど目を細めて笑っている姿がまぶたに浮かんだ。

「もっと悪い。ドリスの家族がこぞってやってくるんだ、トミーの成人の儀式（バー・ミツヴァ）に」

思わず口笛を吹いた。およそレディらしくない行為だが、子供のころ、こういうときに口笛を吹くもんだと教えてくれたのは当の兄なので、気にはしないだろう。

「たいへんじゃないの。で？　わたしにどうしてほしいの？」

「早めにきてもらえないか？　バー・ミツヴァに。じっさい……」兄の声がすこし気弱な調子になったのに気づき、わたしはソファの上で居ずまいをただした。「ああ、すまない、エルマ。もっとこう、冗談めかしていうつもりだったんだが、これはやっぱり、真面目に切りださなきゃいけないようだ。世の中にはもう……ほかにウェクスラー家の人間はいないからな。エルマとおれと、あとはうちの子たちだけで」

悲しみというものは、時がたてば癒えると思うかもしれない。しかしわたしは、思わず片手で口をおおい、前に身を乗りだした——そうすれば悲しみをからだの奥に押しこめ、外に出さずにすむかのように。どこかに遠縁の者はいるかもしれない。だが、ホロコーストと〈巨大隕石〉を経て……生き残っているウェクスラーの成人は、もうわたしたちふたりきりだ。

ごくりとつばを呑みこんでから、ようやく返事をした。

「わかったわ——打ち上げスケジュールをたしかめる必要があるけれど、基本的にオーケーよ。早めにいくわ」

「助かる」兄の声はすこし疲れているように聞こえた。「それと、カリフォルニアには食べものがふんだんにあるぞ。ナサニエルがいってたけど、きのうの食料暴動、巻きこまれたって?」

ハーシェルが話題を変えたいようなので、話を合わせることにし、ナサニエルをちらりと見た。わたしのパンティーをどうやってたたむかで悪戦苦闘しているようだ。微分方程式を解くよりも難題らしい。

「それ、誇張。現場に遭遇はしたけど、別の停留所に移動したもの。それだけ」

「まるで自分たちが暴動のまっただなかにいたみたいな口ぶりだったがな」

「警察がピケを張って、うまく封じこめていたわ」わたしはためいきをついた。ランドリー・ルームで耳にしたうわさ話を思いだしたのだ。「ただね……暴徒たちに襲われたのは、わたしたちが気にいってよく使うマーケットだったみたい。アーミッシュのミスター・ヨウダーのところらしいの、気の毒にね。あのひと、現場に突っ立って、商品が略奪されるのを見ているしかなかったんじゃないかしら」

「なんてこった。やっぱり、早くこっちにこいよ、うんと甘やかしてやるから。エルマもそういう時間が必要だろう?」

ハーシェルの口調にはいたわりの気持ちがにじんでおり、わたしは唇を噛んで夫を眺めやった。ナサニエルは兄になにを話したのだろう――わたしが部屋にもどってくる前に。ハーシェルにきけばきいたで、わたしの体調や精神状態を問われることになるだろうから、それは避けたい。すくなくとも、いまはまだ。その話をするとしたら、たぶん、あっちにいってから――それも、儀式と祝賀の前後に時間の余裕があればだ。

「さて、そろそろ切らなくちゃ。せっかく洗濯してきた衣類を、ナサニエルがぜんぶしわくちゃにしてしまいそうだから」

「よろしくいっといてくれ」

「ドリスと子供たちにもね」電話を切ると、受話器に手を置いたまま、もうすこしソファにとどまり、ナサニエルにたずねた。「ねえ、こちらからハーシェルに電話した?」

ナサニエルはぎくりとしたようすで背筋を伸ばし、わたしの下着をおろした。それは滑稽な光景に見えたかもしれない――その顔がこれほど深刻なものでなかったら。

「うん」

「話した?」

「いや」ナサニエルは下着をドレッサーの引きだしに置き、わたしに顔を向けた。「話してない。このところ、働きすぎといっただけで」

「いわないでね」わたしは立ちあがり、洗濯袋のところへ歩いていった。中に入っている衣類は乾燥機にかけてきたので、まだ温かい。残りを引きだしながら、わたしはいった。
「心配してくれるのはわかるけど、兄にはいわないで」

わたしもすべての打ち上げに参画しているわけではない。ミッションはチームごとの三交替制で、わたしは栗色(マルーン)チームに属する。このチームはさらに班分けされていて、シフトごとの交替制をとっているが、これは疲労を最小限に抑えるためだ。宇宙飛行士が宇宙に出ているあいだは、各部署のスタッフも二四時間体制で詰めていなくてはならないからである。

もっとも、ときどき、当番でなくとも現場にいたいときがある。三日前、無人宇宙機を打ち上げたときは、バシーラを中心とするグリーン・チームが担当で、ヘレンとわたしはその打ち上げにタッチしていない。だから、きょうはふたりとも定時で帰れる。しかし、今夜ばかりは特別だった。なにしろ、そのとき打ち上げた無人機が、はじめて月に大きく接近するのだから。

午後五時、わたしとバシーラで共有するデスクへとヘレンがやってきて——バシーラは当直なので、管制センターに詰めている——バシーラ側の机上にトートバッグを置いた。どすんという音がした。布のバッグにしては、やけに重たい音だ。

それまでダブルチェックしていた数式の、最後の列に指先をあてたまま、わたしはバッグを見つめた。布の張りぐあいからすると、瓶が入っているようだ。

「たのもしいバッグね」とわたしはいった。

「景気づけにと思ってさ」ヘレンはにっこり笑い、バッグを軽くたたいた。「今夜はずっと、いるんでしょ？」

わたしはうなずき、紙の余白にダッシュをつけた。あした、どこから計算をはじめるか、すぐわかるようにするためだ。

「ええ。たとえほかの理由がなくても、ナサニエルの顔を見ようと思ったら、ここに詰めているしかないし」

「夜くらい、帰ればいいのに」

「むりむり。あのひとがどういう人間か知ってるでしょ」

「燃えつきちゃったら、元も子もないでしょうに」ヘレンは片手の指先を何本か使って、ぱたぱたとデスクをたたいた。「ところで、月面、どんなふうだと思う？」

わたしは肩をすくめ、計算用紙をまとめた。周囲ではほかの女性計算者たちも、きょうの仕事はおしまいにして、ばさばさと紙をさばき、報告書を引きだしにしまいだしている。

「灰色かしら？　なにしろ……望遠鏡写真では色がわからなかったでしょう。こんどのロケットが帰ってきて鮮明な写真を見るまで、はっきりしたことはいえないけれど」

「そうはいっても、月を間近からとらえる静止画の伝送よ」

にやにやしながら、わたしはデスクに両手をついて椅子を引き、立ちあがった。

「認めるわ、たとえナサニエルがいなくても、きょうはきっと居残ったわね」

わたしたちが打ち立てようとしているのが、驚異的な偉業であることはまちがいない。懸命に組んだプログラムで、パイロットなしでロケットを飛ばし、月をまわりこむ大きな軌道をとらせ、地球に帰還させようというのだから。うまくいくことを心から祈っている。

今回の軌道は、やがて月周回軌道に有人宇宙機を送りこむさいの軌道とは大きく異なる。月周回軌道に乗るさいと離脱するさいには、遷移軌道をとるのがふつうだが、こんどの無人機にはその必要がない。というのも、月の向こう側で遠地点に達する長大な楕円軌道をとるからである。それに必要な計算はごく単純なものだった。

わたしはヘレンのあとにつづき、計算室をあとにして、国際航空宇宙機構(IAC)の職員の波に混じり、ミッション管制センターへ向かった。もちろん、全員があそこへ入りきれるわけではない。しかし、観覧室があるし、鍵を持っている者は第二の管制センターに入る手もある。

将来的に、わたしたちはふたつの宇宙ミッションを同時に実行する予定を立てており、そのときにそなえてふたつのミッション管制センターが設けられていた。第二の管制センターはいまのところ予備であり、ふだんはつぎの管制の訓練に使われているが、打ち上げの最中に使われることはない。すくなくとも、オフィシャルな用途では。

ヘレンとわたしは人波から離れ、予備の管制センターへあがる階段に向かった。扉をあけ、階段を昇りだす。

「ヘイ！　ちょっと待った！」

背後からユージーン・リンドホルムの声がかかり、コンクリート・ブロックの階段吹き抜けに反響した。見ると、マートルもいっしょにいる。ちょうどドアをあけて、階段吹き抜けに入ってきたところだった。

「ユージーン！」わたしは顔をほころばせ、ふたりを見おろした。「あなたもくるとは思ってなかったわ」

「マートルがあれだけ気にかけてたのにかい？　最初の月フライバイに立ち会いそこねたら、この先、口をきいてもらえなくなっちまうよ」

「マートルの交渉テクニックは見習わなきゃね」

ユージーンはなんなく、階段の上のヘレンとわたしに追いついてきた。

「交渉なんてしないさ。最後通牒をつきつけたら、それでしまいなんだから」

「よけいなこと、いわないの！」

「ほうらな！」ユージーンはそういって笑うと、いっしょに階段を昇りながら、わたしに水を向けた。「月面、どんなふうに見えると思う？　マートルはただ灰色の世界が広がってるだけだというんだが」

「たぶん、そのとおりだと思うわ。送られてくる静止画像の解像度は、せいぜい水平走査線が一〇〇〇本程度だもの。いまのところ、伝送技術の限界で低速走査の画像しか……」

そこでわたしは、はっと気づいた。「つい専門用語（ジャーゴン）を使っちゃってたわ」

「たしかに。だけど、軍用機の交信で使う用語に通じるものがあるから、意味はわかるよ。画像がぼやけるってことだろう？」

「そうなの。でもね、探査機がスイングして地球にもどってくれれば、画像も鮮明になるから」

階段の最上段に達すると、ユージーンがドアをあけた。

「そういえば……ナサニエルはなんだって？」

わたしは片方の眉を吊りあげ、ドアを押さえてくれているユージーンに会釈し、階段吹き抜けの外の廊下に出ながら答えた。

「あのひとは探査機っていう呼びかたが好きみたい」

ユージーンは笑った。

「わかってるだろう、おれがいう意味。まだＩＢＭに難色を示してるのかい？」

「ナサニエルによるとね、ＩＢＭは忌むべきものなんですって。人間の計算者を含めない月着陸ミッションは検討に値しないそうよ」

わたしにとっては、これは歓迎すべきことだった。そのぶん、ミッションに女性がかかわる機会が増えるということだからだ。べつに男に計算ができないというわけではない。しかし、男性のほとんどは計算部門ではなく、工学部門にいってしまう。紙の上で数字と格闘する世界は、男にとっては、ハードウェアや爆発の危険をともなうロケット工学ほど魅力的には思えないのだろう。気の毒に。

上階の管制センターにも人はいたが、下の階ほど多くはなかった。ほとんどはグリーン・チームでも非番の者たちだ。だが、宇宙飛行士の姿も見える。デリク・ベンコスキーとハリム・〝ホットドッグ〟・マルーフは、制御卓（コンソール）の一台にかがみこみ、パーカーと話をしていた。ミセス・ロジャーズは別の一団とともに大型ディスプレイの前に立ち、送られてくる映像を眺めている。

「どこから見るのがいいかしら」

ヘレンが職員たちの頭ごしに室内を見ようと、爪先立ちになった。

わたしは室内を見まわして、何脚かまとまってあいている椅子を見つけた。本来なら、そこは航空医官のデスクとして使われる場所だ。そこへ向かって、ほかの三人を誘導していった。そのあいだも、宇宙空間を映す大型スクリーンから目を離すことはできなかった。今回のフライバイが成功すれば、さらに一歩、月面着陸へ近づくことになる。つぎの段階は着陸場所を選定し、そして……だれかが月面に降り立つ番だ。

「ねえ、ヘレン、急に気になってきたんだけど、持ってきた〝景気づけ〟ってなに？」

「いい響きだね」ヘレンに顔を向けて、ユージーンがにっと笑った。「きみたちに合流したのは正解だったたな」

ヘレンはトートバッグを軽くたたいて、

「野球を見ているよりかはいいわよね」

航空医官のデスクに着くと、ヘレンは紙コップを数個と、メイスン・ジャー――広口の密閉ガラス瓶を取りだした。中身は自家製のブラックベリー・ワインだった。とろりと濃厚なワインだが、甘くて度数の高い飲みものが必要な日もたしかにある。ワインに加えて、ヘレンは炭酸水の瓶も取りだした。

「これのカクテルも、レシピを見つけちゃってね」

「ごきげんだな」ユージーンは身を乗りだし、トートバッグの中を覗きこんだ。「まさか、この中にバー一式が入ってるんじゃ……」

「残念ながら、氷はないんだ」ヘレンは二本の瓶を見て眉をひそめた。「だから冷たくはできないの。そこはあきらめて」

「冷たくする必要なんてないわよ」マートルが両手にひとつずつ紙コップを取り、ヘレンがつぎやすいように持ちあげた。「必要なのは、度数が高いことだもの」

わたしは笑って、カクテルの入った紙コップを受けとった。立ち昇る気泡が、夏のぬくもりの記憶を運んでくる。ヘレンが自分のカクテルも作りおえると、わたしは紙コップをかかげ、乾杯した。

「月に」

「月に——そして、その向こうに」

ユージーンがそういって、自分の紙コップを全員の紙コップに触れあわせた。

炭酸水は、ねっとりとした甘さをいくぶん抑え、黒っぽい果実酒に澄明さをもたらしてくれた。

「うーん。これは悪くないわね」

「これはってことは、前のは悪かったってこと？」

ヘレンは目を細めてわたしを見やり、お得意の舌打ち芸を披露した。

アルコールの香りに誘われて、ふたりのエンジニアがふらふらとやってきた。ひとりはレナール・カルムーシュだった。パーカーも連れてきたりはしないかとひやひやしたが、さいわいパーカーはほかの宇宙飛行士たちといっしょにいるほうがいいようだった。

だれかがジンを持ってきていた。当然、ほかのカクテルも試してみようということになった。科学のためにだ。化学はロケット工学でもきわめて重要な要素なのである。

ジンとブラックベリー〝キイチゴ〟ワインのカクテルを手にして、ヘレンがわたしの二の腕にぐいぐい肩を押しつけてきた。

「ベティから聞いたわよ、あのこと」

「へえ、そう」南部の言いまわしで、これは〝知ったことか〟を意味する。わたしはそらとぼけた。「甥の成人の儀式(バー・ミツヴァ)でカリフォルニアにいく話、あなたにはしてなかったっけ」

「悪気はなかったってさ。悪かったともいってたわ」

この世のすべての〝悪気はなかった〟は、裏切り行為の言い訳にはならない。

「ついでにナサニエルと休暇をとる話もしたの。信じられる？　きっと旅先でも軌道投入の報告書を読みふけってるわよ、あのひと」

「せめて、〈99s〉に顔を出さない？」

「ヘイ！」大型スクリーンの前に陣どる職員たちのあいだから声があがり、センター内のざわめきが一瞬で静まった。「はじまるぞ」

　わたしは爪先立ちになり、人波の頭ごしに大型スクリーンを眺めやった。これを機に、ヘレンの質問をかわそうという算段もあった。ヘレンが心配してくれているのはわかる。しかしベティは、Life誌に食いこむためにあの取材陣を集めた。カトリック教会訪問は、自分のことだけを考えた仕込みだったのだ。知ったことじゃないわ、ベティなんて。

　しかしきょうは、そんなことはどうでもいい。この日、注目をそそぐべき対象は月だ。わたしは気泡がはじけるブラックベリー・ワインのカクテルをもうひとくちすすり、職員たちの興奮ぶりを楽しんだ。人が多いといっても、この種の集団にはまったく抵抗がない。わたしが苦手なのは、集団の注目を浴びることなのである。

　センターがしーんと静まりかえるとともに、主ミッション管制センターの人員が交わす声が聞こえるようになった。まるで、亡霊たちの管制する打ち上げに立ち会っているかのようだ。主センターではないところからこうやって状況を見まもるというのは、なんともいえず妙な感じがした。主センターに詰めて計算を行なうことに、もはやすっかり慣れてしまっているからだ。わたしは一瞬だけ目を閉じ、主センターでのやりとりの中からナサニエルの声を拾いだそうとした。

　そのとき、すぐそばでマートルが鋭く息を吸いこんだ。

「なに、あれ？」

目をあけた。大型のスクリーンに粒子の粗い画像が映っている。伝送されてきた最初の画像だ。つかのま、画面上にちらつく灰色と黒の意味を解釈できなかった。

おりしも、スピーカーを通じて、ナサニエルの声がセンターじゅうにこだました。

「あそこに見えているのは――レディス・アンド・ジェントルメン――探査機が1と0にエンコードし、はるばる宇宙空間を越えて送信してきたデータを画像に変換したものだ。すなわち――月面の画像だよ」

そういわれたとたん、マジックのトリックのように、地平線の湾曲がはっきりと見えた。こみあげてきた喜びが歓声となってほとばしった。まわりではみんなが飛びはねている。まるでレースに勝ったときのようだ。じっさい、勝ったにはちがいない。すくなくとも、第一ラウンドでは。わたしは紙コップをかかげ、〈友情（ザ・フレンドシップ）〉探査機とこのミッションを計画したチームの成功を祝った。

マルーフが勝利を喜び、諸手をあげた。あのミセス・ロジャーズも女の子のように踊っている。パーカーは奇声を発しながら、空中をパンチしていた。ユージーンにいたっては、マートルを抱きあげ、くるくる回転させているありさまだ。わたしはといえば、ひたすら笑っていた。

「わたしも！」ヘレンがユージーンの腕をつついた。

ユージーンは笑い、ヘレンの左右の腋（わき）に手を差しこんで持ちあげると、やはりくるくる回転させた。わたしは食いいるように大型スクリーンを見つめていた。笑み崩れるあまり、頬が痛い。

月。いつの日か、いつの日か、わたしはあそこへいってみせる。いつの日か、わたしはかならず月面を歩いてみせる。

不思議なもので、いったん目標が鮮明に見えると、ものごとがすっかり変わってしまう。探査機が遠地点を越えて、高解像度の画像を送ってきはじめると、月面の鮮烈な美しさがいっそうリアルになった。たしかに、近づきがたい苛酷な印象はある。しかし、その荒涼たる景観は荘厳さをも兼ねそなえている。

画像を見たＩＡＣの者たちはみな、宇宙プロジェクトへの情熱を新たにしたことだろう。

翌日から、わたし自身も意欲を新たに、デスクに向かい、日々、ひたすら計算に没頭しつづけた。だが、通常の計算とは別に、心の中に並行して宿りつづけるひとつの数式があった。

具体的には、〈浮き足くん〉が持ちこんできたあの数式である。あのあと、オリジナルの数値を計算したところ、転記ミスなどはないことがわかった。それに基づき、エンジニアたちが固体燃料コアの内部構造を変更してみた結果、燃焼が格段に安定して、推力を大幅に増大させられることが明らかになった。この増大がもたらすロケットのペイロード増加率は、じつに二三・五パーセント。これはつまり、月面基地建設のために必要な打ち上げ回数を大幅に減らせることを意味する。

ナサニエルはその回数を基準に、新たにシナリオを作りなおそうとしていた。しかし、それはそうとう複雑な作業になるので、いくらナサニエルが計算機ぎらいでも、いやでもIBMを使わざるをえない。プログラムの実行には何時間もかかり、その間、ナサニエルは計算機室に詰めて機械のお守りをしたがった。プログラマーであるバシーラがその場にいるときでもだ。パンチカードのデータ読みとりミスをはじめ、なんらかのエラーが発生した場合、ナサニエルが対処できるわけでもないのに……まったくもう、男ってやつは。

「それでね……また『ミスター・ウィザード』から出演依頼がきたの」

ゴミ箱から拾いあげた廃棄パンチカードの縁をなぞりながら、わたしはナサニエルにいった。二枚のパンチカードを重ねあわせると、穿孔された部分がほかの部分よりも光を透過して、ほんのりと光っているように見える。

「ふうん、それで?」ナサニエルはそれまで目を通していた要約から顔をあげた。「受けたのかい？」

　わたしはかぶりをふった。

「そういえば、しばらくシカゴにいってないな」ナサニエルはすわったまま、重心を移し変えた。「休暇でシカゴにいってもいいんだよ？」

「口を開けばすぐ休暇ね。出演しにいくなら仕事でしょ。休暇じゃないわ」

「ぼくにとっては休暇だぜ」

　わたしはほほえみ、パンチカードに切れこみを入れはじめた。数ミリずつの幅で切れこみを入れて、細い筋をいくつも作っていく。カードの一角に斜めの切りかきがあるので、全体が鳥の翼で、ひとつひとつの筋が風切り羽のように見えた。

「まだ返事をしてないの」

「きみが決めたことはかならず支持するからな。どんな決断でもだ」

「知ってる」

　ナサニエルはわたしの支えになると思ってこういってくれているのだろう。真意はわかっている。しかしこれでは相談にならないから、ひとりで決断を下さねばならない。今後も宇宙計画に女性を進出させる戦いをつづけるのなら、仕事に波紋を広げることになるが、戦いをやめればやめたで、ナサニエルはおそらくがっかりするだろう。当人はけっして、そんなことを口にしはしない。しかし、わたしの成功を誇りに思っているのなら、ここでわたしが戦いを投げだせば、きっとがっかりするはずだ。

　わかっている。これが論理的な思考の流れではないこと、それはちゃんと心得ている。わたしはただ……。

　計算機室内の反対端にはバシーラがすわっており、わたしたちの会話が聞こえていないふりを装っている。その目の前では、コンパイラがカタカタと動いていた。穿孔されたパンチカードがコンパイラのフィーダーに取りこまれるたびに、金属のガードに当たり、カタン、カタン、カタンという音を立てている。わたしはつぎのカードをゴミ箱から拾いあげ、ひっくり返すと、一枚めと二枚めの切りかき同士が両端にくるようにくっつけた。これで一対の翼のできあがりだ。重要なのは、これ。そうよね？　翼と、飛行と、宇宙。わたしはなんとしても宇宙に出たい。どうしてかは自分でもよくわからないけれど。

　わたしは満足して当然の充実した生活を送っている。事実、満足しているのはたしかだ。ナサニエル・ヨーク夫人と呼ばれるのもうれしい。『ミスター・ウィザード』への出演を断わり、新聞や雑誌のインタビューを断わり、ディナー・パーティーへの招待を断われば、夫と自分の仕事に集中する日々に復帰できる。夫も仕事も大好きだ。それに……それに、まだまだできることはある。

　だが、わたしはほんとうに、ほかのだれかが敷いたレールに乗って計算しているだけで満足なのだろうか。そんな計算だけをしていれば、当面のストレスは解消される。それはほんとうだ。とはいえ、そのあとには……なにが残る？

　二枚の〝翼〟の前縁を丸めて、両者の下面が内側にくるように張りあわせ、中空の翼にした。『ミスター・ウィザード』の題材には、紙飛行機ももってこいかもしれない。リタに風洞の作り方を教えてもいいし——あっ、そうか！

　わたしは翼を降ろした。穿孔部分を通りぬけてくる光が小さくきらめいた。

　ああ、そうか。だれかをがっかりさせることになりかねないと、わたしはそんなふうに考えてばかりいたけれど——人さまにどんな目で見られると思ってるの？——それに対する答えはもう出ている。あの番組に出ていた女の子だ。そして、アルミ箔のヘルメットをかぶったガールスカウトの少女たちだ。クレヨンで手紙を書いてくれたあの女の子たちだ。わたしの姪だ。

　人さまにどんな目で見られると思ってるの？

　あの少女たちは、わたしがなんでもできると思っている。女性でも月にいけると思っている。そしてそれゆえに、自分たちも月にいけると思っている。あの子たちのためにも、わたしは挑戦をつづけなくてはならない。なぜなら、あの子たちの齢だったころ、自分もまた、わたしのような人間を必要としていたからだ。わたしのような女を必要としていたからだ。

「出演に応じるわ」

わたしを見つめて、ナサニエルはうなずいた。

「ぼくもいっしょにいくよ」

「放送の週には打ち上げがあるのよ？」

「あれは建設資材の打ち上げだからな、軌道プラットフォームを構築するための。それに無人機だし。打ち上げチームはすっかり習熟してる。ぼくが記者会見に出る必要もない」

ナサニエルは立ちあがり、室内にはバシーラがいるというのに、わたしに歩みよってきてキスをした。

「もう、ナサニエルったら！　バシーラにどんな目で見られると思ってるの？」

「ぼくがきみを愛してると見るだろうね。そしてそれは、厳然たる事実じゃないか」

21

ロケット・グループ、ロシアから讃辞

ザ・ナショナル・タイムズ特電

［プリンストン（ニュージャージー州）発　一九五六年十二月三日］国際航空宇宙機構（ＩＡＣ）は、ロシア当局より、〝ロシア人民がＩＡＣの科学的・技術的進歩に対していだく深い賞賛の念〟は、ロシア＝ＩＡＣ間の将来的な相互理解と協調の鍵となるものである、との見解を伝えられた。

ナサニエルを乗せてセスナを飛ばし、一日早くシカゴへ着いた。テレビ局入りするまで

のあいだ、わたしが動揺しないよう、そして放送内容に集中できるようにと、ナサニエルはできるだけのことをしてくれた。ナサニエルは働きすぎなので、かねがね、もうすこしほかの人へ責任を委譲してほしいと思っていたのは事実だが……いざナサニエル抜きでも打ち上げが成立するとわかってみると、なんとなくさびしい気もした。それだけＩＡＣのロケット打ち上げがルーティーンになったということだろう。こんな状況は、以前はとても考えられないことだったが、月に一、二度、打ち上げを行なっていれば、そんな見かたも変わってくる。

「遊覧船ツアーなんてどう？」

シカゴ川にまたがるミシガン・アヴェニュー・ブリッジを渡りながら、わたしは〈マーキュリー遊覧船〉の看板の前で足をとめた。

「そいつはなんだか……寒そうだ」

ナサニエルはミシガン湖から吹いてくる強風に抵抗するのをあきらめ、帽子を手に持っている。耳は寒風で真っ赤になっていた。

たぶんナサニエルの心配はあたっているだろう。たしかにこの強風は冷たい。もっとも、強風の合間、たまに風が弱まるときは、けっこう陽射しを強く感じる。いまはもう十二月だというのに。

長い冬はいよいよ終わろうとしていた。当然、このあとには夏が訪れて、その夏が終わることはない。わたしは遊覧船乗り場へ降りる階段を見おろした。川岸には桟橋があり、そこに一隻の遊覧船が舫ってある。

「ちゃんと船室があるみたいよ。いきましょう。きっと楽しいわ」

「遊覧船に公衆電話がないという事実はどうでもいいみたいだな、きみには」

わたしはナサニエルの腕に自分の腕をからませた。

「あなたが真っ先に気にするのが〝船に電話がない〟という事実だとしたら、それこそが船に乗るべき理由ね。そうは思わない？」

ナサニエルは笑い、いっしょに階段を降りはじめた。

「いかんなあ。いや、悪かった。ほんとうに。仕事のことはなるべく考えないようにしているんだが」

「わかってるわよ」わたしは夫の腕を軽くたたき、桟橋に向かって歩きだした。きょうはもう、すでに二カ所で公衆電話を使うところを見ている。「なんだったら、ホテルにもどってもいいのよ？」

かぶりをふりふり、ナサニエルはためいきをついた。

「だいじょうぶ、全員、うまくやってる。電話するたびにじゃまをしてる状況だ」

「みんなの成長ぶりは感動ものね」

街路より下までくると、風はさほど強くはなかった。旅行者がちらほらといる。ほとんどは子連れだが、絶対数は多くない。火曜日だからだろう。チケット売場にならぶ必要はなく、目の前にひと組の夫婦がいるだけだった。夫のほうはいかにも紳士めいた雰囲気だ。夫が売場の若い男に話しかけているあいだ、夫人はなにげなくふりかえり、わたしたちにほほえみかけてきた。列にならぶ見知らぬ同士がよくやる、あの手のあいさつだ。

そこで夫人はぎょっとした表情になり、まじまじとわたしの顔を見つめた。

わたしはぐっとこらえた。いや、ちがう。それは正確ではない。急に川への興味をそそられたかのように、川面(かわも)や川縁(かわべり)の浮きかすに視線をすえたというほうが正しい。そうすることで、〝自分が面識のない人にも知られている〟という認識から目をそらせるとでも思ったのかもしれない。たしかにわたしは、女性と女性の宇宙飛行士としての能力について、世間一般の認識を改めようと努めている。しかし、宇宙飛行のピンナップ・ガールになりたいわけではない。

周辺視野は、目の前の夫人がなおもわたしを見つめているようすをとらえていた。と、夫人がなにかをいおうとしたのか、息を吸うのが見えた。そして、ほんのすこしだけだが、わたしの注意を引こうとするかのように、手をこちらに伸ばしてきた。

「あの……ちょっとよろしいかしら」

「はい？」

ちらりと夫人に目を向けただけで、こんどは遊覧船に視線を向け、いままで見たもののなかでひときわ興味深い対象ででもあるかのように、しげしげと見つめるふりをした。

「ぶしつけで申しわけないけれど……お顔に見覚えがある気がしたもので」

わたしは肩をすくめて、ナサニエルに手を伸ばそうとしたが……折あしく、夫人の夫がチケット売場の若者とのやりとりをおえ、ナサニエルが窓口の前に進んだところだった。わたしはやむなく、あいまいな笑みを浮かべた。そうしないと、怒った顔になってしまいそうだったからだ。

「よくある顔ですから」

「もしかして……エルマ・ウェクスラー？」

い、い、い、ウェクスラー。旧姓を呼ばれて、顔がひとりでに夫人のほうを向いた。

「ええ、はい、そうですが」しかし、こちらは見覚えがない。ぽっちゃりとした顔つきで、ブロンドの髪にはだいぶ白いものが混じっている。わりと大きな子供がいそうな齢格好だ。遊覧船を見ている子供たちのだれかの母親かもしれない。「ただ、申しわけありません、わたしのほうは……」

「やっぱり！　もう何年にもなるものねえ。わたしよ、リン・ウェイヤー。ほら、おとなりに住んでた。ウィルミントンで」

わたしはあんぐりと口をあけた。

「ええっ、そんな！　リン・ウェイヤー？」

「いまはリン・ブロメンシェンケルだけどね」夫人はそばに立っている紳士に顔を向けた。

「ルーサー？　こちらはエルマ・ウェクスラーといって――」

「いまはヨークよ。二年間、ずっとおとなりだったんです」

子供時代そのままのやりかたで、リンはぴょんぴょんとジャンプした。

「ひとつところに二年間もいたのはあのときだけだったの。父の仕事の関係で、しじゅう引っ越してばかりいたから」リンが笑うと、過ぐる年月で記憶の底に埋もれていた一〇歳当時の笑顔が浮かびあがってきた。笑うといつも、リンの鼻にはしわが寄っていたものだ。

「〝泥んこ（マッド）パイ〟事件、憶えてる？」

「あのときはひどい目に遭ったわよねえ。それに、ほら、〝温室事件〟。ハーシェルがつまずいて転んで、ひざをざっくり切っちゃったでしょう？」

リンの笑いかたはすこしも変わっていなかった。まるでロケットが放つ轟音のような、けたたましい笑いかただ。

「そうそう、血がだらだらで」リンは夫君の腕に手をかけた。「正直、見た目ほどひどい怪我じゃなかったのよ。出血の量は多かったけど、ちょっと切っただけで——正直、不思議だわね、どうしてこんなに笑ってるのかしら。とにかく、また会えてうれしいわ」

おたがい、相手の両親についてはたずねなかった。ある時点から、そういう習慣がなくなっていたためである。

ナサニエルがチケット売場からふりかえった。チケットを手にした状態で、おたがい、最初から自己紹介をやりなおしたあと、わたしたちは遊覧船に乗りこんだ。思ったとおり、男の子のうちのひとりはリンの息子だったが、ずっと本を読んでいて、たとえ『ミスター・ウィザード』を見ていたとしても、わたしのほうを見ることはなかった。

遊覧船が桟橋を離れると、ナサニエルとわたしはデッキをあとにし、リンと夫君といっしょに船室へ入って、適当な椅子にすわった。わたしはナサニエルの腕の中に身をゆだね、外を流れゆくシカゴの街並みを眺めた。

船室の天井に埋めこまれたスピーカーから船長の声が案内をはじめた。すこしノイズが入っている。

「みなさん、こんにちは。右手をごらんください。あちらに見えますのはホテル・ムラノ——ジェット・ブライニーの設計になる新世代のホテルです。丸みを帯びたバルコニーがならぶ外観からは、樹をおおう木の葉が連想されます。そして、樹と同じように、ホテルは地下にも〝根を張っていて〟、あたたかくて快適な地下壕（ちかごう）ネットワークを広げています。もちろん、あそこに泊まったことはありませんよ。一介の遊覧船の船長にはとうてい払えない、目の玉の飛び出るような宿泊料をとられますからね」

そういって、船長は自分のジョークで笑った。

わたしは夫にもたれかかったまま、頭をぐっとのけぞらせてナサニエルの顔を見あげた。ナサニエルは小さくかぶりをふってみせた。たぶん、わたしと同じことを思ったのだろう。つぎの隕石落下にそなえるなら地下壕ネットワークを構築するのもいい。しかし、川ぞいに？　気温がふたたび上昇し、地下水面があがってくれば、地下壕は悲惨なことになる。

「さて、本日はこれから、すばらしい船の旅にお連れします。いよいよ湖に出て、湖内を周遊とまいりましょう」

遊覧船の進みがゆっくりになった。ミシガン湖に出る閘門（ロック）に近づいたのだ。

ナサニエルは座席ですわりなおし、窓に顔を寄せて閘門の仕組みを凝視した。どこまでいっても、このひとはエンジニアだ。

「ふうむ……もしかして――」そこまでいいかけて、ナサニエルはすばやく口を閉じた。

「もしかして、なに？」

ナサニエルは咳ばらいをした。

「ええとだね、もしかして……帰ったら、マートルとユージーンをディナーに誘ったほうがいいんじゃないかな、と思ったりして」

「そんなことをいおうとしたんじゃなかったでしょ？」

ナサニエルの口の両端が吊りあがり、悪い笑顔を形作った。

「まあね。しかし、この軌道修正はゆるしてほしいな」

そういうからには、いま思いついたのは、ロケット工学がらみのなにかだ。わたしはナサニエルの太腿をぽんぽんとたたいた。

「いいわよ。それに、招待するのはいい考え。このさいだから――」

ふたたび、船長の声が響いた。会話をつづけるのに支障が出るほどのボリュームだった。

「昨年は湖に出られませんでした。湖面が凍りついていたからです。しかし、今冬は寒さもやわらいだので、シカゴの街のすばらしい景観をごらんいただけますし、〈海軍埠頭(ネイビー・ピア)〉やアドラー・プラネタリウムの付近をクルーズすることもできます。ひとつ、おもしろいトリビアをお話ししましょう。宇宙飛行士は宇宙飛行の訓練をするのに、シカゴのプラネタリウムを使っているんですよ！ ごぞんじでしたか？」

わたしはナサニエルと顔を見交わし、くすくす笑った。

「どこにいっても、宇宙からは逃げられないみたい」

いかにも恐ろしいという声色で、ナサニエルはいった。

「人生、いたるところに宇宙計画ありだな」

キャビンの向こう側で、リンの夫君がうめくようにいった。

「そのうえ、はなはだ愚劣なしろものでもある」

「ルーサー」リンが夫君の腕をそっとたたいた。「だめよ、そんな言いかた」

わたしのとなりで、ナサニエルがぴたりと動きをとめた。

「どういう意味かな？」

「何年にもわたって、凍えそうな気候がつづくなかで、宇宙へ進出せねばならんだと？」

夫君は肩をすくめた。その動きで、襟の上の首筋にひだができた。「たとえ気候に関するたわごとを信じるとしてもだ、むしろこの地球の環境を改善することに資金を投じるべきではないかね」

「それはやっていますとも」わたしはナサニエルのひざに手をかけた。ここからはわたしが引き継ぐという合図だ。「配給制はそのためですし、温室効果を高める要素を極力削減しようとしているのもそのためなんです。宇宙計画もそのひとつです」

「〈永遠の冬〉か？　かんべんしてくれ」ルーサーはキャビンのフロントガラスのほうへ

手をひとふりした。閘室(こうしつ)に湖水が引きこまれ、水位が湖面と同じ高さにあがりつつある。

「今冬は寒さがやわらいだ——そういった船長のことばを聞いたろう」

「それは誤解じゃないかしら。もともと〈隕石の冬〉は一過性のものにすぎません。ほんとうの問題は、もうじき気温が上昇しだすことにあります。わたしたちが真剣に考慮しなくてはならないのは、〈永遠の冬〉ではなくて、〈永遠の夏〉なんです」カンザスシティに住み、IACに勤めていると、まわりにいるのはそれを理解している者ばかりで、全員、同じ目標に向かって邁進(まいしん)している。だが……。「だいいち、すべての卵を同じバスケットに盛るのは賢明なことではないでしょう。あらゆる宇宙計画は、卵を入れるバスケットを新たに用意しようとする試みなんです」

「奥さん。あなたの考えかたには敬意を表するが、この裏には金の亡者どもが暗躍しているんだ。あなたに理解できるとは思わんがね。つまるところ、これは政府から巨額の資金を巻きあげようとする大がかりな仕掛けにほかならん。そこには無数の謀略と悪だくみがひしめいている」

ナサニエルが反論しようとして、大きく息を吸いこんだ。

「おことばだが、ぼくはその宇宙計画の——」

わたしはハンドバッグを床に落とした。ナサニエルに口をつぐませるためだ。

「失礼！　これはたいへんだわ」そう、たいへんな事態になっていただろう——ナサニエルに自分が宇宙計画の統括エンジニアだなどと発言されていたら。それも、逃げ場のないこの船の上で、こんな手合いと同乗している最中に。わたしはすでに、そうとう頭にきていて、この会話をつづける意志はなくなっていた。こんな不毛なやりとりをしていたところで、得るものはなにもない。「そうそう、リン、あなたは憶えているわよね、わたしがしょっちゅう、ものを落としていたのを」

ありがたいことに、リンはわたしの意図を察し、すぐに調子を合わせてくれた。そこからは、ごくありきたりの会話になった。そのときなにを話したかって？　なにも憶えてはいない。いろんなこと？　他愛ないこと？　要するに……世間一般の話だ。リンとばったり会うまで、わたしは自分たちの暮らしがどれほど世間一般の枠からかけはなれているかに気づいていなかった。リンたちには息子がひとりいる。もうひとり子供がほしいという。しかもなんと、住宅ローンまで組んでいるそうだ。

住宅ローン。ナサニエルもわたしも、未来を恐れるあまり、ワンルーム・アパートメントから出ることさえしていない。それに対してブロメンシェンケル夫妻は、ローンを組み、返済をおえるのは——二〇年後になるという。

翌日、ナサニエルはわたしにくっついてテレビ局までやってきた。ナサニエルがそばにいてくれると安心する。それに、科学番組にとって、ＩＡＣのナサニエル・ヨーク博士はそうとうの大物なので、わたしはしばらくのあいだ影が薄くなり、ただのミセス・ヨークでいられる。これがありがたい。

おことわりしておきたいのだが、ナサニエルが身元を明かし、テレビ局の関心を一手に集めたのは、わたしに注目が集まるのを防ぐためだ。そう思っている。おかげでわたしは、だれにもつかまることなく、話もせがまれずにすんだ。ナサニエルにクリニックへ連れていかれたとき、薬を処方してもらわなかったのは申しわけなかったと思う。あれを悔やんだことは一度ではない。しかし、嘔吐したのは二度だけだし、ナサニエル以外にはそれを知られずにすんでいるはずだ。

そうこうしているうちに、出番がやってきた。

楽屋のメイクアップ・テーブルへ迎えにきたのは、前回と同じ、どうしても名前を憶えられないアシスタントだった。

「ヨーク博士？　出演していただく準備ができました」

ナサニエルがアシスタントに向きなおり、口を開いたが、すぐにその口を閉じて笑った。

「おっと、博士というのは、ぼくのことじゃなかったな」それから、身をかがめてわたしの頬にキスをし、耳もとにささやいた。「素数はきみの友だちだ。割りきれない気持ちのときは唱えるといい」

ほんとうに、わたしのことをよくわかってくれている。わたしはささやきかえした。

「あとでたしかめなくちゃ。わたしに対するあなたの思いが割りきれるものかどうかをね。ハンパじゃないといいわね」

ナサニエルが思わず咳きこみ、むせながら笑った。なによりのごほうびだった。こんなときにすこし赤面してくれるのは、いつもながら望外のボーナスだ。

「ハンパは出ないさ。1でしか割りきれないんだから。つまり、たったひとりでしか」

曲げていた背中を伸ばし、ナサニエルはウインクして一歩あとずさった。

今回はアシスタントに連れだされる段になっても、驚くほど恐怖も緊張も感じなかった。これからなにが起こるのか、もうわかっているためか、それとも、出番までの準備に要する時間が前ほどではなかったからか。よくわからない。いずれにしても、気分は良好で、ちょっと気おくれしていた程度ですんでいる。ありがたいことに、薬のお世話になる心配もなさそうだ。

しかしそれは、アシスタントがナサニエルに顔を向け、こういうまでのことだった。

「あとでもどってきて、番組を見られる場所までご案内します、ヨーク博士」

「それはだめ！」意識するひまもなく、ことばが反射的に口をついて出た。ナサニエルには見られたくない。なぜだろう？　ナサニエルがわざわざテレビ局までついてきたのは、生放送でわたしを見まもるためではないか。前回の放送を見てもいる。わたしのほうも、なにかショッキングなことをしでかしたり、やっかいなことをしたりするつもりはない。

「わたしは——ああ、いえ、なんでもないわ。そうしてちょうだい」

ナサニエルはつかのま、わたしをじっと見つめた。

「そうだな……ぼくは調整室から見せてもらうよ。放送機材が使われるところを見てみたいから」

（人さまにどんな目で見られると思ってるの？）

わたしのことを、ナサニエルは本当によくわかってくれている。それに、ナサニエルの見ている前で大失敗するのを恐れるなんて意味がない。わたしがバカなことをする場面は、もう何度となく見てきているのだから。たとえば、〝ダンポポの葉のグリーンサラダ〟を作って大惨事を招くとか。いまさら恥もなにもない。わたしはナサニエルにうなずいた。

「それはいい考えに思えるわ」

それからは、テレビ局の廊下を通って防音スタジオに入り、前のときと同じセットの、ドアの手前に記されたマークに立った。ドアの向こうから、アシスタント・ディレクターの声がいった。「本番、入ります、5、4、3……」

3は素数だ。それに、5も。わたしは口で呼吸をした。7。11。13。

アシスタントがクリップボードをかかげ、ステージにあごをしゃくった。これがわたしへの合図(キュー)だ。わたしはドアノブをつかんでドアをあけ、ほほえみを浮かべて戸口を通りぬけた。

ドンが顔をあげ、笑みをこぼれさせた。

「ヨーク博士！　これはうれしい、また訪ねてきてくれたんだ。いまリタといっしょに、ボトル・ロケットの燃料にはなにがいいかを考えていたんだよ」

ドンのとなりでは、リタが側面に安定翼のついたボトルを持っている。おもちゃのロケットのようだ。今回のリタは、星のようにきらめくスパンコールをたくさんつけたブルーのドレスを着ていた。

「それだったら、たまたま、ちょうどいい燃料を知っているの」

わたしは立ち位置のマークに歩いていった。勝手知ったるなんとやらだ。気がつくと、自分がリタにほほえみかけていた。リタもほほえみを返す。これは演技なのかもしれない。それでも……。わたしはこのためにここへやってきたのだ。

そしていまは、ナサニエルが調整室から見まもっていてくれることを願っている。

わたしたちが作ったミニチュア・ロケットは、即席の発射台から発泡ガスを噴射して飛びあがった。満載しているのは重曹と酢の混合燃料だ。ロケットは弧を描いて飛んでいき、セットの上端にまで達すると、山なりのカーブを描いて落ちてきた。カメラの範囲外で、ふたりの道具係がブランケットを広げ、ロケットを受けとめた。

リタが手を打って喜んだ。

「飛んだ、飛んだ！　すごい、すごい、ヨーク博士！」それから、ドンに向きなおって、「ねえ、ミスター・ウィザード、もっと大きなロケットを使ったらどうなるの？」

ドンは笑い、腰に片手をあてた。

「さっきヨーク博士が見せてくれた計算式、憶えてるだろう？」

「ああ、うん！」リタは顔を輝かせ、わたしを見た。「だったら、新しいロケットの重さがわかればいいんだよね……それなら計算できる！」

ミスター・ウィザードは、さっき計算に使った紙をリタに手わたした。

「ようし、いいぞ。それじゃあ、きょうはここまで。みんな、また来週」

数台あるカメラのうしろから、ディレクターがいった。

「はい、オーケーです。みなさん、最高でした」

　わたしはカウンターにもたれかかり、必死にがんばって点灯していた光のようなものが身内から消えていくのをおぼえつつ、ふうっとためいきをついた。テレビ放送は、リアルタイムで宇宙機の軌道を計算するのとは本質が異なる。テレビ放送するうえで問題になりそうな部分は、すべてあらかじめ相談し、解決してあるからだ。とはいえ、スタジオの全スタッフが一丸となって生放送を成功させようとする意気ごみには……ちょっぴり、打ち上げ当日の〝暗い部屋(ダーク・ルーム)〟を連想させるものがあった。何十人もの有能な人材が、ひとつの目標に向けて邁進する――その点は変わらない。

　ドンがそばにやってきて、やはりカウンターにもたれかかった。

「ずいぶん自然にできたね」

　思わず、大声で笑ってしまった。

「テレビに自然なものなんてないわ」

「うん？　ああ、そうかもしれない」ドンはネクタイをゆるめ、セットの外に出ようと、わたしを手招きした。「それはそれとして、きみは数式をじつに楽しいものに見せてくれるね」

「じっさい、楽しいんだもの」わたしは肩をすくめた。「たしかに、ほとんどの人にとってもおもしろくないのは知っているわよ。でも、それは数字を恐れるように教える人たちが植えつけた偏見だと思うの」

「おもしろい視点だ」ドンは防音スタジオのドアをあけ、わたしが通るまで押さえていてくれた。ふたりで楽屋へつづく廊下の迷路を歩きだす。「ナサニエルはスタジオの近くでおとなしくしていたのかな？」

「調整室から見ていたはずよ」

じっさい、まだ調整室にいて、生放送後の処理に見入っているかもしれない。

「ＩＡＣはきみたち夫婦を使って、科学番組を作るのも悪くないんじゃないかと思うんだ。たとえば、『ザ・ジョンズ・ホプキンズ・サイエンス・レビュー』みたいな。ちがうのは宇宙専門番組というところだけで」ドンは自分の楽屋の前で足をとめた。「ところで――きみたちふたり、いつまでシカゴに？」

「あすには自家用機で帰るつもりよ」

このときわたしは、自分の番組を持たないかという発想を、ほんのすこしもまともには取りあわなかった。頭にあったのは、この話を聞いたとたんにおぼえた恐怖を、どうにか隠せてよかったということだけだった。

「だったら、いっしょにディナーはどうかな？　わたしも妻（マラレイタ）を連れていくから」

「それはすてきね。でも、きょうはこれから、アドラー・プラネタリウムでデートをすることになっているの」わたしは残念そうに肩をすくめてみせた。ナサニエルがけなげにも、あえて〝宇宙飛行士訓練プログラム〟を調べにいこうといいださなかったので、わたしのほうから水を向けたのだ。「ミニ・バケーションにするつもりだったんだけれど、結局、両方とも仕事をするはめになっちゃったわ」

「それは残念。では、つぎの機会に」

わたしは笑みを絶やさぬまま別れを告げ、やっとの思いで自分の楽屋にたどりついた。がたがた震えだしたのはそれからだった。

（つぎの機会に）

こんどで終わりというわけにはいかないようだ。わたしはドアを閉め、小さなソファに腰を落とした。なにも不調など起きてはいない。わたしはだいじょうぶ。３・１４１５９……。からだを前に倒して、ひざのあいだに顔をうずめる。スカートのウールがやさしく顔をくるんでくれた。ふと、あの産婦人科の医師のことばがよみがえってきた。

〝よく聞いてください、奥さん、人間のからだというものは、ストレスに対してそうした反応をするようにはできていないのです〟

ナサニエルが調整室からもどってくる前に立ちなおらなくては。でないと、心配をかけてしまう。わたしは病気じゃない。わたしはだいじょうぶ。

深呼吸をくりかえした。ゆっくりと、大きく息を吸っては吐き、腹部にたまった緊張をほぐしていく。2、3、5、7、11……。生放送はうまくいった。ドンも喜んでくれた。クマには食べられなかった。

だれかがドアをノックした。がばと身を起こす。動きが急すぎて、周辺視野が灰色になってしまった。目をこすり、顔に笑みをへばりつかせる。

「どうぞ！」

ドアをあけたのはドンだった。なにやら深刻な顔で、眉間に深いしわを刻んでいる。

「エルマ……いっしょにきてくれないか。ナサニエルに悪い知らせが届いたらしい」

室内が急に冷えこんだ気がした。反射的に立ちあがり、ドンのそばに立つ。いつ動いたのかすら意識になかった。

「悪い知らせって、どんな……？」

「くわしいことはわからないが……」

わたしの先に立ち、ドンは廊下を歩きだした。両手の感覚がない。床を踏んでいる感覚もない。ドンにいわれないうちから、なんとなく答えはわかっていた気がする。

「ラジオでいっているそうだ——ロケットが爆発したと」

ナイトフライヤー

Nightflyers and Other Stories

ジョージ・R・R・マーティン

酒井昭伸訳

異種生命ヴォルクリンと接触するべく、9人の研究者を乗せて旅立った宇宙船〈ナイトフライヤー〉を描く表題作、異星を訪れた2人の超感覚能力者を、ドラマティックに描いたヒューゴー賞受賞作「この歌を、ライアに」、初訳作品3篇など、SF／ファンタジイ界を代表する作家の傑作全6篇を収録。解説／堺三保

ハヤカワ文庫

訳者略歴　1956年生，1980年早稲田大学政治経済学部卒，英米文学翻訳家　訳書『アンドロメダ病原体―変異―』クライトン＆ウィルソン，『書架の探偵』ウルフ，『ナイトフライヤー』『七王国の騎士』マーティン，『デューン砂の惑星〔新訳版〕』ハーバート（以上早川書房刊）他多数

HM=Hayakawa Mystery
SF=Science Fiction
JA=Japanese Author
NV=Novel
NF=Nonfiction
FT=Fantasy

宇宙（そら）へ
〔上〕

〈SF2294〉

二〇二〇年八月二十五日　発行
二〇二二年五月　十五　日　三刷

（定価はカバーに表示してあります）

著者　メアリ・ロビネット・コワル
訳者　酒井（さかい）昭伸（あきのぶ）
発行者　早川　浩
発行所　株式会社　早川書房

郵便番号　一〇一 - 〇〇四六
東京都千代田区神田多町二ノ二
電話　〇三 - 三二五二 - 三一一一
振替　〇〇一六〇 - 三 - 四七七九九
https://www.hayakawa-online.co.jp

乱丁・落丁本は小社制作部宛お送り下さい。
送料小社負担にてお取りかえいたします。

印刷・星野精版印刷株式会社　製本・株式会社フォーネット社
Printed and bound in Japan
ISBN978-4-15-012294-2 C0197

本書は活字が大きく読みやすい〈トールサイズ〉です。